마음을
흔드는
글쓰기

마음을 흔드는 글쓰기

초판 1쇄 발행 2016년 12월 8일
초판 4쇄 발행 2021년 8월 18일

지은이 프리츠 게징
옮긴이 이미옥
펴낸이 유정연

이사 임충진 김귀분
책임편집 김경애 **기획편집** 신성식 조현주 김수진 이가람 **디자인** 안수진 김소진
마케팅 임우열 박중혁 정문희 김예은 **제작** 임정호 **경영지원** 박소영

펴낸곳 흐름출판 **출판등록** 제313-2003-199호(2003년 5월 28일)
주소 서울시 마포구 월드컵북로5길 48-9(서교동)
전화 (02)325-4944 **팩스** (02)325-4945 **이메일** book@hbooks.co.kr
홈페이지 http://www.hbooks.co.kr **블로그** blog.naver.com/nextwave7
출력·인쇄·제본 (주)상지사 **용지** 월드페이퍼(주) **후가공** (주)이지앤비(특허 제10-1081185호)

ISBN 978-89-6596-202-1 03800

위대한 작가들이 간직해온
소설 쓰기의 비밀

○

마음을
흔드는
글쓰기

프리츠 게징 지음
이미옥 옮김

흐름출판

일러두기

1. 본문에서 각주는 옮긴이의 설명이다.
2. 인명은 외래어 표기법을 따랐으며, 일부 관례로 굳어진 것은 예외로 두었다.
3. 소설과 시 등의 문학작품은 《 》로, 영화와 오페라 등 그 외의 작품은 〈 〉로, 인용은 " "로, 강조는 ' '로 표기하였다.
4. 본문에서 도서명이 언급될 때, 국내 번역서가 출간된 경우에는 혼동을 피하기 위해 가급적 번역서의 제목을 그대로 사용했다. 영화 제목도 가급적 국내 개봉 당시의 제목이나 비디오 출시 제목을 따랐다.
5. 본문 내 문학작품의 인용은 이 책 『Kreativ Schreiben』 원서를 번역해 실었다.

머리말

손으로 쓰는 것과
비밀의 공생

독일의 시인이자 소설가인 볼프강 바이라우흐^{Wolfgang Weyrauch}는 이렇게 썼다. "글을 쓴다는 것은 마땅히 어떤 비밀스러운 힘과 작가가 손수 글을 짓는 활동이 함께 빚어내는 창작 행위다." 그 비밀이 무엇인지는 수수께끼로 남아 있지만, 글을 짓는 작업은 우리가 얼마든지 익힐 수 있다.

글을 쓰려면 당연히 언어를 다루는 재능, 상상력과 영감이 필요하다. 그러나 이 모든 재능을 합쳐도 좋은 소설, 좀 더 구체적으로 말해 성공적인 소설을 쓰기에는 충분하지 않다. 여기에는 손수 글을 쓸 수 있는 능력이 전제되어야만 한다. 움베르토 에코^{Umberto Eco}를 비롯한 많은 이들이 강조했듯이, 글을 쓰는 것은

10퍼센트의 영감과 90퍼센트의 땀으로 이루어진다. 글쓰기는 1할의 비밀과 9할의 손수 쓰는 활동으로 만들어지는 것이다.

나는 비밀이 무엇인지에 관해서는 거론하고 싶지 않다. 그러나 손수 글을 쓰는 활동에 관해서는 이야기하려고 한다. 이 책에서 다룰 주제는 '어떻게 하면 독자에게 말을 걸고, 그들을 사로잡는 글을 쓸 수 있을까'에 대한 것이다. 다시 말해, 독자들의 호기심을 불러일으키는 문학에 대해 얘기할 것이다. 고백하거나, 교양의 유무를 시험하는 문학에 대해서는 얘기하지 않을 것이다. 나아가 감정에 중점을 두는 가면 놀이, 재미와 긴장감, 지적 통찰, 매혹과 같은 글쓰기의 중요한 요소들을 빠뜨리지 않고 다룰 것이다. 반면 유치하거나 졸렬한 글, 고정관념이나 클리셰 cliché(판에 박은 듯한 문구 또는 진부한 표현)는 다루지 않을 것이다.

결정적으로 강조하고 싶은 것은 글쓰는 사람은 미래의 독자가 되어 자신의 글을 관찰하는 법을 배워야 한다는 것이다. 이렇게 할 수 있을 때에야 비로소 글쓰는 사람은 자신의 작품을 지배하게 된다. 버지니아 울프Adeline Virginia Woolf가 말했듯이 "누구를 위해 쓰는지 아는 것은 바로 어떻게 써야 하는지 안다는 뜻"이기 때문이다.

이러한 의미에서 희곡 역사 전반에 걸쳐 있는 작법의 기본 테크닉과 전제조건들을 전하고자 한다. '허구적인 꿈'을 탁월하게 현실화시키는 방법, 주인공에게 엄습해오는 운명을 생생하게 그려 보일 수 있는 장면 묘사와 문자 이미지의 테크닉들을 다뤄볼 것이다. 그러나 실험적이고 혁신적이면서도 지루하지 않게 읽을 수 있는 글의 비밀은 이 책에서 다루지 않을 것이다.

이 책은 혼자 읽고 참고하기 좋을 뿐만 아니라 글쓰기를 가르치는 교재로도 적합하다. 이 책에 나온 모든 충고는 단지 충고일 뿐이다. 지시, 조언, 안내 등도 성공을 보장해주는 글쓰기의 조건이 아니라는 점을 염두에 두길 바란다.

이 책은 글을 쓰고 싶은데, 어떻게 해야 할지 막막해하는 모든 사람들에게 적합하다. 또 이미 글을 쓰기 시작했지만 도움이 필요한 사람에게도 좋은 지침서가 될 것이다. 그리고 자기 글의 약점이 무엇인지, 어떤 효과가 있는지 늘 체크하는 전문가들에게도 권할 만하다. 이런 사람들은 자기비판적인 작가에 속한다.

마지막으로 나는 문학이 어떤 규칙에 따라 작동되며 어떤 조건에서 만들어지는지 가르치는 모든 분들에게 이 책을 소개하고 싶다.

글쓰기에 대해 나와 기꺼이 토론해주었던 아내 파트리시아, 볼프강 헤쉬, 포티스 야니디스에게 감사의 인사를 전한다.

차례
Contents

2장 스토리와 캐릭터

3장 삶이 쓰는 이야기와 할리우드의 지침

4장 화자와 서술 시점

5장 구성과 줄거리 모델

6장 공간: 신탁, 메아리, 함께 연기하는 자

1장

삶,
읽기, 글쓰기¶

ㄴ
ㄴ 익숙한 일상에서 서사적인 재료를 끄집어내어, 매혹적인 작품으로 만들 수 있는 방법은 여러 가지가 있다. 극적 감흥 자체가 중요한 것이 아니라, 극적 감흥을 줄 수 있는 글쓰기 작업이 중요하다. 우리는 각자 나름의 상처와 심연을 가지고 있다. 파도가 요동치지 않으면, 사람들은 더 깊은 곳까지 잠수할 수 있다.#

Kreativ Schreiben

왜
글을 쓸까

글을 쓰는 이유는 여러 가지다. 많은 작가들이 청소년 시절부터 글을 쓰기 시작했고, 그들에게 글쓰기는 아주 당연한 일이기 때문에 굳이 이유를 물을 필요도 없다. 이들은 이야기에 매료돼 있거나, 스토리를 만드는 재미에 푹 빠져 있다. 혹은 언어로써 유희를 즐기기 위해 글을 쓴다. 또 어떤 작가들은 글을 통해 과거를 꼭 붙들어놓기 위해, 망각이라는 강물에 경험과 기억들이 쓸려나가지 않도록 하기 위해 글을 쓴다.

글쓰기는 사람들의 고통에 의미를 부여하고, 마음의 상처를 치유함으로써 좀 더 잘 살 수 있도록 도움을 준다. 인생의 부족함을 메우고, 유년 시절의 침묵을 극복하고자 자신의 삶을 글로 쓰는 사람들도 있다. 그런가 하면 세상의 온갖 일에 대한 호기심과 열정으로 글을 쓰는 사람들도 있다. 이들은 자신이 경험한 것 중 놀랄 만하거나 감탄스러운 것들을 머릿속에 고정시키고 이를 언어로 형상화한다. 이것을 통해 스스로 변화되기를 원한다.

즉, 글쓰기를 통해 자신을 보완할 수 있다. 뿐만 아니라 글쓰기는 삶에 개입하거나 지속적으로 영향을 줄 수도 있다. 많은 작가들에게 글쓰기는 정말 중요해서, 글을 쓰지 않는 삶을 상상할 수 없을 정도다. 창작의 희열과 고난을 모두 겪은 귀스타브 플로베르Gustave Flaubert는 이렇게 말했다.

"글쓰기란 참으로 근사한 일이다. 글을 쓰면서 우리는 더 이상 자신에게 머물 필요가 없고, 자신이 창조한 우주에서 움직일 수 있으니 말이다. 예를 들어 오늘 나는 남자가 되었다가 여자가 되기도 하며, 가을날 오후에 노란 낙엽을 밟고 말을 타고 숲을 지나가기도 한다. 나는 또 멋지고 근사한 말馬에, 잎사귀에, 바람에, 주인공이 하는 말 속에 존재할 수도 있고, 심지어 사랑에 빠진 주인공의 눈을 감게 만드는 불타는 태양 안에 존재할 수도 있다."

어쩌면 당신은 이런 질문을 할지 모른다. "그저 글쓰는 재미를 느끼고 싶을 뿐인데, 왜 굳이 힘들게 '써야만' 할까?" 글쓰는 것이 간단해 보일 수도 있다. 그러나 어딘가에 몰두해서 관심을 기울이고, 그것을 생생하게 표현하고, 실감나게 전달하는 것은 '그리 간단하게' 이루어지지 않는다. 자신이 쓴 원고가 낯선 사람들 앞에 던져진다면 분명히 깨달을 수 있을 것이다.

아마 당신도 이런 경험을 해본 적이 있을 것이다. 등장인물이 고통스러워하는 내용의 글을 써서 낭독했지만, 듣는 사람들이 지루한 표정을 짓거나 무관심하게 반응한 경우 말이다. 그제야 글이 의도했던 반응을 불러오지 못한다는 사실을 깨닫고, 표현하려는 내용을 정확하게 썼는지 의문을 갖게 됐을 것이다. 나중에 혼자서 그때 일을 곰곰이 생각해보면, 당신에게 부족했던 점이 무엇인지 알게 될 것이다.

바로 서술 기법이라 할 수 있는 '테크닉'과 '스스로 글을 쓰는 활동'이 부족했을 것이다.

천재는
인내의 대가

이미 글을 쓰고 있거나 글쓰기를 직업으로 삼을지 고민해본 사람이라면 가끔 자신에게 이렇게 질문할 것이다. '나에게 글쓰는 재능이 정말 있을까? 나는 끝까지 내 뜻을 지킬 수 있을까? 글을 쓰면서 직장이나 대학을 다니거나 결혼 생활을 잘할 수 있을까? 글쓰기를 직업으로 삼아도 될까?'

나는 위의 질문을 간략하게나마 다루고 싶다. 어떤 사람이 진정으로 재능이 있는지 없는지 판단하는 것은 불가능하지는 않더라도 매우 어려운 일이다. 왜냐하면 '문학적 창의력'이라는 능력에는 매우 다양한 조건들이 있기 때문이다.

결국 언젠가 인정받는 사람이 재능 있는 사람으로 판명된다.

그러나 특별한 재능이 없어 보이는 데도 유명해진 작가들이 있다. 그러므로 가상의 질문 때문에 머리를 싸매고 고민할 필요는 없다. 물론 당신이 글쓰기에 강하게 매혹되었고, 글을 쓰고 싶은 강렬한 욕구가 있다면 말이다.

창의적인 사람들에게 찾아볼 수 있는 특징은 다음과 같다. 그들은 분명한 목표를 품고 있으며, 지치지 않고 이 목표를 추구한다. 이들은 실패를 해도 뒤로 물러서지 않으며, 거절당하고 배가 고프더라도 인내한다. 스스로 비판하면서도 결국 자신과 자신의 목표를 믿는다.

물론 성공의 사다리를 쉽게 올라갈 수는 없다. 의지는 힘과 용기를 줄 뿐, 그밖에 다른 전제조건들은 충족시켜 주지 않는다. 글쓰기에는 언어적 재능, 독서의 즐거움, 문학에 대한 지식, 풍부한 발상과 상상력, 예민함과 감정이입 능력 그리고 호기심과 편견 없는 사고가 충족되어야 한다. 비록 이와 같은 조건들을 두루 갖추고 있는 사람이라 해도 목표까지 갈 수 있을 정도로 충분한 시간이 있어야 한다.

이쯤 되면 "작가가 되려는 사람은 가시밭길을 걸어야만 한다."는 말이 틀리지 않다는 것을 실감할 것이다. 숱하게 외면당하고, 세상에는 자신만큼 잠을 적게 자는 수많은 경쟁자들로 넘쳐난다는 사실을 새삼 깨닫게 될 것이다. 끝내 관철하고야 말겠다는 의지, 좌절하고도 또다시 일어나는 정신, 마지막으로 뜻밖의 행운이 없다면 작가가 될 가능성은 크지 않다.

만일 작가가 천직이라는 느낌이 든다면, 초반에 성공을 거두지 못하더라도 좌절할 필요는 없다. 이때 중요한 것은 '글쓰기'라는 노동을 완벽하게 하는 것이다. 경험 많은 작가들의 충고에 귀를 기울이고, 자신이 쓴 글에서 스스로 단점을 발견해야 한다. 또한 힘든 상황에서도 동요하지 말고 지치지 않고 글을 써야 한다. 머릿속에서 창의적인 기계가 계속 돌아가도록 만들어야 한다. 그렇게 해야 비로소 마라톤 선수처럼 외롭지만 지극히 행복한 순간을 맞이하게 된다. 이를 통해 자신이 기울인 노력이 헛되지 않았음을 발견할 수 있다.

긴 여정 끝에 많은 것을 얻게 되는데, 그중 하나는 자신의 시간을 통해 작품을 손수 빚어내는 방법을 배우게 되는 것이다. 언어의 대가★※가 되고 탁월한 주인공들을 만들어내는 솜씨는 오로지 수많은 연습을 통해서 터득할 수 있다.

소설가가 되려면 여기에 모종의 경험도 필요하다. 소설가는 자신과 다른 사람, 상상의 형상물을 내적으로는 물론이고 외적으로도 볼 수 있어야 한다. 이와 동시에 삶에서 일어나는 일들을 가까이 또 멀리서도 볼 줄 알아야 하며, 양면성을 수용할 줄도 알아야 한다. 귀스타브 플로베르는 '뷔퐁'이라는 인물의 입을 통해 "천재란 인내의 대가"라는 말을 했다. 라이너 마리아 릴케 Rainer Maria Rilke는 《젊은 시인에게 보내는 편지》에서 시적이면서도 그에 못지않게 분명한 어조로 다음과 같이 표현했다.

> 예술가가 된다는 것은 계산하지 않는다는 뜻입니다. 열매를 빨리 맺으려고 재촉하지 않고, 봄날의 악천후 속에서도 여름이 오지 않을까 두려워하지 않는 나무처럼 성숙해야 합니다. 여름은 꼭 옵니다. 하지만 참고 인내할 줄 아는 자에게만 찾아오지요.

이런 말들이 모두 옛사람들이 한 말이라고 생각되면, 제임스 볼드윈James Baldwin의 말에 귀를 기울여보자. "우리에게 익숙한 모든 말들 즉 단련, 헌신, 행운, 특히 인내라는 말은 재능이라는 말 너머에 있다."

삶의 경험은
어떻게 이야기가 되는가

삶의 경험은 어떻게 작품이 되는 것일까? 다른 말로 표현하자면 작가는 어떻게 등장인물과 소재, 스토리를 만드는 것일까?

1. 자신의 독서와 경험을 이용한다.
2. 추가로 다른 사람의 삶, 예를 들어 친구의 이야기도 이용하며, 잘 아는 사람을 모델로 삼거나 여기에 허구를 보태기도 한다.
3. 글이라는 허구적 세계를 통해 자신의 경험을 여과시키며 풍요롭게 만든다.

우선 1번부터 시작해보자. 삶의 경험은 대부분의 작가들에게 영감을 주고 작품을 쓰게 만드는 주요 원천이다. 물론 이로부터 생기는 오해를 해소할 필요는 있다. 즉, 글에 나오는 모든 내용이 작가가 경험했다는 뜻은 결코 아니라는 사실이다.

문학작품에 등장하는 많은 살인 사건, 역사소설, 자전소설, SF를 떠올려보라. 또한 유명한 여성소설이 남성의 손에 쓰였다는 점을 생각해보라. 《보바리 부인》을 쓴 귀스타브 플로베르는 대부분의 인생을 프랑스 북서지방인 노르망디에서 보냈고, 날이면 날마다 문체라는 구체적인 문제로 고민했다. 그러다가 잊히지 않는 한 여성의 운명을 창조하여 세계문학사에 길이 남을 유명한 소설을 썼다. 그는 이미 다음과 같은 점을 알고 있었다.

"열정이 글을 만들어내지는 않는다. 글이 사적일수록 그만큼 취약점은 더 많아진다. 어떤 일을 덜 충격적으로 받아들일수록, 그 일이 실제로 어떠한지 표현하는 능력을 더 많이 갖게 된다. 물론 그 일을 느낄 수 있는 재능은 가지고 있어야 한다."

이와 같은 이유로 그는 이렇게 말할 수 있었다. "보바리 부인, 그녀는 바로 나다! Madame Bovary, c'est moi!" 같은 이유로 레오 톨스토이Lev Nikolayevich Tolstoy는 안나 카레니나의 운명을 서술할 수 있었고, 일흔 살이 넘었던 테오도어 폰타네Theodor Fontane는 《에피 브리스트》라는 작품에서 한 젊은 여성의 내적 갈등과 엇갈림을 가까이에서 보듯 묘사할 수 있었다. 윌리엄 셰익스피어^{William Shakespeare}는 오늘날의 독자들도 좋아하는 살인자들과 정신 이상자들의 이야기를 서술했다. 이보다 더 피부에 와 닿는 예를 들어보자. 노아 고든^{Noah Gordon}은 한 번도 중세에 살아본 적이 없었으며, 의사였던 적도 없었고, 다만 '의료에 관해 글을 쓰는 기자'일 뿐이었다. 움베르토 에코는 수도승이 아니었고, 파트리크 쥐스킨트^{Patrick Süeskind}는 《향수》에 등장하는 연쇄 살인자 '장 바티스트 그르누이'와 아무런 공통점이 없다.

중요한 것은 모험적인 체험과 열정적인 감정이 아니다. 그와 같은 체험과 감정에 공감하고, 언어를 통해 그것에 등장인물과 스토리를 입혀, 독자들이 공유하고 체험할 수 있게 하는 능력이다.

물론 이 말이 작가는 열정적이고 모험적인 것을 경험해서는 안 되고, 반드시 뒤로 물러서서 삶과 거리를 두고 살아야 한다는 뜻은 결코 아니다. 보헤미안적인 태도나 낯선 곳을 누비고 다니는 모험(슬럼가나 내전, 민중봉기 틈에 있는 시인처럼!)이 아니더라도 다양한 지역과 사회계층, 주변 환경에서 심리적 동요와 함께 얻게 되는 삶의 경험은 작가에게 손해될 것이 없다. 살인 장면을 서술하기 위해 반드시 살인을 경험할 필요는 없지만, 살인을 저지를 만큼 화가 나본 적이 있어야만 살인자의 심정을 십분 이해할 수 있다. 이미 결혼 생활에 격렬한 위기를 겪고 이혼에 처한 상황을 극복한 사람은 가톨릭 신부보다 《장미의 이름》을 훨씬 더 잘 쓸 수 있다. 십 년 동안 직장에 다녀본 사람은 고등학교와 대학을 졸업한 뒤 곧장 작가가 된 사람보다 현실과 사회를 좀 더 잘 안다.

삶의 경험과 글쓰기의 관계에 대하여 다음 몇 가지 원칙을 기억해둬라.

- 기본적으로 삶의 경험은 글쓰기에 유용할 수 있다. 정신적 갈등과 고통도 마찬가지다. 가끔 당신 집의 지하실로 내려가서, 그곳에 시체가 썩고 있지 않은지 살펴보도록 하라.
- 자신의 상처를 치유하고, 삶의 격랑으로부터 거리를 두어라. 성공적인 글쓰기는 심리 치료 차원에서 글을 쓰는 태도를 극복해야만 가능하다.
- 역지사지를 할 수 있는 사람은 자기중심적인 사람과 달리 여러 가지 장점이 있다.
- 글을 쓰는 사람은 호기심이 많아야 한다. 모든 것에 흥미를 가지되, 가능한 어떤 것도 도덕적인 잣대를 들이대며 거부하지 말라. 퍼트리샤 하이스미스Patricia Highsmit는 이렇게 말했다. "왜냐하면 예술 그 자체는 도덕, 관습이나 설교와는 아무런 관계가 없기 때문이다." 솔직히 말하면 세상은 천박하고 비루하기 짝이 없다. 그러나 세상은 그 자체로 다채롭고 풍요롭기도 하다. 이러한 세상의 양면성은 좋은 소설을 쓸 수 있는 바탕이 된다.

• 작가는 글쓰기와 결혼해야 한다. 필리스 그린에이크^{Phyllis Greenacre}가 표현했듯이 "세상과 연애를 해야만 한다."

자전적
글쓰기의 원칙¶

┗ 흔히 첫 작품은 자전적인 내용을 담고 있다고 하는데, 실제로 그 작품만이 작가의 생애를 기반으로 하는 것은 아니다. 볼프강 쾨펜Wolfgang Koppen은 이렇게 말했다. "작가는 항상…… 삶의 굴레에 있다." 막스 프리슈Max Rudolf Frisch도 작품과 삶의 상호 의존성을 자신의 《일기 1946-1949》에서 자세히 언급하고 있다.

우리가 쥐고 있는 펜은 지진계의 바늘과도 같다. 말하자면 우리가 쓰는 것이 아니라, 우리에 의해서 쓰여질 따름이다. 쓴다는 것은 곧 우리 자신을 읽는 것이다.

그렇다면 이제 이렇게 질문해야 한다. '어떻게 하면 우리 자신을 가장 잘 읽을 수 있을까?'

그렇게 하기 위한 일반적인 원칙이 있다. 실제로 무슨 일이 일어났는지가 중요한 것이 아니라, 무엇이 독자들에게 그럴듯하게 보일 수 있느냐가 중요하다. 저자의 머릿속에 생생하게 들어 있는 것이 중요한 게 아니라, 무엇이 독자의 머릿속에 생생하게 살아있게 되느냐가 중요하다. 또 의도는 중요하지 않으며, 효과가 중요하다고 말할 수 있다. 모든 자전적 글쓰기 방식, 그러니까 삶을 모방하는 글쓰기의 모든 방식에는 바로 이 원칙이 숨어 있다.

내가 이 원칙을 강조하는 이유는 초심자들의 경우 이것을 따르지 않는 경우가 이따금 있기 때문이다. 이와 반대로 "그걸 내가 직접 체험했어." 혹은 "그런 일이 정말 일어났지."라는 주장을 자주 듣는다. 그러나 이런 말들은 아무것도 증명하지 못한다. '진짜로 일어난 일'이라 할지라도 믿을 수 있고 가능성 있어 보이도록 표현되어야 한다. 문학에서는 진짜처럼 보이는 것, 즉 진짜로 있을 법해 보이는 것이 진리다.

간단한 예를 들어보자. 당신의 배우자가 갑자기 떠나버렸고, 그렇게 되기까지는 특별한 이유가 없었다. 그저 그렇게 되었던 것뿐이다. 그런데 만일 당신이 한 남자가 아무 이유도 없이 어떤 여자를 떠나는 내용을 소설로 쓴다면, 독자들은 이것을 간단하게 받아들이지 않을 것이다. 독자는 이렇게 말할지 모른다. "이유 없이 아내를 떠나는 남자는 없어. 분명, 나름의 이유가 있을 거야. 나는 그 이유를 조금이라도 알고 싶어." 상대에게 버림당한 주관적인 입장에서 서술하고 갑자기 배우자가 떠난 뒤에 당황스러운 상태를 묘사하면, 독자는 그 이야기를 그대로 받아들일지도 모른다. 그러나 이 경우에도 독자는 남편이나 아내가 떠날 수밖에 없었던 속사정을 추측할 수 있는 작은 단서를 기대한다. 대부분의 독자들은 원칙적으로 심리적인 이해, 다시 말해 '신빙성'과 '개연성'을 요구한다는 사실을 결코 잊어서는 안 된다.

자전적 글쓰기를 할 때 범하는 전형적인 실수를 방지하려면 다음과 같은 기본 원칙에 주의해야 한다.

- 비판적으로 볼 수 있도록 거리를 두고 자신을 관찰한다. 정확하고 솔직하게, 가능하면 군더더기 없이! 우리는 사회적인 환경에서 일정한 역할을 담당하고 있고, 어느 정도 특화된 자기 이미지를 가지고 있다. 또 자신의 실수나 약점은 관대하게 보는 경향이 있다. 그와 같은 태도가 소설에 흘러 들어가서는 안 된다. 예를 들어 자신을 희생자로(부모님, 사장, 배우자, 아이들 등을 희생자로) 보고 1인칭 화자로서 고통스러운 글을 계속 쓴다면, 독자들은 받아들이지 못할 수도 있다. 왜냐하면 독자들은 글의 주인공이 정말 희생자인지 아닌지를 스스로 결정하고 싶어하기 때문이다.

- 일반적으로 삶이 위기에 처했을 때, 그가 어떤 사람인지 드러난다. 이 말은 우리 자신뿐 아니라 문학작품에 등장하는 주인공에게도 해당된다. 따라서 삶의 위기들, 그 씁쓸한 고통의 정점들을 특히 주목하라. 그러면 흥미로운 재료들을 아주 많이 발견할 수 있다. 이때 중요한 것은, 단편적이거나 선입견 없이 자신을 보는 것이다. 항상 자신을 낯선 이방인처럼 관찰하고 모든 측면에서 위기를 비추어보려고 시도하라.

- 지금까지 언급한 두 가지는 심리적인 명제이다. 그러나 중요한 것은 심리학보다는 문학이고, 자기인식보다는 문학적 글쓰기를 위한 조건이다. 글을 쓰는 데는 메모장(혹은 일기장)이 유용한데 갑자기 떠오르는 좋은 착상, 스케치, 관찰, 대화, 기억, 주인공의 캐릭터 등을 적어두면 좋다.

이런 메모를 할 때는 가능한 구체적으로 적으려고 노력하라. 가급적이면 요지를 설명하거나 장면을 회상하거나 묘사하는 작업을 주로 하고, 판단하거나 평가하는 작업은 덜하거나 아예 하지 마라. 처음부터 장면을 서술하도록 노력하라. 이렇게 하면 나중에 창작을 할 때 더욱 구체적이면서도 작품에 직접 적용할 수 있는 좋은 자료들을 얻을 수 있다. 이것은 또한 객관적인 입장을 견지할 수 있는 방법이기도 하다. 문학적 형식을 사용해 개인사를 간단히 스케치해보고, 계속 연습해서 이 같은 과정이 아예 습관처럼 몸에 배도록 하는 것도 좋다.

물론 지혜의 말이나 특별한 생각(아포리즘, 비평문)을 인용하거나 자연, 기분, 사람들에 관해 서술할 수도 있다. 그런 서술 방법은 구체적인 말이나 생동적인 장면을 묘사하기보다 함축적으로 표현할 때가 많다. 그렇다고 그런 표현을 완전히 없애버리라는 것은 아니니 오해하지 마라.

설득력 있는 자전적 소설을 쓰기 위해서는 자신은 물론 주변 사람들을 흥미롭고 매혹적인 연구 대상처럼 관찰하는 것이 좋다. 그러나 이때 그들에 대해 판단을 내려서는 안 된다. 이렇게 했을 때에야 비로소 자전적 소설 쓰기의 전제조건들을 마련할 수 있다.

자전적 글쓰기의 방법론을 좀 더 자세히 살펴보자.

무의식적 기억

"작가는 무의식적으로 변한 그림 창고에서 글쓰기의 재료를 얻는다.
이런 창고에서 그림을 불러내는 것은 작가의 상상력 혹은 소설의 주제이다.
이것이 무의식적인 그림들을 불러내고, 그림이 단지 기억에 불과해도
너무나 새롭고, 생생하고, 진짜일 수 있다."
– 디터 벨러스호프 Dieter Wellershoff, 《문학과 변화》

마르셀 프루스트 Marcel Proust 는 '무의식적 기억'이라는 테크닉을 통해서 고전적인 글쓰기 방식을 개발했고, 그 생의 기념비적인

작품을 완성했다. 《잃어버린 시간을 찾아서》는 최고의 예술작품으로 남았다. 프루스트는 개인적인 체험에서 순전히 자서전적인 성격을 제거하고 보편타당하게 묘사해야 하는 어려움에 봉착했다. 이때 기억이 담고 있는 진리와 실체를 잃지 않아야 했다. 그는 이 문제를 다음과 같은 방식으로 해결했다. 어떤 것을 감각적으로 경험할 때 즉각적으로 다시 떠오르는 기억을 주체의 객관성을 담보할 척도로 삼는 것이다. 망각이라는 파도가 지나간 뒤에 다시 만들어진 그림은 독자들에게 전달되어 보존됨으로써 신빙성을 얻게 된다.

여기에서 문학적 방법론과 심리적 관계를 다룰 수는 없다. 그러나 무의식적 기억에 대해 다음 몇 가지를 언급할 필요는 있을 것 같다.

- 글쓰기에 앞서 사전 연습 혹은 일기 형식으로 무의식적 기억술을 시험해보라. 이때 떠오르는 과거의 그림과 장면을 가능하면 상세하게 표현해보아라. 묘사하다 보면 새로운 사실들이 계속 연상되어 떠오르는 것을 알아차릴 수 있을 것이다. 기억들 사이의 빈틈은 상상력을 통해 보충해보자. 이러는 가운데 기억의 자취만 더듬어가는 태도를 멈추고, 모종의 목표를 좇기 시작해보아라. 이를테면 독자가 이해할 수 있는 구조로 스토리를 만들어가는 것이다.

- 이런 방식을 활용해 기억에서 많은 것을 캐낼수록 좋다. 우선

기억은 '정확한 후각'을 통해 걸러진다는 것을 믿어야 한다. 당신은 살면서 겪었던 아주 많은 세부적 사건들 중에서 원하는 사건만 선별해서 기억한다. 만일 이런 방식으로 묻혀 있던 재료를 글에 다시 사용하고자 한다면 이 재료의 '정당성'과 '효과'를 항상 시험해볼 수 있다. 프루스트조차도 자신의 내적인 이미지에만 의존하지는 않았다. 텍스트 구조상 필요하거나 전달 효과가 더 좋을 것이라는 판단이 서면, 때때로 중요한 사항들을 세부적으로 조사하여 바꾸고는 했다. 그 유명한 '마들렌' 이야기가 그렇다. 소설 도입부에 '무의식적 기억'을 불러오는 이 마들렌은 초고에서는 토스트 한 조각이나 바싹 구운 식빵이었지만, 글을 쓰고 다시 검토하던 중에 브르타뉴풍의 과자로 바뀌었다.

기억은 가끔 문학적 '허구'가 되고 (상징적) 진실과 효과 면에서 복원 가능한 사실을 훨씬 능가한다. 예를 들어, 어떤 작가가 젊은 부부의 사랑을 전형적인 내용으로 구체화하고 싶어한다고 가정하자. 이 작가는 실패했던 자신의 신혼 생활을 떠올린다. 기억을 토대로 남자가 아내에게 (양식) 진주목걸이를 선물하는 장면을 작품 속에 넣는다. 이것은 작가에게 특별한 내용이 담긴 것처럼 보였다. 즉, 진주는 양식으로 생산되었고(자연산이 아니다.), '목걸이(사슬, 굴레를 연상시킨다.)'는 남자가 결혼 초부터 결혼을 어떻게 받아들였는지 표현해주고 있다.

그러나 책을 출간한 뒤에 저자는 자신의 기억이 잘못됐다는 사실을 알게 된다. 그는 아내에게 목걸이가 아니라 다이아몬드 반지(지속적이고, 강한 이미지를 연상시킨다.)를 선물했던 것이다. 그의 기억은, 다시 말해 무의식은 사실을 편집해 반지를 목걸이로 만들어버렸다.

이 예는 기억과 창작(허구)이 분리될 수 없을 때가 많다는 점을 확실하게 보여준다. 기억하는 과정은 체험을 지속적으로 변화시키는 과정이다. 막스 프리슈가 자주 강조했듯이, 모든 사람들은 자신만의 스토리를 창작한다. 따라서 우리 모두는 우리 자신의 작가라고 할 수 있다. 이와 동시에 그 어떤 사람도 무無에서 어떤 새로운 것을 창작할 수는 없다. 우리는 오래된 기억의 흔적을 다시 가동시키고, 다양한 근원으로부터 기억의 파편들을 새롭게 조합하며, 이때 통용되는 패턴과 그림들을 이용한다. 작가에게 결정적으로 중요한 능력은 상징적으로 말하는 디테일, 과정과 장면을 발견하는 것이다.

그런 면에서 프루스트의 방법은 우리에게 많은 도움을 준다. 그것은 우리가 실제 경험했던 소재들을 다루는 방법을 알려준다. 뿐만 아니라 작품을 쓸 때 말을 너무 많이 짜맞추지 않도록, 철지난 이야기나 진부한 표현들을 쓰지 않도록, 혹은 도저히 이해할 수 없는 낯선 경험으로 나아가지 않도록 도와준다.

서사적 정의

자신의 경험에 관해 글을 쓰는 사람은 편견을 가지고 있어 일방적인 사고를 하기 쉬우며, 심지어 자기방어에 치중하는 경우가 많다. 자전적 글들은 보통 저자가 겪은 고통스러운 갈등에서 나오게 되며, 따라서 과거와 슬픔을 다루는 내용이 많다. 이런 이유로 자전적 글은 남들에게 자신을 노출하는 전시展示 성향뿐 아니라 감상적인 경향을 띤다.

이런 예는 1970~80년대의 독일문학을 살펴보면 적지 않게 발견할 수 있다. 그 당시에는 진짜 이야기라며 환영했던 소설(예를 들어 카린 스트럭Karin Struck의 소설)도 몇 년이 지나자 외면당하는 신세가 되었다. 독자들은 넌더리가 났고, 비평가들은 "징징거리는 영혼"이라든가 "자기도취"에 빠진 책이라고 깎아내렸다. 그 사이 고백 문학은 픽션과 논픽션의 중간 지점에 자리를 잡게 되었고 '삶의 위기─삶의 기회', '사회에서의 여자', '새로운 남자'라는 제목으로 출간되고는 했다. 이런 책들은 허구적 작품이 지닌 원칙들을 적용하기에는 한계가 있다. 왜냐하면 이런 책은 작가와 같은 생각을 하는 독자들에게 호소함으로써 그밖의 아주 많은 독자들을 소외시키기 때문이다.

자전적인 글을 통해 일반 독자들에게 호응을 얻고 싶은 사람은, 특히 고대로부터 전해 내려오는 '서사적 혹은 문학적 정의

Poetic justice'에 유의해야 한다. 모세의 율법 "눈에는 눈, 이에는 이"는 계몽 국가의 법 관념으로는 더 이상 제 역할을 할 수 없게 되었지만, 우리의 법 감정에는 여전히 소멸되지 않은 채로 남아 있다. 사악한 자는 그에 해당하는 벌을 받아야 한다는 것은 단순하면서도 기본적인 법의 이치다. 오늘날까지 출판되거나 영화로 나오는 픽션들 가운데 적지 않은 작품들이, 선악 구조 속에서 악은 끝내 벌을 받는다는 식으로 묘사된다.

'서사적 정의'의 또 다른 형태는 '명예로운' 위법자의 운명에서 나타난다. 이들은 도덕적으로 정당함에도 불구하고 처형되거나 자멸함으로써 기존 질서를 공고하게 만든다. 하인리히 폰 클라이스트Heinrich von Kleist의 《미하엘 콜하스》나 19세기의 간통 이야기를 생각해보라. 보바리 부인, 안나 카레니나, 에피 브리스트는 자살을 하거나 장기간 질병을 앓는다. 진부한 구도가 아닌 진정한 문학작품에서조차 선과 악은 더 이상 구분되지 않는다. 물론 저자는 정의라는 저울이 균형을 잃지 않도록 신경 써야 한다. 만일 서사적 정의를 의도적으로 위반하는 작가가 있다면, 독자들은 경우에 따라 이와 같은 시도를 '사실적으로' 간주하기도 한다("맞아, 유감스럽지만 이게 바로 삶이지!"). 하지만 내면에 있는 마음은 만족스럽지 못한 해결책에 대하여 반감을 품는다.

자전적 문학은 편견에 사로잡혀 있다는 의심을 받고 있으며, 어떤 것이든 그런 편파성은 결코 받아들여지지 않는다. 독자가 주인공이나 화자의 배후에 저자가 숨어 있다고 추측하거나 알아차리게 되면, 처음부터 의심을 품고 책을 읽게 된다. 왜냐하면 독자는 책에 등장하는 주인공과 그들의 행동을 판단할 때 이야기에 조종당하지 않을까, 우려하기 때문이다.

만일 저자가 화자인 데다, 주인공인 자신만 옳은 것처럼 보이고, 다른 인물들이 생동감이 없다면 독자는 재빨리 고개를 돌려버린다. 자신의 결백함은 밝히면서 다른 사람에게는 방어할 기회조차 주지 않고 비난하는 사람의 말에 누가 귀를 기울이겠는가? 만프레트 빌러Manfred Bieler의 《밤처럼 고요한 : 한 어린 아이의 고백》이라는 책을 한번 들여다보자. '나는 불쌍하고 착한 아이고, 어머니는 끔찍하게 사악하며 짐승처럼 호색한'이라는 묘사가 나온다. 이 글은 동화도 아니고, 정신분석적인 내용도 아니며, 바로 소설이다. 독자는 이런 소설을 대하면 혐오감으로 책을 덮어버린다.

따라서 작가는 주인공(나)과 적대자들(다른 사람들)을 똑같이 강하게 설정해야 하고, 생동감 있게 묘사해야 한다. 또 주인공은 어떤 행동을 하더라도 설득력이 있어야 한다는 점을 주의해야 한다. 한편에는 자신을 희생하는 성자, 다른 한편에는 지극히 이기적인 바보를 세워두면 절대 안 된다! 야유도 조롱도 해서는 안 된다! '나'는 도덕적으로 '다른 사람들'에 비해 더 정당해서도 안 된다. 엄격하게 중립성을 유지하도록 노력하고 독자가 판단하게 내버려두어야 한다.

상상력의 전개와 극화

오늘날 작가들이 소설의 소재로 삼는 재료들은 그다지 흥미롭지 않다. 잡지와 텔레비전에서 문학작품보다 훨씬 더 선정적인 자료들을 제공하기 때문이다. 작가들 또한 우리 모두와 마찬가지로 변화 없는 삶을 살고 남의 손을 거친 경험을 전해 듣기 때문에 보편적인 현실을 놓치고 산다. 그러나 익숙한 일상에서 서사적인 재료를 끄집어내어, 매혹적인 작품으로 만들 수 있는 방법은 여러 가지가 있다. 극적 감흥 자체가 중요한 것이 아니라, 극적 감흥을 줄 수 있는 글쓰기 작업이 중요하다. 우리는 각자 나름의 상처와 심연을 가지고 있다. 파도가 요동치지 않으면, 사람들은 더 깊은 곳까지 잠수할 수 있다.

결정적으로 중요한 것은 개별적인 체험을 집단적인 체험으로 변형시키는 데 있다. 따라서 다음과 같이 결론을 내릴 수 있다.

- 삶에서 긴장감이 넘치는 동시에 특이한 사건이 있는지 구석구석 찾아보도록 하라. 물론 총탄이 휙휙 지나가고, 피가 철철 흐를 정도로 극적일 필요는 없다.
- 이런 사건들을 어떻게 하면 좀 더 긴장감이 흐르고, 더 기이하

게 만들 수 있을지 고민해보라. 일상에서는 별 볼 일 없는 사람도 작품에서는 영웅적인 투사로 변신하고, 골치 아픈 바보도 똑똑한 악한으로 변한다. 이혼할 때의 계략이 상대를 궁지에 몰아넣는 세련된 전략이 되기도 한다. 자매 사이의 싸움을 중재하지 말고 끝까지 몰고가 보라. 사건을 과장하고 위험을 더 크게 부풀려보고 극단적인 것을 찾아보라(그렇다고 머리카락을 뜯지는 말고!). 항상 긴장되는 순간, 클라이맥스, 갑작스러운 격변을 두드러지게 하라. 위기, 갈등과 분규가 바로 살아 있는 지점이 스토리의 심장이자 혈액순환이라는 점을 생각하도록 하라.

- 자신을 여러 개의 자아로 세분하라. 각자는 자신만의 장점과 약점을 가지고 있고, 소심한 모험가나 범죄자를 내포하고 있다. (대체로 사람 눈에 잘 띄지 않는) 개별 특징으로부터 독자적인 캐릭터를 만들어내고, 이들에게 스토리를 만들어줘라.

- 만일 이런저런 사건이 당신의 삶에서 발생한다면(또는 발생하지 않는다면), 어떤 일이 일어날지 한 번 생각해보라. 이처럼 '만일 ~이라면'이라고 가정하는 놀이를 통해서 실제로 일어나는 사건보다 훨씬 흥미롭고 새로운 이야기를 많이 만들 수 있다. 이때 반대로도 생각하도록 하라. 즉, 예기치 않았던 사건의 정반대까지 생각해보라. 그리고 자신과 다른 사람들에게 더 분명한 목표, 더 많은 의지와 관철 능력을 부여하라.

- 당신의 이야기를 특별한 언어를 통해 혁신적으로 묘사하려고

노력해보라. 만일 일상적인 이야기도 문체나 구성이 독특하면, 많지는 않더라도 관심을 갖는 독자들이 꽤 있을 것이다. 물론 이때도 매너리즘에 빠지지 않아야 하며, 억지로 짜맞춘 듯한 느낌을 주어서는 안 된다.

내 소설에 등장하는 주인공들은 실현되지 않았던 나 자신의 가능성이다. 때문에 나는 그들 모두를 좋아하고, 그들 모두가 무섭기도 하다. 그들 모두는 내가 피했던 한계를 극복했다. 바로 이처럼 넘어가지 못했던 한계…… 그것이 나를 매혹시킨다. 바로 그것 뒤에 엄청난 비밀이 시작되고, 소설은 그 비밀에 대해서 묻는다. 한 권의 소설은 작가의 고백이 아니라, 덫이 되어버린 세상에서 인간의 삶은 무엇을 의미하는지를 연구하는 것이다.(밀란 쿤데라Milan Kundera,《참을 수 없는 존재의 가벼움》)

문제·위험

자서전적 글쓰기가 가진 결정적인 위험은 자신의 젊은 시절에 대한 허구적 기록을 일찌감치 하나의 소설로 간주해버리고, 문학적인 형상을 만드는 구상 작업을 망각하는 데 있다. 그렇게 되면 별다를 것 없던 유년기와 평범한 학창 시절에 대한 이야기가 지루하게 이어지기 쉽다.

일상에서 벗어나 사막 위에 하늘을 발견하고 싶은 충동을 느끼는 문학도들이 있다고 가정해보자. 이들이 북아프리카로 히치하이킹을 떠났다가 돌아온다고 해서 모두 소설을 쓸 수 있는 것은 아니다. 또한 영국의 빈민 무료 숙박소에서 삶의 기본적인 일들(가난, 죽음과 친절한 사람들)을 터득한 젊은 여자의 이야기가 반드시 책으로 나올 필요도 없다.

또 어떤 작가의 경우는 첫 책을 출간하자마자 글을 쓸 수 있는 재료인 삶의 경험이 동나버린다. 작가는 은행에 근무하는 여직원을 주인공으로 등장시켜 돈과 섹스에 비교적 자유분방할 뿐 아니라 신선하면서도 무례한 이미지를 묘사한다. 그는 이 소설로 베스트셀러 작가가 될 것 같은 분위기를 물씬 풍기며 데뷔한다(비평가들은 이 소설 역시 작가 자신의 경험에서 나온 것이라 추측한다.). 놀랍게도 소설가는 금세 모든 인기를 한몸에 받는다. 토크쇼나 문학작품을 다루는 텔레비전 프로그램에서도 작가의 재능을 치켜세운다. 그는 한동안 휴식기를 거친 다음에 두 번째 작품을 출간한다. 이번에는 성공한 여자 매니저의 삶을 다룬 이야기다. 그녀는 파란만장한 삶을 살다가 마침내 베스트셀러 책을 쓰고, 직장을 그만두었다. 이후 그녀는 비평가(혹은 출판인)와 사랑에 빠져 오래전부터 위기였던 결혼 생활에서 도피한다. 이 소설에는 이외에도 흥분되는 이야기들이 많이 나온다. 그러나 독자들은 하품을 하며 책을 내려놓고, 소설의 결말이 어떻게 되는지 알고 싶어하지 않는다.

또 다른 위험은 너무 과장하는 데 있다. 자신의 삶을 극적으로 묘사할수록, 통속소설과 멜로드라마가 될 가능성이 더 높아진다. 소설에는 극적 긴장감과 극단적인 위기가 필요하지만 모든 작품이 고통스러운 운명, 모험적인 삶, 치명적인 감정의 얽힘으로 얼룩져야 할 필요는 없다. 글쓰는 과정에서 지나치게 모험적인 요소들을 줄이고, 스토리가 우리 삶과 가깝도록 신경 써야 한다. 또한 사소한 도주나 도망도 매력적이고 긴장감 넘치게 묘사해야 한다(물론 코감기에 걸린 일은 대단한 비극이 아니며, 암에 걸리는 것은 비극이라는 점은 부인할 수 없다.).

상상의 날개를 펼칠 때는 졸렬하게 모방하고 잘 알려진 수단을 사용할 위험이 도사리고 있다. 그러므로 낯선 것은 항상 자신의 삶으로 채워져야 한다. 스스로 그런 입장에 처해볼 수 없는 상황과 태도는 가능하면 피해야 한다.

또한 작가가 자신의 이야기를 지나치게 상세하게 묘사하고, 이로써 불필요한 묘사까지 하게 되면 독자들의 인내심은 바닥이 난다. 뿐만 아니라, 그들의 환상조차 깨끗이 달아나게 할 위험이 있다. 거의 모든 독자는 소설을 읽으면서 자신도 함께 창작해나가기를 원한다. 따라서 작가는 이런 독자에게 나름대로의 공간을 마련해주어야 한다.

자전적인 글을 쓰는 사람은 주관적인 견해에 머물 위험이 있을 뿐 아니라, 자신의 약점을 노출시킬 수 있다. 노출증이라는 성향은 모든 책에서 나타날 수 있고, 작가는 이런 성향을 잘 다룰 줄 알아야 한다. 자신을 드러내는 것을 참을 수 없는 사람은 효과적인 기법을 발견해야 한다. 다시 말해 낯설게 표현하는 기법, 가면을 쓰고 표현하는 기법, 사실과 허구를 두루두루 잘 섞는 기법을 발견해야 한다. 작품을 읽으면서 작가의 자전적 자취를 찾고자 하는 독자들이 항상 존재한다는 것을 받아들여야 한다.

물론 독자들 가운데 작가를 개인적으로 아는 경우는 매우 드물다. 따라서 무슨 내용이 진짜 삶의 경험에서 나왔고, 무슨 내용이 허구인지 판단할 수 없다. 작가의 친척과 친구들도 처음에는 소설을 뭔가 해명해주는 글로 여긴다. 호기심이 많은 이웃 사람들은 소설을 두고 쑥덕거릴지도 모른다. 그러나 이들이 즐겁게 수다를 떨도록 내버려두라. 이들도 진실은 전혀 다르다는 것을 오래지 않아 알게 될 테니 말이다.

한 사람의 작품은 종종 그가 품었던 동경과 그가 했던 여러 시도들의 역사를 반영하고 있지만, 그럼에도 작품이 그 자신의 역사인 경우는 거의 없다. 특히 그것이 자전적인 경우라고 해도 그렇다. 지금까지 그 누구도 자신의 실제 모습을 그대로 묘사하려고 시도한 적은 없다.(알베르 카뮈Albert Camus,《여름》)

울타리 너머
낯선 삶 속으로¶

자전적인 글쓰기는 한계가 있다. 작가들은 작가로 존재하기 위해 울타리 너머를 볼 수 있는 시야를 가져야 한다. 자신의 영역과 시야를 확장하는 방법은 여러 가지다. 여기에서 몇 가지만 소개하겠다.

작가로서 자신과 가까운 사람들의 이야기를 작품으로 다룰 수 있다. 그들의 삶에 대한 이야기를 서술하거나 그들이 죽고 난 뒤에 그리고 그들을 잃은 슬픔이 끝난 뒤에 그들의 이야기를 새로운 시각으로 접근할 수도 있다. 그리하여 부모는 항상 글쓰기의 계기가 된다. 페터 바이스Peter Weiss의 《부모님과의 작별》, 엘리자베트 플레센Elisabeth Plessen의 《귀족에게 전하는 소식》이 그런 예다. 또한 1970년대 말에 홍수처럼 쏟아져나온 부계父系문학 (루트비히 하리히Ludwig Harig의 《질서는 절반의 삶이다》, 필립 로스Philip Milton Roth의 《인간으로서의 내 삶》, 폴 오스터Paul Auster의 《고독의 발명》)과 모계母系문학(페터 한트케Peter Handke의 《소망이 없는 불행》, 시몬 드 보부아르Simone de Beauvoir의 《부드러운 죽음》, 오스카 마리아 그라프Oskar Maria Graf의 《내 어머니의 죽음》)을 살펴보라.

우리는 가까운 친척의 이야기를 픽션으로 만들 수 있는데, 이들이 극적인 삶을 살고 있다면 특히 그렇다(디터 벨러스호프의 형제 소설 《승자가 모든 것을 가진다》). 혹은 가족 전체의 이야기를 모델로 삼을 수도 있다(토마스 만Thomas Mann의 《부덴브로크 가의 사람들》, 발터 켐포브스키Walter Kempowski의 《나무랄 데 없는 사람과 볼프》, 아우구스트 퀸August Kühn의 《일어설 때》).

가까운 사람이나 친척을 다루는 경우에도 우리는 경험에 머물면서 감정적으로 몰입할 수 있다. 그러므로 항상 객관적인 입장을 취해야 하고, 거리를 두는 것을 잊지 말아야 한다. 여기에 또 다른 문제도 생길 수 있다. 잘 아는 사람들을 적나라하게 묘사하거나 다른 사람의 삶을 이용하면 사적인 갈등이 생길 수 있고, 심지어 법적인 다툼으로 연결될 수도 있다.

많은 사람들은 문학작품에 자신들이 어느 정도 가면에 가려진 채 등장하면 느긋하게 받아들이고, 심지어 자랑스러워하기도 한다. 또 처음에는 낯설어하고 화를 내거나 상처를 받지만, 자신을 닮은 작품 속의 인물에 익숙해지고 시간이 지나면서 좋아하는 경우도 있다. 자신을 모델로 삼은 소설이 유명해질 경우 특히 그렇다. 토마스 만의 고모 엘리자베스가 그런 경우였다. 만은 《부덴브로크 가의 사람들》에서 그녀를 토니의 모델로 삼았다. 이 위대한 독일의 소설가는 가족과 지인들의 삶을 거침없이 이용했고 양심의 가책도 느끼지 않았기에 항상 비난과 비판을 받았다. 심지어 우정에 심하게 금이 가는 경우도 흔하다. 로버트 노이만Robert Neumann은 이렇게 말한 적이 있다. "작가들은 자서전으로 남아 있는 친구들 모두를 잃어버린다."

다음의 몇 가지 원칙을 기억하자.

- 당신이 만나는 사람들의 삶이 변화하는 것을 체계적으로 탐색하도록 한다. 파티에서 그들과 가벼운 대화를 나누지 말고, 인생 편력과 직업에 대해서 얘기해보아라. 이때 얘기하는 방식에 주의해야 한다. 마치 형사처럼 꼬치꼬치 캐묻지 말고 흥미롭게 경청하고, 주의 깊게 들어주는 게 중요하다.

- 쇼핑센터, 커피숍, 캠핑장이나 술집, 기차 안과 수영장처럼 사람들이 많이 모여 있는 장소에 있을 때 그들이 어떻게 말을 하며, 무슨 이야기를 하는지 엿들어라. 그들의 외모를 통해 무엇을 알아낼 수 있는지 관찰해보라. 그들이 어떤 직업을 가지고 있으며, 어떤 삶을 살았고, 또 어떤 성격을 가지고 있을지도 생

각해보라.

스토리가 진행되는 환경이 낯설수록 저자는 어떻게 상상력을 펼쳐야 할지 갈피를 못잡게 된다. 그리하여 자신이 잘 모르는 땅에서 길을 잃기 쉽다. 복장에서부터 예의범절, 도덕, 기술, 말하는 방식, 사물들에 이르기까지 일상에서 일어나는 삶과 행동에 관한 구체적인 사항도 대체로 잘 모른다. 이럴 경우에는 책과 여행, 질문과 인터뷰를 통해서 조사해야 한다. 인물이 역사적일수록 신빙성 있게 묘사하기는 그만큼 더 어렵다.

잘 모르는 환경을 설득력 있게 묘사하기 위해 어느 정도 접근해야 하는가, 하는 의문이 남을 것이다. 예를 들어 중국의 범죄 조직이었던 산허우이三合會에 관한 내용을 묘사하려면 이 조직에 관해 어느 정도 알아야 할까? 미국 대규모 은행의 돈세탁 수법이나, 레바논 어떤 일족의 연애 사건, 혹은 유전자 기술을 다루는 실험실을 묘사하려고 할 때 어느 정도까지 알아야 할까? 이에 대한 만족스러운 대답은 작가가 어느 정도 진실하게 작품을 쓰고 싶은가에 달려 있다. 몇 가지 사실이나 적절한 세부 사항 그리고 약간의 은어만 사용하더라도 이야기를 진짜처럼 설득력 있게 전달할 수 있는 경우가 많다. 독자들 가운데 전문가는 소수이며 그래서 부정확한 서술이나 시대착오적 서술을 잘 알아보지 못한다고 생각해도 무방하다.

그러나 독자들이 이야기 속의 환경에서 친숙함을 느껴야 한다. 오늘날은 그야말로 뉴스와 정보가 홍수를 이루는 시대인 만큼 소설과 인문서, 픽션과 팩트가 혼합되어 있다. 많은 독자들이 소설에서 낭만적인 사랑 이야기와 작렬하는 액션 외에도 시대의 현실 문제와 고속열차의 출발 시간 같은 것을 기대한다. 이와 같은 경향을 '픽션의 팩트화'라고 명명할 수도 있다. 요하네스 마리오 짐멜Johannes Mario Simmel은 이런 방식으로 글을 써서 지난 수십 년 동안 엄청난 재산을 모았다.

그런가 하면 중세에 관해 잘 알려져 있는 데도(아니면 바로 그렇기 때문에?) 호기심을 발휘하는 독자들도 있다. 그들은 공간적으로나 시간적으로 이국적인 환경인 중세로 인도되어 마지막 남은 환상을 펼친다. 잘 팔리는 SF 장르, 판타지 장르와 스파이 소설, 혹은 성공을 거두고 있는 역사소설들을 떠올려보면 알 수 있다.

독서 경험

상술했던 사례에서 보았듯이, 낯설면서도 익숙한 자기 본래의 모습을 서술하는 일은 문학적 전통에 이미 존재하는 것이다. 따라서 믿고 따를 만한 모범이 있다. 재능이 있는 작가는 삶에서 직접 체험한 경험을 포기할 수는 있어도 최소한 책에서 얻을 수 있는 경험을 포기하지는 않는다. 당연한 얘기지만, 내가 강조하고 싶은 것은 글을 써서 책을 출간하려는 사람은 명작들에 대해 조예가 깊어야 한다는 것이다.

이 말은 학교에서 문학 수업을 잘 들어야 한다는 뜻이 아니라, 과거부터 지금까지의 문학에 대해서 구체적으로 알아야 한다는 의미다. 작가가 되려는 사람은 어릴 때부터 동화나 전설과 같은 이야기를 읽고 그 후에도 계속 독서를 하는 것이 좋다. 청소년기에는 자신이 속한 문화의 판타지 작품들에 심취하는 경우가 많고, 이로써 작가가 되고자 하는 욕구를 떨치지 못한다(영화도 마찬가지인데, 많은 경우 이런 영화는 소설을 바탕으로 하고 있으며 영화의 구조도 그 어느 때보다 소설에 가깝다.). 젊은이들은 자신의 문제를 픽션 안에서 발견하고, 삶을 해석하는 데 픽션을 이용한다.

이처럼 삶과 독서, 투영과 동일시, 자기 해석과 자기 발견이 서로 스며드는 과정은 문학적 창의력 기본에 속하며 성공을 거둔 작가의 삶에서 계속 나타난다. 비록 이 작가가 훗날 젊은 시절처럼 그렇게 많은 소설들을 읽지 않더라도 말이다.

나아가 문학에 대한 지식은 서술 형태와 전형적인 내용을 수용하기 위해(이는 무의식적으로 이루어질 경우가 많다.) 결정적으로 중요하며, 언어와 창작을 위한 도구를 제공하기도 한다. 이와 동시에 (미래의) 작가가 독자의 기대에 부응하거나 독자와 논쟁할 수 있는 전제조건이기도 하다. 시간이 지나도 읽히는 문학은 현재 문학처럼 기호와 코드를 제공하는데, 바로 이런 것을 가지고 작가는 독자와 대화를 나눌 수 있다. 이런 기호와 코드를 잘 알지 못하면 필시 오해가 생기게 된다. 즉, 편집자와 독자가 관심을 갖지 않으며, 책 시장에서 성공을 거두지 못한다.

만일 지금 글을 쓰고 있거나 작가가 되려는 사람은 무엇을 어떻게 읽어야 할까?

그리스 로마 신화부터 시작해보자. 신화 속 인물들과 이야기는 서구 문학 전통의 기초가 되었으며 인간의 행동 방식과 자기해석의 무한한 패턴을 풍부하게 보여주었다. 때문에 우리는 늘 그리스 로마 신화를 깊이 읽어야 한다. 그리스 로마 신화를 찾아보고 싶을 때 유용한 사전도 있지만, 어느 정도 그리스 로마 신화를 다루고 있는 많은 후계자들도 있다.

가령 호메로스^{Homeros}의 서사시와 아이스킬로스^{Aeschylus}, 소포클레스^{Sophocles}와 에우리피데스^{Euripides}(물론 다른 저자도 있다.)의 비극이 있다. 이런 작품들은 신화를 재구성했을 뿐 아니라 극적인 요소까지 넣어 스스로 새로운 신화를 창조했다.

상상력의 공장이라 할 수 있는 할리우드는 그리스 문학의 극적인 구조, 행동 패턴과 인물들은 물론 아리스토텔레스^{Aristoteles}부터 호라티우스^{Horatius}에 이르는 고대 시학의 핵심을 잘 따르고 있다. 텔레비전 드라마조차도 그렇다. 아리스토텔레스의 희곡론을 정확하게 따르는 고전적(소포클레스적인) 비극의 희곡론은 모든 문학작품의 가장 영향력 있는 기본 패턴이었다. 할리우드에서 제작한 영화들이 전 세계에서 흥행하고 영미권 문학작품들이 전 세계에서 성공을 거두는 것이 바로 그 증거다.

또한 문학을 가르치는 교과서들도 고대 그리스인이 만든 기본적인 규칙들을 전달해준다. 문학과 영화가 광적인 자기성찰, 과장된 언어유희, 실험적 파괴를 선호하기 때문에 싫다며 인상을 찌푸리는 사람은 자신의 문학적 신조가 점차 시대에 뒤떨어지는 것은 아닌지 고민해봐야 한다. 아방가르드avant-garde도 눈 깜짝할 새에 뒤쳐질 수 있다. 최신 유행만큼 빨리 지루해지는 것도 없기 때문이다. 또한 책의 내용이 지루하다고 해서 차원이 높은 책이라고 결코 말할 수 없다.

두 번째로 중요하게 읽어야할 책은 바로 성경이다. 많은 전통적인 이야기와 주인공들이 성경에서 나왔다. 성경은 우리가 생각하고 판단하는 데 숨은 의미를 제공한다. 독일문학 가운데 마르틴 루터Martin Luther가 번역한 성경만큼 언어적으로 영향력 있는 작품은 없다. 오늘날에도 사람들은 루터의 성경을 읽으며 풍부한 그림과 수사, 리듬에 쉽게 매료된다. 성경은 언어의 강물과 같다. 글을 쓰고자 하는 사람은 성경에서 많은 것을 퍼가도록 해야 한다.

소설가가 되려는 사람은 적어도 한 사람의 고전 작가를 알아야 한다. 비록 완벽하지는 않을지라도, 그 작가의 방식을 통해 자신이 다루고 싶은 장르의 역사를 개관할 수 있다. 그리고 위대한 작가들이 무엇을 어떻게 썼는지도 알 수 있다. 또한 전통적인 패턴을 거부하더라도 이들로부터 인물 묘사, 행동, 시각, 언어적 표현을 배울 수 있다.

소설가가 되고 싶은 사람은 특히 테크닉, 내용, 양식과 관련해 중요한 책들을 공부해야 한다. 나아가 독특한 형태를 풍부하게 구체화하고, 자신의 상상력을 자극하는 책들도 읽어야 한다. 마지막으로 이와 같은 방식으로 글쓰기를 지배하는 법을 배우게 된다. 윌리엄 포크너^{William Cuthbert Faulkner}는 이렇게 말했다.

"나는 아주 많은 양의 책을 읽는다. …… 나는 또한 쓰레기 같은 책도 읽는다. 늘 《구약성서》를 읽는 시간도 갖는다. 《모비 딕》, 셰익스피어 작품 몇 가지와 이런 종류의 소설 12권을 일 년에 최소 한 번은 읽는데, 지난번에 읽었을 때 간과한 소중한 것들을 나중에 읽을 때 배우거나 볼 수 있기 때문이다."

어떤 글쓰기 책 저자들은 책 시장에서 성공하려는 사람들에게 이렇게 충고한다. '독자 위주로 생각하고, 성공하겠다는 목표를 품어라. 그와 동시에 열심히 손으로 써야 한다. 베스트셀러를 분석하라!' 그러나 베스트셀러를 무조건 분석해서는 안 된다. 당신 눈에 들어온 베스트셀러를 선택해야만 한다. 비록 그 책이 너무 신파적이고, 감정적이며, 통속적인 요소가 있어서 비웃게 되더라도 말이다. 정말 쓰레기 같은 책이라고 판단할 수도 있겠지만, 그렇다고 해도 그것은 기본적으로 내 마음에 드는 쓰레기다. 그것을 보고 감탄하지 않을 수 없는 그런 쓰레기 말이다.

베스트셀러를 읽은 뒤에 다음과 같은 작업을 해보라.

- 전체 내용을 몇 문장으로 요약해보라.
- 장면마다 기본적인 특색을 스케치해보라.

책을 읽으면서 다음과 같은 질문을 해보라.

- 내가 이 책에 호기심을 갖게 된 이유는 무엇일까?
- 내가 이 책에 끌린 점은 무엇일까?
- 작가는 어떻게 나를 이야기로 끌어들였는가?
- 내가 이 책에 사로잡힌 이유는 무엇일까?
- 화자가 나의 주의를 끄는 이유는 무엇일까?
- 나는 왜 계속해서 읽는가?

중간에 책을 내려놓았다면, 이런 질문을 해보라.

- 나는 왜 지루하다고 느낄까?
- 무엇이 내 반발을 불러일으키나?
- 나는 왜 계속 읽지 않는가?

이와 같은 요구들, 그중에서도 압축적으로 요약하라는 요구는 적잖이 학교 숙제처럼 들린다. 하지만 실제로 그것을 익히기도 해야 한다. 단 국어 시간이나 문학 세미나에서처럼 하지 말고, 전공 용어들도 집어치워라. 그야말로 순수한 독자가 되어서 늘 자신에게 물어보라. '작가는 어떻게 저런 걸 할까? 속임수는 어떻게 작동되지? 왜 나는 지금과 같은 반응을 하지?' 이런 식으로 테크닉은 물론 독자에게 주는 효과에 주의를 기울이는 법을 배울 수 있다.

물론 이런 권유를 베스트셀러에만 한정하는 것은 아니다. 당신이 중요하다고 생각하며, 동시에 성공한 책이라고 인정하는 모든 책에도 해당된다.

정기적으로 극장에 가서 영화를 '읽어라.' 이때 특히 줄거리와 갈등의 연출, 대화의 구성, 장면의 경제성에 주의를 기울여라. 그밖에 디테일도 주의해서 관찰하라. 우리는 영화관에서 꿈 같은 그림을 볼 수 있을 뿐 아니라, 구체적인 것을 발견할 수 있다. 다시 말해 너무 순식간에 느껴서 우리 감각에 흔적을 남기지 않았던 구체적인 것을 발견할 수 있다. 배우의 몸짓, 분위기, 풍경, 내부 공간과 사물들을 공부하라. 물론 영화는 잘 설계된 허구이며 사람들은 영화관에 앉아 있다는 사실을 생각해야 한다. 배우들이 말하는 디테일은 상징적인 예술작품이며 결코 '실재'가 아니라는 사실도 염두에 두어야 한다. 그러나 영화는 바로 이와 같은 형태로 관객들에게 보여지고, 이렇게 영화를 보는 것은 곧 인식하는 것이다.

많은 소설가들은 나이가 들고 성공하면 더 이상 문학작품을 읽지 않고, 인문서를 더 좋아하게 된다고 한다. 그들은 자신들의 스타일을 발견했고, 대부분 삶의 요란한 시기를 지나왔기 때문에 새로운 재료와 디테일을 추구한다. 또한 언어적으로 자극을 얻기 위해 다양한 인문서를 읽는다. 그러나 자신의 경험으로부터 글쓰기를 시작하고 동시에 자신만의 개성을 찾는 작가들은 우선 본보기가 되는 작품을 읽고 문학적 기술을 배우는 것이 중요하다. 물론 자극을 주는 자서전이나 전기집, 편지와 일화가 담긴 생생한 역사책도 유용하다.

만일 문학을 공부하지 않았다면, 굳이 학문적인 저서를 읽으며 논쟁할 필요는 없다. 사실 이런 저서들 중에 당신에게 필요한 내용은 별로 없다. 생산자의 입장에서 글쓰기를 봐야 하고 자연스러운 독서 자세를 유지해야 하기 때문이다. 몇 가지 예를 제외하면 문예학이 저자, 작품, 독자를 서로 매끄럽게 연결해주는 경우는 드물다.

작가들은 언론의 문학 비평 기사에 매우 흥미를 갖는다. 이를 통해 우리는 적어도 현재의 트렌드가 무엇인지 알 수 있고, 비평가들이 중요하게 여기는 점을 알 수 있으며, 비평가들에게 깊은 인상을 심어주는 요령도 터득할 수 있다. 물론 그것에 너무 좌우되어서는 안 된다. 그렇게 하면 유행을 좇느라 자신이 어디에 있는지 망각하게 된다.

책을 쓰는 동기라는 관점에서 볼 때, 비평가들의 글보다는 작가들의 자서전이나 전기, 편지와 문학적인 고민이 담긴 수필, 집필 과정을 다룬 책을 읽는 것이 훨씬 더 중요하다. 그런 책에서 우리는 삶과 작품의 관계에 대해 경험할 수 있다. 그럼으로써 문학적으로 인정받기 위해 싸우는 (예비) 작가들은 자신에 대한 의심을 줄이고, 용기를 얻을 수도 있다. 그런 책을 읽어보면, 많은 작가들이 당신과 비슷하게 살았으며, 심지어 당신보다 더 힘든 작가들도 많다는 것을 알 수 있다. 프리드리히 횔덜린Friedrich Hölderlin, 게오르크 뷔히너Georg Buchner, 프란츠 카프카Franz Kafka처럼 생전에 유명한 작가가 되지 못한 사람들도 있다.

또한 그런 책들을 읽으면 문학적 창의성의 전제조건과 글쓰기라는 작업에 관해서도 경험할 수 있다. 모든 작가들이 편지나 자서전 등과 같은 작품을 남기지는 않았지만, 훌륭한 예는 있다. 가령 귀스타브 플로베르의 편지는 권할 만하다. 그의 편지는 문학에 관한 충고를 담고 있고, 동시에 창의적인 사람들의 영광과 불행을 보여주는 풍부한 자화상이라고 할 수 있다.

배울 점이 많은 작품은 움베르토 에코의 《장미의 이름 작가노트》, 마리오 바르가스 요사Mario Vargas Llosa의 《소설에 관한 비밀스러운 역사》, 호르스트 비에네크Horst Bienek의 《창작 인터뷰》와 H. L. 아놀드H.L.Arnold의 《창작 인터뷰》 등이다. 디터 벨러스호프의 수필은 언제나 도움이 되는데, 《소설과 경험 가능한 세계》가 그렇다.

낯선 길을
탐색하는 기술

"소설이 존재하는 유일한 정당성은, 삶의 알려지지 않은 측면을 발견하는 데 있다."
– 밀란 쿤데라, 《소설의 기술》

울타리 너머서 삶을 보거나 책 안을 들여다보는 것만으로 충분하지 않을 때가 있다. 따라서 많은 여행을 통해 스스로 이방인이 되어볼 필요가 있다. 이는 말 그대로의 뜻도 있지만 다른 의미도 있다. 당신 자신과 우리에게 알려주고 싶은 미지의 것을 찾아보라는 의미다.

내가 아니라 친척, 친구들, 지인, 혹은 신문에 나왔거나 심지어 문학이나 영화에 등장하는 인물이 되어봄으로써 자신의 삶을 상대적으로 만들고 영역을 넓혀보라. 그런 사람이 되었을 때 어떻게 행동할지 고민하고, '만일 어떤 일이 일어난다면 무슨 행동을 할까?'라는 패턴에 따라 스토리를 한번 만들어보아라.

자신의 이야기는 아니지만, 매력적이어서 늘 얘기하게 되는 고전적인 이야기를 당신의 경험과 지식에 맞게 한번 만들어봐라. 그런 이야기를 당신이 몸담고 있는 환경에 갖다놓고, 당신이 잘 아는 장소에서 이야기가 진행되도록 해보라.

또한 모르는 사람의 삶이나 잠시 알게 된 사람의 삶을 스토리로 만들고 싶을 수 있다. 만일 낯선 삶을 느끼는 데 성공한다면, 당신은 동일화와 투영이라는 복잡한 과정을 통해 상상력의 나래를 펼칠 수 있다. 그리하여 마침내 소설을 만들어낼 수 있다. 이 경우에 소설을 쓰게 된 계기가 일기장이나 편지였는지, 맥줏집에서 눈물을 흘리며 들었던 이야기였는지, 아니면 신문 기사였는지는 중요하지 않다. 문학사를 들여다보면 그와 같은 소설로 가득하다. 최근 몇 년 동안 독일문학도 예외가 아니다. 특히 탁월한 예로 마르틴 발저Martin Walser의 《유년 시절의 정체성》이 있다. 최근에 발저는 〈쥐트도이체 차이퉁*〉과의 인터뷰에서 소설을 쓰는 방법에 대해 이렇게 이야기했다.

"나는 인물들을 구상하는 데 전념해요. 흔히 수십 년이 걸리기도 하죠. 작품 속 인물들은 처음에는 실제 인물들로부터 어렴

풋이 그려나가는데, 우연히 아는 먼 곳에 사는 사람들로 구성될 경우가 많습니다. 내가 어떤 사람에 대해 아는 게 적을수록, 이 사람을 더 많이 이용할 수 있답니다. 왜냐하면 그래야 그에게 덧붙일 내용이 많아지거든요. 나는 인물들이 연기를 하게 내버려둡니다. 문학작품에는 많은 인물들이 나옵니다. 햄릿은 보덴호수에 살고 있기도 하죠. 나는 또 많은 인물들을 신문 기사에서 찾아내고는 합니다. 이런 식으로 프로젝트가 발전하면, 모든 인물들이 마치 태아처럼 뱃속에서 살게 되는데, 그들의 심장 뛰는 소리가 들리죠. 만일 하나의 장면이 떠오르면, 나는 글을 쓰기 시작합니다. 인물들에 살을 입히면, 글쓰는 사람의 형체가 점점 사라져요. 그러고는 인물들이 독자적으로 행동하는 겁니다. 그들 스스로 이야기를 만들어가는데, 그게 바로 소설인 거죠."

낯선 삶에 감정이입을 하는 방법은 주제를 선점하여 자연스럽게 이 주제를 쫓는 형태로 이루어진다. 크리스타 볼프Christa Wolf의《크리스타 T.에 대한 회상》이나《어디에도, 그 어디에도 없는 곳》혹은 페터 헤르틀링Peter Härtling의 많은 소설들을 떠올려보라. 이런 소설에서는 작가가 배후로 사라지는 게 아니라 독자에게 자신을 생각하는 화자narrator로서 소개한다. 여기서 작가는 화자로서 뭔가를 찾고 감정이입을 하며 이야기를 이끌어나간다. 헤르틀링은 자전적 소설《심장의 벽》에 이렇게 서술했다.

다른 사람들에게 이야기를 해주고 싶은 나의 바람은 더욱 구
체적이 된다. 즉 다른 사람 속으로 침투하고, 그들을 점유하고,
마침내 그 사람의 모든 것을 소유하고 알게 되며, 때때로 이런
상태가 만연하게 된다. 나는 놀이를 하듯 그리고 다양한 사고
를 통해 나 자신을 어루만진다. 가장 가까운 사람들에게서 파
악할 수 없는 것을 파악하는 에너지는 점점 더 많은 흔적을 남
긴다.

단지 머릿속에서만 낯선 이들을 찾을 것이 아니라 몸소 여행
을 떠나 낯선 곳에 자신을 던져보라. 낯선 사람들과 낯선 환경을
직접 경험하고 기억해둬라. 상투적인 얘기지만, 나로서는 이 말
을 강조할 수밖에 없다. 경험함으로써 직접 의문을 품게 되는 것
이 얼마나 어려운 일인지 잘 알기 때문이다. '사람들과 환경'을
겉핥기로 훑고, 우리의 선입견을 확인하는 정도로 그치는 것이
아니라, 거기에서 그들과 함께 실제로 어떤 것을 경험하는 것이
중요하다.

여행을 하면 자신만의 견해를 절대적이 아니라 상대적으로
생각하게 된다. 단지 다른 공간으로 이동하기만 해도 우리는 자
유롭게 상상의 나래를 펴고, 우리의 시각을 새롭게 할 기회를 얻

을 수 있다. 디터 벨러스호프가 그의 수필《소설의 위기》에서 보여주고 있듯이, 기차 여행은 창의성을 발휘할 수 있게 해준다. 자신이 낯선 이방인이 되고, 또 낯선 이방인은 곧 자신이 되는 가운데 뭔가를 창조할 수 있는 상태가 된다. 또 다른 증언자인 알베르 카뮈가 보여주듯, 세상과 사물에는 상징적인 심연이 있다. 물론 일상에서는 그와 같은 상징적인 심연이 사라지고 없지만 말이다.

> 왜냐하면 여행의 가치란 두려움이기 때문이다. ……우리에게 속해 있는 것으로부터 멀어지고, 우리의 언어, 우리를 지탱해주던 모든 것을 잃어버릴지도 모른다는 두려움, 우리의 가면을 빼앗길지 모른다는 두려움으로 자아의 지극히 표면적인 것에 머물게 된다. 우리의 영혼이 병들어 있다는 느낌을 갖기 때문에, 우리의 눈에 모든 사람과 모든 사물이 다시금 기적과 같은 가치를 얻게 된다. 자신을 까마득하게 망각하고 춤을 추는 한 여인, 커튼 너머 식탁 위에 얹혀 있는 병 하나. 모든 형상들은 상징이 된다. 이 순간 우리 각자의 삶이 보존되어 있는 군중 속에서, 삶은 상징의 모습으로 우리에게 온전하게 반영되어 보인다.(알베르 카뮈,《빛과 그림자 : 삶에 대한 사랑》)

오늘날 우리는, 특히 젊은이들은 외국에서 살 기회가 많다. 글쓰는 사람이라면 어떤 단계에 있든 그런 기회를 놓쳐서는 안 된다. 낯선 나라에 가면 사람들은 자신들이 당연하게 여기는 것들을 상대화시키고 세상과 나를 보는 시각을 개선한다. 외국에 오랫동안 체류할 경우 낯섦을 느끼는 위기는 오히려 창의적 위기로 바뀐다. 이와 동시에 낯섦을 글로 극복하려는 계기가 된다. 또한 자신의 언어로부터 소원疏遠해지고 새로운 언어를 배우게 되며 그럼으로써, 언어를 더 많이 의식하게 된다. 훨씬 더 예민하게 표현할 가능성을 얻는 기회이다.

게다가 자연스럽게 자신의 언어권으로부터 멀어지면서 자신 안에 모국어를 더 풍부하게 가다듬게 된다. 따라서 모국어를 더 의식적으로 표현할 수 있게 된다. 페터 한트케가 스페인의 도시 론다에서 《주크박스에 관한 시도》를 썼던 것은(그는 물론 스페인 외에 다른 나라에도 자주 가서 글을 쓰곤 했다.) 그의 창작 기벽 때문만은 아니다. 모순적이기는 하지만 일상적인 잡담으로부터 벗어나 있으면 모국어를 오히려 더 강렬하게 표출할 수 있게 된다. 자유롭게 혼자 있는 시간을 가짐으로써 상상력을 펼칠 수 있는 능력이 증가하고, 그런 상상력을 표현할 언어에 대한 내적 갈망도 늘어난다.

게다가 공간적으로 거리가 떨어져 있으므로 좀 더 넓은 시야로 주변을 조망할 수 있고, 더 심오한 통찰력을 거쳐 새로운 전망이 가능해진다. 이와 같이 외국에 머무는 것은 내적 집중이 더 쉽게 강화된다는 점에서 장점이 있다. 우리는 자신의 체험을 더이상 속박으로 느끼지 않아야만 비로소 서술할 수 있다.

낯선 것을 탐색하는 방법을 요약하면 다음과 같다.

- 모든 것에 관심을 갖고, 결코 호기심을 마비시키지 말며, 편견 없이 삶을 살아가고, 주변 사람들의 삶을 경이롭게 관찰하라. 현실을 충분히 수용하라. 특히 사건들과 상황들, 구체적이고 감각적으로 파악할 수 있는 것들과 세부 사항들을 잘 익혀둬라. 작가가 되려면 한동안 보통 사람들이 갖는 직업을 갖는 것도 해롭지 않다.

- 삶의 위험한 상황을 피하지 말되, 거기에 휘말리지 않을 수 있도록 거리를 유지하라.

- 많이 읽고 많이 써야 한다. 스텐 나돌니Sten Nadolny가 말한 것처럼 꿈꾸기에 가장 좋은 환경을 만들어 꿈꾸도록 하라.

영감을
얻기 위한 조건¶

"예술작품이 나오기 위해서는 항상 두 가지 요소가 혼합되어야 한다.
무의식과 의식, 영감과 테크닉, 도취와 명정한 정신."
　– 슈테판 츠바이크 Stefan Zweig, 《예술적 창작의 비밀》

지금까지 이야기를 요약하면 작가는 자신의 삶이나, 관찰 결과, 혹은 자료조사 등에서 얻은 재료들로 글을 정성스레 빚어내는 사람이다. 창작 과정은 훨씬 더 복잡하다. 무의식 혹은 절반의 의식을 거쳐서 지속적인 피드백을 통해 그리고 이성적인 작업과 영감이 융합되어 그려진다. 귀스타브 플로베르는 "우리가 주제를 선택하는 게 아니라, 주제가 우리를 압박합니다."라고 강조한다.

그러나 탐색과 발견, 자아와 이드id, 공허함과 충만감, 논리와 직관, 구성과 영감, 이들 사이의 결합은 기계적인 공회전, 즉 에너지의 소진이라는 위험이 따른다. 조금 다르게 말하자면, 글쓰기는 정서적 불모와 고갈로 인해 언제나 방해받을 수 있다.

창의적인 충동에 윤활제가 되고, 창의성을 계속 유지할 수 있는 몇 가지 방법을 소개한다.

• 열린 마음으로 주의를 기울이고, 무의식 상태에서 좋은 착상을 떠올려라. 그런 착상들은 다양한 모습으로 나타나는데, 대부분 이미지(예를 들어 윌리엄 포크너는 여자아이의 속옷 엉덩이에 진흙이 묻은 이미지를 보고는 《소리와 분노》를 썼다.)로 나타나고, 감정 혹은 생각이나 소망(움베르토 에코는 수도승을 살해하고 싶다고 느꼈고, 그래서 《장미의 이름》이라는 소설을 썼다.)으로도 나타나며, 첫 번째 문장(조지프 헬러Joseph Heller의 《캐치 22》)으로도 나타난다. 기발한 착상은 흔히 전혀 기대하지 않았을 때 떠오르는 경우가 많다. 예를 들면 욕실에서 샤워를 하거나 양치질을 할 때, 산책을 할 때, 재미있게 놀 때, 독서를 하거나 꿈을 꿀 때 떠오른다. 이런 과정은 수백 번 묘사되었고, 창의성이라는 은폐된 과정을 밝게 비춰준다.

• 초현실주의자들처럼 가끔은 어떤 논리적 사고나 문장 구성에 주의를 기울이지 않고, 그냥 한 번 써내려가는 것도 시도해보라. 그러면 좌뇌의 간섭을 견뎌내기가 쉽지 않다는 것을 알게 된다. 이렇게 해보면 물론 쓰레기 같은 언어도 많이 생산되지만, 환상적인 언어의 결합이나 독특하고 기발한 착상이 떠오르

기도 한다. 전반적으로 당신의 창의 시스템을 지원해준다.

- 기발한 착상이 떠오르면 머릿속으로든 종이에 쓰든 그것을 가지고 놀아라. 그것들을 분해해보고, 새롭게 결합해보고, 가능한 모든 질문을 던져보아라. 가정법을 동원해서 어떤 일이 발생할지도 예상해보고, 육하원칙(언제, 어디에서, 누가, 무엇을, 어떻게, 왜)도 적용해보아라.

- 마인드맵을 사용해서 기발한 착상을 개발해보라. 종이의 한가운데에 낱말을 하나 적고, 이 낱말로부터 새로운 단어를 이어보도록 하자. 연상되는 것들을 동그라미로 표시하고 연상되는 방향을 화살표로 표시하라. 이와 같은 방식으로 논리적이고 문장론적인 구조로 몰고 가려는 뇌의 압박을 벗어날 수 있다. 또한 손(그리는 행위)과 눈(그림)을 통해 탐구하고 해결하는 과정을 강화할 수 있다.

- 이미 희미한 아이디어나 아이디어의 징후를 갖고 있다면, 재료를 찾고 그림책이나 영화를 보면서 영감을 얻도록 하라.

- 수첩이나 일기장 외에도 파일, 색인카드나 컴퓨터 프로그램을 이용해 기록하고 보관해둘 수 있는 체계를 마련하라. 기록한 내용을 정리하면서 새롭게 떠오르는 착상으로 내용을 보충하라. 나중에는 이런 내용들 가운데 많은 것이 잊혀지고, 그리 중요한 것처럼 여겨지지 않을 수 있다. 또 어떤 내용은 늘 다시 주의를 끌게 되고, 또 어떤 내용은 차분하게 정리된다. 이따금

자신이 쓴 글을 넘겨보면, 어떤 주제가 발전하는지 점점 더 자세히 알아볼 수 있다.

- 어니스트 헤밍웨이Ernest Miller Hemingway는 이렇게 말했다. "무슨 일이 있어도 개의치 말고 매일 쓰도록 하라." 작가는 피아니스트, 프로 테니스 선수, 등산가와 같아야 한다. 즉, 작가가 되려는 사람은 정말 오랫동안 연습해야 하고, 힘과 의지가 꺾여서도 안 되고, 노련함이 녹슬어서도 안 된다.

- 기발한 착상, 주제와 스토리 전체는 그 자체로 좋은 게 아니라, 단 한 사람의 작가에게 가치가 있는 것이다. 그러므로 이것은 단 한 사람의 작가를 통해 가치 있음이 증명되어야 한다. 귀스타브 플로베르는 이렇게 말했다. "대작의 비밀은 주제가 저자의 기질과 일치하는 데 있다."

몰두하는 시간 없이는
천재도 없다

"몰두하는 시간이 없으면 천재가 될 수 없지."

하인리히 만Heinrich Mann은 자신보다 더 천재적이며 사업도 잘하는 동생 토마스 만에 대한 시샘으로 이렇게 말한 바 있다. 동생 토마스의 짧은 작업 시간을 슬쩍 비꼰 것이다. 토마스가 자주 말했듯이, 그는 매일 아침 9시부터 12시까지 세 시간 동안 글을 썼다. 이 시간 동안 토마스는 그야말로 개별적인 영감들로 이루어진 방대한 작품들을 천천히, 점점 확고하게 만들었다. 그는 하루에 세 시간만 글을 쓰는 것으로 충분했던 것이다. 오후가 되면 그는 책을 읽고, 산책을 하고, 차를 마시고, 회의를 했다. 저녁에는 오페라 구경을 가고, 친구들을 만나거나, 독서를 했다. 자기 전에 그는 일과 만남에 관해 짤막하게 기록했다.

작가는 자신의 삶과 일을 잘 조직해야 하고, 그렇게 해야 방대한 작품이 나올 수 있다. 시나 단편처럼 짧은 글의 작품은 때때로 한 번에 나올 수도 있다. 프란츠 카프카의《소송》도 그런 작품 중에 하나다. 이 책은 주로 밤에 쓰였는데, 내적인 동요와 외적인 침착함 속에서 탄생되었다.

그러나 아무리 영감으로 가득한 짧은 글이 많다 하더라도 대체로 손을 봐야 할 필요는 있다. 새뮤얼 테일러 콜리지Samuel Taylor Coleridge는 꿈에서 영감을 얻어 시詩《쿠블라 칸》을 썼다고 하는데, 자세히 들여다보면 이렇듯 영감을 받아서 쓴 글들은 신화처럼 들리며, 예술적으로 단순화시킨 형태라 쉽게 이해 가지 않는다. 즉, 영감으로 글을 빚어낸 다음에는 땀 흘려 여러 차례 교정을 해야 한다. 그래야 다양한 글이 탄생한다. 단편소설의 경우 줄거리를 구상하는 데도 상당히 긴 시간이 필요하다. 줄거리를 주도면밀하게 구성해야 하기 때문이다.

그렇다면 글쓰는 데 몰두하는 시간을 어떻게 짜야 할까? 달리 말하면, 어떻게 해야 글쓰기를 효과적으로 할 수 있을까?

물론 보편적인 답이 있을 수 없지만, 모두가 시험해볼 수 있는 전형적인 해답은 있다. 다음에 소개하는 충고는 여러 작가들로부터 나온 것이다. 이 중에서 자신에게 가장 좋은 방법을 찾아보라.

규칙성

원고를 규칙적으로 쓰도록 하라. 어떤 방해에도 휘둘리지 말고, 좋은 감정 상태가 아니거나, 문장이 술술 풀리지 않더라도 글을 써야 한다. 글이 전혀 나오지 않으면 인물과 장면, 문장에 대해 명상하라. 정해둔 작업 구조에 익숙해지도록 하라. 개개인의 창의적인 자아는 특정한 조건에 따른다. '정해둔'이라는 표현은 결코 강제적이라는 의미는 아니다.

몰입

규칙성이라는 기본 원칙을 좀 더 향상시킬 수 있다. 많은 작가들은 초고를 가능하면 빨리 쓰라고 말한다. 속도는 집중력과 몰입을 결정하고 글쓰기에 도취하게 해준다. 요하네스 마리오 짐멜Johannes Mario Simmel과 하인츠 콘잘릭Heinz Guenther Konsalik은 하루에 열 시간가량 글을 쓴다고 밝혔다. 표도르 도스토옙스키Fyodor Mikhailovich Dostoevskii는 재정적인 압박 탓에 《노름꾼》을 27일 만에 다 썼다. 조르주 심농Georges Joseph Christian Simenon은 파리의 어느 호텔로 들어가서 외부의 연락을 차단한 채 소설을 쓰곤 했는데, 보통 열흘 만에 다 썼다. 이런 식의 글쓰기는 누구나 할 수 있는 일은 아니다. 그러나 기본적인 생각이 중요하다. 일에 빠져서 완전히 몰두해야 한다. 물론 과도하게 무리해서는 안 된다.

중단과 흐름

지금까지 얘기한 내용에 따르면, 일단 작품을 쓰기 시작하면 중단해서는 안 된다는 생각이 들 것이다. 그런 생각이 맞기는 하지만, 제한된 경우에만 그렇다. 창의성이 재충전되어야 하고, 동시에 이미 기록한 내용과 거리를 유지할 필요가 있을 때는 글쓰기를 중단하는 것이 매우 유용하다. 심지어 반드시 필요하기까지 하다. 무엇보다 사전 작업을 끝내고 글쓰기에 돌입하기 전과 초안을 완성한 후에는 행동을 중단할 필요가 있다.

작업 시간

글쓰는 작업은 하루 중 언제 하는 것이 가장 좋을까? 대부분의 작가들은 아침이라고 대답한다. 충분히 휴식한 후라 머리가 맑고, 꿈에서 영감을 얻을 수 있기 때문이다. 나는 앞에서 토마스 만의 하루를 이야기했다. 어니스트 헤밍웨이, 에우젠 이오네스코Eugène Ionesco, 가브리엘 가르시아 마르케스Gabriel García Márquez, 엘프리데 옐리네크Elfriede Jelinek 등 많은 작가들도 오전에 글을 썼다. 물론 윌리엄 스타이런William Clark Styron처럼 오후 혹은 저녁에 글을 쓰는 작가도 있다. 밤이 깊어갈수록 방해받는 요소가 줄어들기 때문이다.

이쯤에서 프란츠 카프카가 떠오른다. 생전에 광적인 작가였던 그는 부모님 집에서 살았던 탓에 혼자 조용한 장소에서 글을 쓰기가 몹시 힘들었다고 한다. 게다가 그는 낮에 직장을 다녔기 때문에 늦은 밤에 글을 쓰면서 스스로를 구원했다. 이에 관해서는 그의 작품이 훌륭한 증거다. 제임스 볼드윈도 비슷한 경우에 속한다. 그는 낮에 일을 해야 했기 때문에, 밤에 글을 쓰는 데 익숙해질 수밖에 없었다.

그러나 저녁이면(점심 식사 후에도 그렇지만) 일반적으로 능률이 떨어지고, 아침은 늦은 오후만큼이나 능률이 최고조에 이른다. 이 점을 생각해둘 필요가 있다.

쓰는 분량

얼마나 많이 써야 할까? 많은 사람들은 머릿속이 텅 비고 지칠 때까지 몇 쪽씩 쓰지만, 대부분은 시스템에 따라 글을 쓴다. 즉 정해놓은 시간에 따라 일을 하는 작가들이 있는데, 흔히 서너 시간 정도 글을 쓰고 의미 있는 단락을 완성하면 그때 그만둔다(어니스트 헤밍웨이는 글쓰기를 시작한 지 대여섯 시간 후에 그만두었는데, 앞으로 스토리가 어떻게 전개될지 알게 되었을 때라고 한다.). 혹은 정해놓은 분량을 쓰고 중단하는 작가들도 있다. 그들 중에는 경우에 따라서 갑자기 중단하기도 한다. 앤서니 트롤럽^{Anthony} Trollope은 매일 정확하게 7쪽을 썼고, 일주일에 49쪽을 썼다! 요하네스 마리오 짐멜은 저녁 7시 정각이 되면 글을 쓰다가도 중단했다.

장소

글을 쓰려면 집중하는 데 방해가 되지 않도록 사방이 조용해야 한다. 따라서 안전하면서도 외부와 차단돼 있는 느낌을 주는 장소가 필요하다. 작품이 길수록 쓰는 시간이 더 필요하고, 내용 전체를 조망하기 위해 더 강렬하게 집중해야 한다.

이런 환경을 만들려면 어떻게 해야 할까? 유명한 작가들이 자신들의 작업 공간을 어떻게 만들었는지 한번 살펴보자. 이탈리아의 작가 프란체스코 페트라르카^{Francesco Petrarca}는 작가라는 직업이 주는 부담은 전혀 느끼지 않았지만, 혼자 '퐁텐 드 보클루저^{Fontaine de Vaucluse}'라 불리는 프로방스의 어느 지방에 가서 작품을 쓰고는 했다. 창의력이 샘솟는 분위기였기 때문이다.

토마스 만은 뮌헨에 있는 빌라의 커다란 작업실에 들어가서 글을 썼다. 적어도 오전 세 시간 동안은 그곳에서 작업했고, 그의 아이들은 그 신성한 장소로 들어갈 수조차 없었다. 물론 그가 글을 쓸 때는 집안이 조용했다. 토마스 만은 집안에 하인을 두었고, 자식들을 기숙학교로 보낼 수 있을 만큼 경제적 여유가 있었다. 게다가 그의 아내 카티아는 남편의 창의적인 욕구를 우선시하는 것을 자신의 과제라고 생각했다.

이 정도의 이상적인 조건을 누구나 갖추지는 못한다. 일생 동안 의사로 일하느라 오랫동안 작품을 쓰지 못했던 고트프리트 벤Gottfried Benn은 비교적 얇은 작품만 세상에 남겼다. 그는 환자가 없으면 진찰실에서 글을 썼고, 술집에서 글을 쓰는 경우도 많았다. 막스 프리슈는 《슈틸러》를 쓸 때 마치 직장인처럼 사무실로 출근해서 글을 쓰고, 저녁이 되면 다시 집으로 돌아갔다. 출판인 페터 주어캄프Peter Suhrkamp는 작품을 다듬고 마지막 교정을 보라고 막스 프리슈를 두 번이나 취리히에서 벗어난 곳에 있는 수도원으로 보냈다. 카페에서 작업하는 작가들도 있다. 사람들로 북적대는 분위기뿐 아니라 공공연한 익명성도 필요하기 때문이다. 익명성이 필요한 이유는 그곳에 있는 사람들과 어느 정도 떨어져서 그들을 관찰하기 위해서다. 헤르만 케스텐Hermann Kesten은 《카페의 시인들》의 머리말에서 이 장소가 가진 장점에 대하여 풍부하게 서술했다.

참고로, 스티븐 킹Stephen Edwin King은 《미저리》에서 작가가 조용한 곳으로 숨어 들어가면 예기치 않은 공포 여행이 될 수 있다는 점을 긴장감 넘치는 글로 흥미진진하게 보여주었다.

창작 단계

전통적으로 창작 과정은 준비, 부화(인큐베이션), 깨달음 혹은 영
감, 원고 마무리와 입증이라는 4단계로 구분된다. 글쓰기 과정도
이렇게 구분할 수 있는데, 이 단계들은 나란히 연결되어 있다기
보다 서로 밀접하게 짜여 있다. 따라서 글쓰기의 창작 단계라는
표현보다 글쓰기의 창작 형태라는 표현이 더 적합하다. 네 가지
단계가 동시에 작동되는 경우도 많으며, 그 결과는 항상 전체 과
정에 영향력을 끼친다.

준비 단계 글쓰기를 준비하는 단계다. 세부적인 내용은 마지막
장에서 소개하겠다.

부화 단계(인큐베이션) 이 단계를 사람들이 이해하기란 좀 어렵
다. 인큐베이션이라는 은유를 통해서 많은 작가들은 창작 과정
의 한 부분을 묘사하고는 하는데, 이 단계에서는 기발한 착상을
분명하게 의식하기 전에 주제와 서술 문제들을 어느 정도 어렴
풋하게 다루게 된다. 정신분석에서 사용되는 용어를 빌려 표현
하기도 한다. 즉, 문제 해결을 무의식적인 작업에 떠맡기는 것
이다. 이 단계에서 3인칭 화자는 아주 중요한 역할을 한다. 이때
개별적인 사건들이 일어나는 것을 관찰할 수는 없지만, 일종의
브레인스토밍이 일어난다고 할 수 있다. 말하자면 해답을 찾기
위해 떠나는 모험과 유희, 자리 바꾸기와 보충하기, 반대로 바꿔

보기, 분해하고 종합하기 등 작가가 의식적으로 진행하는 모든 것이 이 단계에서는 더욱 신속하고 철저하게 일어난다. 어떠한 저항이나 방해도 받지 않으면서 더욱 폭넓게 이루어진다.

깨달음 혹은 영감의 단계 갑작스럽게 기발한 착상이 떠오르는 단계이다. 이런 좋은 착상들은 글쓰기의 모든 단계를 아우르고 동반하게 된다. 이것은 캐릭터, 행동, 소설의 구조와 서술 시점에 관한 기본적인 착상에서부터 시작하여 개별적인 메타포와 단어의 연관에까지 이른다. 만일 영감이 창작 과정 전체를 따라다닌다는 점을 의식한다면, 글쓰기의 고유한 행동은 바로 이 단계에 속한다고 말할 수 있다. 기본적으로 글을 적어 내려가는 행동을 '영감2⁽ᵉ·ᵍᵘˡ⁾'이라고 부르는 것이 적절할지 모르겠다. 왜냐하면 글쓰기는 좋은 착상을 하나씩 가지런하게 늘어놓는 게 아니라, 한층 탁월한 조직적 착상을 통해 전체 모양을 만들어가는 것이기 때문이다. 따라서 이 단계에서는 영감과 원고 마무리 과정이 혼합된다.

마무리와 입증 단계 창작 과정 전반을 따라다니지만 교정하는 마지막 과정에서 더 큰 힘을 발휘하는 단계이다. 이 단계에서 작품의 자명함, 통일성, 신뢰와 진실성을 점검하며 내적인 논리와 주제의 일치성, 중복과 맹목적인 동기, 문체와 상징성도 점검한다. 입증이란 글을 줄이거나 더 좋은 표현으로 바꿔 쓰고, 첨가하고, 매끈하게 다듬는 것을 말한다.

창의적
전략¶

창의적 전략은 '즉흥적'으로 쓸지 아니면 '계획적'으로 쓸지를 결정하는 전략이다. 이 두 가지 대조적인 태도는 다음과 같이 바꿔 표현할 수 있다. '손수 구성하기' vs '유기적 통일성', '조직화' vs '방임', '의식' vs '무의식', '1인칭 시점' vs '3인칭 시점'. 이와 관련된 충고 역시 일반적으로 똑같이 적용되지 않는다.

많은 작가들은 기본적으로 좋은 착상이 떠오르면, 서술하는 동안에 스토리가 스스로 진행되도록 내버려둔다. 그런가 하면 신중하게 모든 요소들을 설계하고, 모든 과정을 계획해서 감독하고, 여기에서 벗어나는 부분을 교정하는 작가들도 있다. 그러나 대부분의 작가들은 이 두 가지 전략을 혼합한다.

여기에 자주 언급되는 모델을 소개한다. 모든 작가들은 자신들에게 적절한 전략을 발견하거나, 작품마다 그에 맞는 다양한 전략을 시험할 수 있다.

첫째 전략은 글을 써가면서 작품이 자체적으로 전개되도록 하는 것이다. 작가는 첫 문장 혹은 첫 단락이나, 주인공이나 스토리에 관해 희미한 상상만을 적는다. 그리고 작품이 스스로 전개되고 뒤얽히도록 놔두었다가, 특정한 때가 되면 한 번쯤 매듭을 풀어준다. 그러나 오랫동안 다듬거나 여러 번 글을 새로 쓰지 않고, 이와 같은 전략이 성공하는 경우는 매우 드물다. 반면 글 쓰는 행위에 대해 원천적인 동기가 필요한 사람들에게는 매우 필요한 전략이다. 이를테면 모든 가능성을 생각하며 고민에 빠지지만 정작 첫 문장을 쓰지 못하는 사람들에게 주효하다.

둘째 전략은 캐릭터를 아주 간략하게 설정하고 줄거리 윤곽을 그려놓은 다음 마지막으로 결말을 정해두는 것이다. 작가는 집필하면서 떠오르는 중요한 착상과 캐릭터들 스스로의 움직임을 따라가면서, 도중에 맞닥뜨리게 될 놀라운 요소들을 열린 마음으로 받아들이면 된다.

둘째 전략을 약간 변형시킨 전략도 있다. 대략적인 계획을 세워둔 다음 글을 쓰기 시작하고, 가능한 모든 좋은 착상을 따라가 보는 것이다. 그러니까 가능한 스토리를 모두 적어보면서 다양한 서술 시점을 시험해볼 수 있다. 이처럼 마치 복잡하게 얽힌

'마을 지도'를 보고 있는 것 같은 전략은 처음부터 수정 작업을 거쳐 가장 좋은 장면을 선별하고, 나아가 그것을 전체적으로 통일성 있는 이야기로 종합해가는 이중 전략이라고 할 수 있다.

둘째 전략을 변형시킨 또 다른 전략도 있다. 이것은 처음에 대략적으로 미리 계획을 잡고, 그런 뒤에 스토리의 결말을 정하는 방식이다. 캐서린 앤 포터Katherine Anne Porter는 이렇게 말했다. "나는 항상 마지막 한 줄, 마지막 단락, 마지막 문장을 제일 먼저 써둔다." 따라서 이 전략은 분명하게 정의된 목표에서 출발하고, 이런 목표는 반드시 달성해야 한다. 주로 독자들에게 수수께끼를 미끼로 던지는(예를 들어 탐정소설) 작가들이 자주 사용하는 전략이다.

대략적으로 계획을 세우는 전략과 꼼꼼하게 작업을 진행하는 전략 사이에 몇 가지 중간 형태가 있다. 가령, 처음부터 서술 관점을 분명하게 정해두고 주인공과 경쟁자의 모습을 상세하게 묘사하지만, 줄거리는 명확하지 않은 경우다. 또는 시작, 클라이맥스와 목표에 이르는 줄거리를 정해두지만, 인물은 대략 윤곽만 그려두는 경우다. 혹은 캐릭터를 결정해놓고 줄거리와 세팅(그때그때의 장소)에 관해서도 분명하게 그려두지만, 어떤 시점에서 이야기해야 가장 설득력이 있을지 시험해봐야 하는 경우다. 이때는 어떤 주제로 소설을 써야 할지 아직 알지 못할 수도 있다.

셋째 전략은 레닌Lenin의 "믿는 것도 좋지만, 감독하는 게 더 낫다."라는 말을 떠올리게 한다. 이 전략은 작품을 우연에 맡기는 것이 아니다. 분명하게 작성한 주제에서 시작하고 지독히 면밀한 작업을 통해서 소설의 사소한 부분까지 설계하는 것이다.

많은 작가들은 이처럼 상세한 계획을 머릿속에서 짤 수 있다. 또한 작가들은 한동안 소설을 생각하다 보면 눈앞에 소설이 나타나서 받아 적을 수 있다고 주장했다. 예를 들어 요한 볼프강 폰 괴테Johann Wolfgang von Goethe는 《젊은 베르테르의 슬픔》이 바로 그렇게 해서 나왔다고 고백했다. 나는 이런 말을 창의적인 신화로 간주하지만, 어쨌거나 많은 작가들이 약간의 메모를 해놓고 이로부터 단숨에 방대한 소설을 써내려간다는 사실은 정말 놀랍다.

일반적으로 초안은 글로 작업한다. 이때 작가는 캐릭터를 형상화하는데, 소설에서 결코 사용하지 않을 배경도 적어둘 때가 많다. 작가는 인물에게 수백 가지 질문을 던진다. 그렇게 함으로써 작가는 인물을 언어로 표현하기 전에 생동감 있게 만들 수 있다. 작가는 줄거리와 연속적인 장면들을 스케치하고, 세팅을 정하고, 하나의 모형에 서스펜스를 집어넣는다. 또한 얽히고설킨 모티브들도 정해둘 수 있다. 게다가 발생할 수 있는 모든 의문에 대해 광범위한 조사도 한다. 물론 스토리의 목표와 결말도 확정되어 있어야 한다.

이와 같은 방식으로 소설을 미리 조직화하는 사람은, 나중에 실수를 저지르지 않기 위해 원래 계획과 글쓰는 동안 달라진 부분을 새롭게 결정한 사항과 함께 기록해두어야만 한다.

물론 이와 같이 전략을 세우고, 고안하면서 글을 쓰는 작가는 많지 않다. 그러나 그렇게 하는 작가라면 원고를 수정하는 데 많은 수고를 들이지 않는다.

도구:
글쓰기의 조력자¶

"작가란 삶의 많은 부분을 홀로 글쓰는 도구 앞에서 보내는 사람이다."
― 바바라 프리쉬무스 Barbara Frischmuth

페터 한트케는 연필로 글을 썼고, 마르틴 발저는 볼펜으로 글을 썼다. 그러나 이런 필기 도구로 글을 쓰는 작가들은 이제 거의 없다. 타자기도 마찬가지다. 대부분의 작가들은 이제 아날로그 방식으로 글을 쓰지 않고, 컴퓨터 자판을 이용한다. 게다가 출판사들도 대체로 컴퓨터 파일로 원고를 받으며, 손으로 쓴 원고를 꺼린다.

타자기는 손으로 쓰는 글씨를 대체한 도구였다. 이와 같은 방식 덕분에 무슨 글자인지 알아보기 힘든 경우가 많았던 글씨는 규격화되고, 이미 글을 쓸 때 최종 작품의 형태에 근접하게 되었다. 바로 여기에 장점이 있다. 펜으로 글을 쓸 때와 달리, 동일한 모양의 글씨는 글을 이미 작품으로 인식하게 한다. 나아가 동일한 모양의 글씨는 독자에게 즉시 읽을 수 있는 글이 된다.

예전에는 타자기로 글을 쓰면 대부분 원고를 여러 번 써야 했다. 작가들은 이런 일로 시간을 빼앗겼지만, 다행히 지금은 그럴 필요가 없어졌다. 왜냐하면 텍스트 작업을 편리하게 할 수 있는 문서 작성용 컴퓨터 프로그램이 생겼기 때문이다. 이런 프로그램은 글을 쓸 때 혼란과 수고를 덜 겪도록 도와주며 이중 전략, 다시 말해 즉시 글을 쓰고 목표에 따라 계획하는 전략을 지원해준다.

문서 작성 프로그램은 다음과 같은 것을 가능하게 해준다.

- 흔적도 없이 텍스트를 교정하고, 삽입하고, 삭제할 수 있다. 일종의 청서清書, 즉 초고를 깨끗하게 베껴 쓸 수 있다.
- 크게 힘들이지 않고 문장들의 순서를 바꾸고 새롭게 조합할 수 있다.
- 낱말, 문장 혹은 비교적 긴 문구들을 표시할 수 있다(그런 뒤에 다양한 형태로 인쇄도 가능하다.).
- 구절을 나란히 위치시킬 수 있다.
- 언제라도 숨길 수 있는 주석을 달아둘 수 있다(이와 같은 방식으로 힘들이지 않고 다양한 판版이나 서브 텍스트를 준비할 수 있다.).
- 앞으로 중요해질 수 있는 결정적 사항을 2차 데이터나 주석으

로 기록해둘 수 있다. 이런 방식으로 혼란을 막을 수 있다.

- 목차를 이용해서 구조를 만들어놓고, 여기에 속한 부분들을 끼워 넣거나 뺄 수 있다. 이렇게 하여 방대한 작품도 쉽게 간파할 수 있다.

목차는 면밀하게 작업하는 사람이 완벽하게 일할 수 있게 해주며, 무질서하게 글을 쓰는 사람에게도 전체를 쉽게 조망할 수 있게 도와준다. 심지어 목차는 거친 텍스트도 분명하게 만들어 준다. 잘못 쓴 부분을 재빠르게 삭제할 수도 있고, 잘된 내용을 삽입하거나 위치를 바꿀 수도 있다. 그리고 글쓰는 동안에 지켜야 할 중요한 사항들(이름, 자료 혹은 즉흥편지 같은 것들)을 기록하여 원할 때면 항상 집어넣을 수 있도록 문서 한쪽에 둘 수도 있다. 무엇보다 목차를 이용하면 지속적으로 발생하는 작품의 구조를 확고하게 만들고 표시해서 생산적으로 개조할 수 있다.

물론 글을 잘 쓰지 못하는 사람이 컴퓨터를 사용한다고 해서 글을 더 잘 쓰게 되지는 않는다. 그러나 글을 쓴 경험이 많은 사람은 새로운 해결책을 찾기 위해 컴퓨터의 유연성을 십분 활용할 수 있다.

자기의심과
장애¶

"자신의 존재를 작품으로 번역하는 일은 언제라도 무너질 수 있는,
흔들거리는 다리에 비유할 수 있다.
이 다리는 오로지 지나갈 때만,
다시 말해 글을 쓸 때만 제대로 유지되는 것처럼 보인다."
– 디터 벨러스호프

많은 작가들은 글을 쓸 때 생기는 장애를 흔히 '작가의 장애물 writer's block'이라고 부른다. 이것에 대한 일련의 정신분석학적 연구도 있다. 장애가 생기는 원인은 다양하며 어떤 것도 설득력 있게 설명할 수는 없다. 애매한 불안과 죄책감이 하나의 원인이기도 하지만, 거대한 환상과 완벽주의를 추구하는 광기도 마찬가지다. 사실 어떤 작품도 완벽할 수는 없으니 말이다. 작가들은 너무 높은 기준을 정해두고 자신에게 제동을 걸고, 괴로워하고, 움츠러든다. 이것은 글을 쓰지 못하게 하는 장애물로 작용할 수 있다.

획일적이고 파괴적인 비평도 비슷한 결과를 가져올 수 있다.

고칠 수 있는 작품의 단점을 구체적으로 겨냥하지 않고, 근본적인 작가의 창의력과 재능을 겨냥하는 비평이 그런 경우다. 이런 비평은 마치 악몽처럼 글을 쓰는 사람을 따라다니고, 병에 걸리게 하고, 심지어 자신에 대한 의구심을 더욱 강화시킨다.

장애가 무의식적으로 진행되는 경우도 흔히 있다. 이때 사람들은 내적으로 메말라버려 기계적으로 계속 글을 쓴다. 그러나 근본적인 창의력 결핍에 대해 두려워한다. 마침내 술이나 마약 등에 의지하지만 이런 방법은 항상 잘못된 길로 인도한다.

모든 작가는 자신에 대한 의구심, 우울함, 글이 잘 쓰이지 않는 시기와 이에 대한 두려움을 안고 살아야만 한다. 이 또한 창의적인 과정에 속하기 때문에 글쓰는 사람은 그런 경향을 받아들여야 한다. 낙관주의자들은 이것으로부터 아주 긍정적인 측면을 습득할 수도 있는데, 마리오 푸조Mario Puzo의 말을 인용하면 다음과 같다. "상심은 실제로는 집중이다."

그러나 이런 자기암시적인 말은 실상 별다른 도움이 되지 못한다. 차라리 좀 더 좋았던 시간들, 예컨대 환상의 세계로 빠져들었거나, 넘치는 영감과 작품의 성공으로 행복했던 순간들을 생각해보라.

토마스 만이 얘기한 '생산적인 동력 장치'를 다시 가동할 수 있는 몇 가지 요령을 살펴보자.

- 지금까지 쓴 내용을 쭉 읽어본다. 글을 어떻게 이어갈지 깊이 생각해보고 인물, 사건, 시점에 관해서도 생각해본다. 소설에 관한 마인드맵이나 구조 모델을 그려보고, 등장인물들의 관계 패턴도 스케치한다.

- 자신을 비판하는 생각들을 가능하면 차단한다.

- 모든 것을 쓰레기통에 던져버리게 될 것이라는 걸 알더라도, 경우에 따라 그냥 계속 써보라. 문장을 쓰는 게 힘들다면 간단한 낱말이나 구문을 연결해도 된다.

- 지금까지 사용해왔던 해결책들로 유희를 해보라. 원고를 해부하고, 그것을 대신할 수 있는 장면들을 써보라.

- 되는 대로 무엇이든 써보라. 어쩌면 당신은 스스로 자신을 옭아매었고, 그런 이유로 자유로운 아이디어가 필요할 수 있다. 지금까지 썼던 내용이 아니라 어떤 장면에 관해서든 무엇이든 써보라. 막스 프리슈는 이와 같은 방식으로 《슈틸러》의 형식적인 열쇠가 떠올랐다고 한다.

- 그래도 당신의 동력 장치가 여전히 작동하지 않으면 잠시 글쓰는 작업을 그만두고 산책이나 조깅을 하거나, 정원 일을 하거나, 음악을 듣도록 하라. 이때 당신의 문제점에 대해 생각하지 말고 생각이 아무렇게나 흘러가게 내버려두라.

- 이런 것들도 아무 소용이 없다면, 지금 쓰고 있는 작품과 당신의 문제에 대하여 자신과 대화를 나누어보라. 물론 이런 내적

인 대화를 다른 사람과 해도 되는데, 글을 써본 경험이 많은 동료와 하면 가장 좋다.

- 장애가 지속되면 며칠 여행을 떠나는 것도 좋다. 여행을 하면서 다른 생각을 하게 되고 글쓰기와 거리를 유지할 수 있게 된다. 어쩌면 이로써 내적인 경직 상태를 풀어버릴 수 있다. 글쓰기를 방해하는 더 근본적인 원인들이 나타나고, 스스로 의구심이 생기고, 그리하여 결국 이런 것들이 당신을 괴롭히면 아무리 좋은 충고도 달갑지 않게 된다.

자신에게 적합하지 않은 작품을 따라가려고 애쓰거나, 이상을 지나치게 우상화하지 않는 것이 중요하다. 또한 자신에 대한 의구심 때문에 격렬하고 지속적으로 타격을 입더라도 이에 굴하지 않고 계속 글을 쓰는 것도 중요하다.

작가란 스스로 무의미하다는 느낌에서 벗어나지 못한다. 그러나 글을 쓰면 고도의 예민함과 고통을 극복하는 능력을 자연스럽게 갖게 된다. 심각한 회의는 훌쩍 성장할 수 있는 과정이 되기도 한다.

대중문학과
순수문학¶

"재미있는 것은 …… 문학적인 도구로 독자들이 어떤 주제에 관심을 갖도록 하고,
등장인물에게 공감을 느끼게 하며,
어떤 사건에 호기심을 불러일으켜 그것이 사그라들지 않게 하는 것이다."
– 우베 비트스토크 Uwe Wittstock, 《막다른 골목에 있는 작가들》

미래에 작가가 되려는 사람은 독자에게 적절히 교량 역할을 하는 방법을 배워야 한다. 이 말은 출판을 하라는 뜻이 아니라, 자신이 쓴 글에 거리를 두고 독자의 눈으로 관찰할 수 있는 능력을 터득하라는 뜻이다. 원고 작성에 골몰하고, 전력을 다해 글을 쓰며, 작가는 자신이 쓴 글이 어떤 효과를 가져올지 가늠할 수 있어야 한다. 알베르 카뮈의 말을 인용하면 이렇다. "작가가 최우선적으로 배워야 하는 것은, 자신이 느끼는 것을 다른 사람도 느끼도록 변환하는 능력이다."

처음 글쓰기를 시작하는 많은 작가들은 자신을 위해 쓴다. 자신을 표현하고 자아를 구현하기 위해, 기억과 슬픔을 이겨내기

위해, 갈등을 해결하고, 정신 치료를 하기 위해 글을 쓴다. 그러나 이런 식의 글쓰기는 문학이라는 동전이 가진 일면에 불과하다.

다른 관점에서 문학을 보자면 커뮤니케이션의 시도이기도 하다. 막스 프리슈는 《파트너로서 대중》에서 이렇게 서술했다. "모든 예술작품은 인식되기를 원하는 특징이 있다. 예술작품은 독백처럼 보일지라도 누군가에게 말을 걸고자 한다."

물론 '어떤 독자 혹은 독자 그룹에게 말을 걸고자 하는가?'라는 의문이 제기된다. 문학교수나 출판사 편집자나 출판 관련인들에게인가? 독자 그룹이라면 어떤 수준의 독자들을 의미하는가? 이처럼 문학적인 '수준'에 관해 의문을 가질 수 있다. 바꿔 말하면 대중문학을 지향하느냐, 순수문학을 지향하느냐 하는 문제다.

독일어권 내에서 이와 같은 의문은 늘 이데올로기적 논쟁을 일으키고 신문 문예란의 기삿거리가 된다. 여기에는 '참되고' '진지한' 문학이 중요한 자리를 차지하고 있는 반면 단순한 오락 작품은 상점에서 다른 물건들처럼 진열된다. 그리고 이와 같은 진지하고, 참된 문학을 우상시하는 문학비평가들, 문학가들, 독자들이 부지기수다. 그들은 예술이 사람들의 마음을 아프게 해야 하며, 난해하거나 심지어 전혀 이해할 수 없어야 하고, 지루해야 하며, 적어도 지적으로 상당한 수준의 교양을 갖추어야 한다고 생각한다.

그들이 쓰고 읽고 평하는 것에서 최소한 이런 생각들을 추론해볼 수 있다. 문학비평가들은 언어와 형식을 실험하고, 부자연스럽게 자기를 성찰한 글에 대해 특히 좋은 점수를 준다. 점수를 받은 사람들은 어떤가? 그들은 생생한 장면들을 감상하고 즐기는 대신, 고통에 찌든 서술과 과도한 문장으로 자신뿐 아니라 우리를 고문하고 문학적으로 고행을 자처하는 사람들이다. 그리고 이들은 예술성을 예술과 혼동한다.

내가 좀 과장하는 게 아니냐고 생각할지도 모른다. 그러나 '독일문학의 교황'이라 불리는 마르셀 라이히-라니키Marcel Reich-Ranicki조차 최근의 독일문학은 너무 지루하다고 말했다. 앞의 인용문에서 우베 비트스토크 역시 분명하게 말하고 있다. 그러나 유명한 신문의 문학란을 펼쳐보면, 담이 흔들리고는 있지만 아직 무너지지 않았다는 것을 알 수 있다.

나는 1994년 4월 6일 〈쥐트도이체 차이퉁〉에서 독일 신간에 관한 두 가지 비평을 읽었다. 물론 잘 알려진 비평가가 쓴 비평이었다.

"그는 자신이 발견한 단어들로 살고 있다. 이런 단어들은 발가벗은 채 그곳에 머물러야 한다. 바로 모든 단어가 발가벗은 상태임에 대하여 보고하는 그곳에. 그는 그런 언어만 가지고 있다. 어떤 곳에도 충분하지 않은 언어를."

"지옥, 그곳은 비가시적인 것이 가시적으로 드러나는 곳이니."

"······펼쳐지는 것은 온통 썩어가는 것들이요. ······우리는 '부스럼'으로 뒤척인다. ······있는 것은 오로지 끝없는 부패뿐······."

"책상은 문학적 부검이 일어나는 현장이 된다."

"세상이 지닌 파편적인 특성과 미로 같은 특성을 작가는 알고 있으며, 이와 같은 그의 능력은 언어적 유희에서 표출되고 있다. 관례적인 미학, 고상함과 '좋은 취향'과 거칠게 충돌하는 언어적 유희로."

"문학적 정신착란······ 인간적인 것의 최소화······ 단어와 문장의 살인광란······ 문학적 호러여행."

문학과 관련해서 미국인은 분명 '문장 구조적 부검'과 '살인광란'보다는 재미있는 책에 더 관심을 가질 것이다. 그들의 사고방식은 훨씬 실용적이고 성공 지향적이며 무엇보다 신앙에 덜 열광한다. 그들은 퍼트리샤 하이스미스가 소박하게 한 말에 동의한다. "작가란 예능인이다. 그들은 관객이나 독자가 깜짝 놀라 쳐다보고, 참여하고, 흥미를 느끼도록 하기 위해 사물을 매력적이고 즐거운 형태로 제공하고 싶어한다."

물론 어떤 미국 작가도 어느 정도 수준이 높고 어려운 문학이 있다는 사실을 부정하지 않는다. 그러나 대중문학은 가볍고 통속적인 반면, 순수문학은 진정한 문학이라는 식의 성급한 이분법적 사고를 하는 미국 작가들은 드물다. 나아가 순수문학은 '좋은' 문학으로 시간을 넘어 영원할 것이고, 대중문학은 금방 읽고 나면 언제든 다른 책에 시선을 돌리게 하는 '나쁜' 문학이라고 분류하는 미국 작가는 더욱 드물다.

간단히 말해 아주 좋은 대중문학이 있는가 하면, 아주 나쁜 언어 실험적 문학이 있다. 사랑에 관한 멜로드라마가 있고, 마치 자서전 같은 개인적인 경험의 분출도 있다. 또 스타일은 세련됐지만 한물간 시시한 것들도 있다. 수준 높은 대중문학(예를 들어 파트리크 쥐스킨트의《향수》)과 대중적인 실험(이 경우는 이탈로 칼비노Italo Calvino의《어느 겨울밤 한 여행자가》)도 있다. 제목은 흥미롭지만 정작 독자들에게 재미는커녕 구역질, 단조로움, 지루함만 안겨주는 작품도 있다. 이런 작품이 선택한 언어 전략은 그야말로 잔꾀에 불과하며, 메타포들은 억지가 있거나 추상적이다. 또한 메타포가 감각적이기는 하지만, 여자 시체를 해부해놓은 것처럼 극단적으로 관능적이다.

문학을 이분법으로 나눈 가치 기준이 얼마나 유효하지 않은지는 문학사를 보더라도 쉽게 알 수 있다. 예를 들어 윌리엄 셰익스피어는 그야말로 진정한 의미에서 대중작가다. 그의 드라마와 코미디를 보고 여자들과 선원들은 소름끼치는 공포를 느꼈고, 무릎을 치며 큰 소리를 외치기도 했다. 서사문학의 창조자인 오노레 드 발자크Honoré de Balzac는 통속소설과 멜로드라마로 이루어진 작품을 통해 많은 독자들을 얻었다. 또한 대중작가 찰스 디킨스Charles John Huffam Dickens의 작품도 지극히 감상적이고 진부한 요소로 가득하다. 이와 반대로 과거의 아방가르드적인 형식 예술가들, 예를 들어 독특한 버릇이 있는 매너리즘 작가들은 문학 전문가들의 관심을 끌 뿐이다. 가령 프랑스 고전문학을 생각해보면 된다. 장 바티스트 라신Jean Baptiste Racine, 피에르 코르네유Pierre Corneille 같은 작가들의 작품은 셰익스피어와는 반대로 부자연스럽고 삭막하며, 그들의 책은 거의 읽히지도 않고, 공연이 되는 경우도 드물다.

　문학사, 특히 20세기의 문학사는 더 많은 것을 보여준다. 기본적으로 아방가르드적 형태와 문학적 실험을 하는 모든 형태는 오래전부터 전통이었다. 이미 오래전에 마르셀 프루스트, 제임스 조이스James Joyce, 윌리엄 포크너, 프란츠 카프카, 존 더스패서스John Dos Passos, 버지니아 울프, 사무엘 베케트Samuel Beckett, 토머스 핀천Thomas Pynchon 등 그밖에 다른 작가들과 초현실주의와 다다이즘, 누보 로망*은 소설의 한계를 초월했다. 그들은 무엇을

＊　**누보 로망**(nouveau roman) : '새로운 소설'이란 뜻으로, 1950년부터 1970년까지 프랑스에서 일어났던 실험적 문학 형식을 말한다.

쓸 수 있고, 쓸 수 없는지를 보여주었다. 그들의 과격한 시도 저편에 무한한 성찰, 이해할 수 없는 연금술, 무의미와 침묵, 냉담과 무한한 임의성이 퍼져 있다.

소설의 형식을 대대적으로 실험한 사람들은 고전적인 미메시스mimesis(모방)를 넘어 장르의 가능성을 측정해왔고, 오늘날 파괴적이거나 포스트모던한 작업을 하는 사람은 오히려 후손이자 아류에 속한다. 그런데 사람들은 왜 전통을 계속 이어가지 않을까? 왜 토마스 만과 레오 톨스토이, 귀스타브 플로베르와 표도르 도스토옙스키에게서 기초를 배우지 않을까?

이로부터 다음과 같은 결론을 내릴 수 있다.

- 우선 작업의 기초 기술을 배우도록 한다. 즉, 모방 기술을 사용하고 상상력을 펼침으로써 픽션을 써본다.

- 서술 사이클의 중간 지점에서 작품의 캐릭터를 둘러싸고 스토리가 만들어진다는 점을 잊어서는 안 된다. 서술 사이클의 정사각형에는 네 개의 각이 있는데 '감정', '갈등', '비밀', '움직임'이다.

- 당신의 욕구와 시장의 요구 사이에 조화를 찾도록 하라. 이는 가능하면 피상적이고 불성실하며 진부한 글을 쓰라는 뜻이 아니다. 이렇게 생각하는 사람은 독자에 대해 오해하고 있는 것이다.

- 텔레비전에서 나오는 코미디언이 두 손을 들 정도로 재미있는 사람이 되도록 하라. 모든 이데올로기를 거부하고 가능하면 잘 써보도록 하라. 손에 놓지 못할 정도로 긴장감이 넘치고, 재미있으며 진짜 같은 글을 써보라.

- 창의적인 글을 쓰기 위해 어떤 대가든 치르겠다고 해서는 안 된다. 의식적으로 과장하는 매너리즘이 반드시 품격 높은 작품임을 말해주는 표시는 아니다.

- 어떤 경우에도 지루한 글을 쓰면 안 된다. 어떤 메시지를 전하고자 하거나 자신의 예술성을 보여주려는 사람은, 자신도 관객이 필요하다는 사실을 생각해야 한다. 관객이 없으면 그는 스스로 만족해야 하며 사막에서 외치는 사람처럼 소멸해버린다.

- 진실과, 진실에 대한 추구를 혼합하여 독자에게 호기심과 흥미를 불러일으키고 독자들을 매료시켜라.

- 보통 수준의 작가보다 조금 더 나은 사람이 되도록 노력하고, 게오르크 리히텐베르크Georg Christoph Lichtenberg의 말을 명심하라. "작가는 대부분의 사람들이 알지 못하면서 생각하거나 느끼는 것을 지속적으로 말하는 사람이다. 평범한 작가는 오로지 모두가 말했을 것 같은 말만 한다."

2장

스토리와
캐릭터 ¶

ㄴ

ㄴ 주인공은 스토리의 핵심이다. 주인공은 서술 시점을 형성한다. 따라서 대부분의 소설은 그들에 의해서 이야기가 전개되거나 그들의 시선으로 묘사된다. 그들은 목표에 맞게 줄거리를 움직이고, 줄거리와 함께 발전하며 독자들의 감정을 자신들에게로 이끈다. #

Kreativ Schreiben

캐릭터와
운명¶

개인은 저마다 자신만의 특별한 성격이 있다. 이런 성격은 세상과 부딪치며 보존되거나 사라진다. 우리는 이와 같은 과정을 개인의 역사에서 파악한다. 개인의 역사는 성격의 강렬함과 주변 사람들의 운명에 따라 어느 정도 흥미롭다. 또한 개인의 역사는 삶을 경험하는 소재가 되고, 거기에서 여러 가지 목소리가 나오는 작품들이 만들어진다.

우리는 실제 삶을 대부분 파편적으로 느낀다. 지속성이 부족하다고 느끼며, 우연에 의해 명령받으며, 운명에 괴롭힘당한다고 생각한다. 무의미한 사건들을 뒤얽힌 혼란으로 받아들인다. 인간은 이와 같은 상태에 만족할 수 없다. 인간은 의미를 부여하는 방식으로 이러한 불만족에 대응한다. 종교적 체계 내에서 이루어지는 것이든, 신화나 이야기 등을 고안해보는 것이든, 이 모든 행위 안에는 인간이 자기해석을 하려는 욕구가 담겨 있다. 오늘날에도 여전히 문학은 인간이라는 본성을 연구하고 있으며, 인간이 걸어가는 수많은 길을 의미 있게 혹은 의미를 부여하는 식으로 묘사한다. 그럼으로써 문학은 삶을 연구한다.

문학은 두세 명의 운명이 얽힌 그물을 묘사한다. 문학은 이 그물처럼 얽힌 운명들의 인과관계 그리고 일련의 또 다른 법칙(예를 들어 악한은 벌을 받게 된다는 '서사적 정당성'과 같은 법칙)들에 따라서 인간의 삶을 분류한다. 이 줄거리를 만들어내는 주인공을 '캐릭터'나 '등장인물'이라고 부른다. 인물 혹은 스토리를 소설의 기초라고 볼 것인지 아닌지는 그다지 중요하지 않다. 독자들은 행동하는 인물들에게 더 관심을 갖거나 혹은 스토리 진행에 더 많은 관심을 가지는데, 이 두 가지 가운데 하나라도 없으면 안 된다. 그 이유에 대해서는 헨리 제임스Henry James가 이렇게 대답했다. "캐릭터에서 반드시 사건이 나온다. 사건은 캐릭터의 성격을 말해준다."

고대 그리스·로마 시대 때부터 대부분의 작가와 독자들은, 인간은 자신과 위험한 대결을 함으로써 발전할 수 있다고 생각했다. 또한 인간은 사회와 다른 사람들과 충분히 갈등을 겪음으로써 성장하고 동시에 삶을 파악할 수 있다고 생각해왔다. 무엇보다 작품의 등장인물들은 실패와 고통 속에서 자기주장을 위해 싸우고 죽음을 피해 도망치는 가운데 독자들을 매료시킨다. 우리는 독자와 구경꾼으로서 작가와 함께 두려움에 떨게 되고 소설의 결말로 갈수록 우리 자신에 관해 더 많은 것을 알게 된다. 우리는 안전한 위치에서 모험을 하고, 인간이 사악해질 수 있는 최악을 측정해보기도 하고, 죽음을 보기도 한다. 그러나 실제로 위험에 처한 적은 한 번도 없으며, 오히려 내적으로 강해진 느낌이나 감정적으로 '정화된' 느낌katharsis을 갖게 된다.

이러한 생각은 아리스토텔레스가 생각했던 것만큼이나 오래되었지만 그것의 기본 특성은 오늘날에도 여전히 유효하다. 물론 서술 가능성의 폭이 더욱 넓어지고, 또 다른 것과 조합할 수 있는 방향성 역시 너무 복잡해져서 그와 같은 생각과 완전히 반대되는 생각으로까지 변화되기도 했다. 그러나 부정negation도 역시 유효하고, 정당한 위치에서 적절하게 그 효과를 발휘한다.

캐릭터라는 개념은 심리학적 전문 용어에서 멀리 사라졌다. 산업사회가 발달하면서 정체성과 개인성은 점점 더 와해되었다. 문화 분석가들은 오늘날 살아가는 세계의 불투명성과 불투과성, 과거의 진리와 법칙의 몰락으로 인해 '주인공'과 그의 '이야기'가 사라진 것에 대하여 계속해서 환기시킨다. 그러나 학문적인 분석과 칼럼니스트들의 논쟁을 제외하더라도 이야기와 의미 그리고 인간에 대한 갈망은 여전하다. 비록 의도적으로 이야기를 고안해냈다 해도 그것이 인간의 갈망이라는 것은 파악할 수 있다. 하지만 오늘날 우리의 자아가 얼마나 심각하게 무너졌는지, 혹은 사회의 맥락을 통해 얼마나 카멜레온처럼 변했는지는 감히 판단할 수 없다. 그럼에도 우리는 일체성과 정체성을 원하고, '캐릭터'와 '운명'에 대한 바람이 존재한다는 사실만은 부인할 수 없다.

우리는 문학적 캐릭터를 통해 대리인과 배우와 가면을 찾고 발명한다. 우리를 위해서, 우리의 그림자를 위해서, 분열된 부분과 존재하지 않았던 가능성을 위해서, 마지막으로 우리의 호기심을 위해서 그렇게 한다. 작품 속의 등장인물들은 길잡이와 정찰대원으로서 우리를 작품 속으로 안내한다. 디터 벨러스호프의 말을 인용하면, 문학이라는 "가상의 시뮬레이션 공간"과 "실험장" 안으로 독자들을 끌어들인다. 각각의 등장인물들이 작가와 독자에게 어떤 특별한 기능을 갖든, 일반적으로 중요한 것은 인간 행동의 가능성을 끝까지 연기해내고 이와 같은 방식으로 인간 행동의 가능성을 탐색하는 것이다.

단역, 조연,
주인공¶

허구로 작성된 작품 내에서 개별 인물 혹은 캐릭터는 사건에 대해 각자가 지니고 있는 의미나 기능에 따라 단역, 조연, 주인공 등으로 구분된다.

단역은 스토리 속 무대의 일부분이거나 대부분 틀에 박힌 유형으로 표현되는 인물이다. 그들은 등장했다가 곧 사라지는데, 스토리상 일시적으로 필요하기 때문이다. 이들은 시야에 드러나지 않고, 이름 없는 역을 맡는다. 가령 택시운전사, 군인, 경찰관 등이다. 이들이 익명에서 벗어나 이름을 갖고 하나의 역을 맡으면 조연이 된다.

조연은 이야기 중심에 있지는 않지만, 방대한 소설에서는 꼭 필요한 인물이다. 우리 모두는 사회에서 복잡한 관계를 맺고 있고, 대부분의 소설은 이와 같은 관계를 모델로 모방한다. 주인공과 그의 적수 외에도 조언가와 한두 마디씩 던지는 사람, 고해성사를 듣는 신부님과 광대, 어머니와 제후의 애첩, 사업상의 친구들과 킬러 등이 필요하다. 토마스 만의 《마의 산》 같은 소설에는 온갖 인물들이 등장하며, 이들 덕분에 희미한 주인공의 모습이 형태를 얻는다. 이와 같은 소설의 경우 조연은 배경을 만들 때 특히 중요한 기능을 한다.

독자가 조연들을 기억하려면 조연들을 인식할 수 있는 특징이 필요하다. 그들이 갖고 있는 사소하고 전형적인 특징, 신체적으로 눈에 띄는 점, 혹은 신체적인 독특함과 연관된 사물(미국 작가들은 'tags and props'라고 한다.)이 좋다. 작품에 나오는 많은 캐릭터들을 쉽게 기억하고 이야기를 읽어 내려가기 위해 조연들은 풍자화처럼 눈에 띄어야 하고, 전형적이며, 적절한 위치에 들어가야 한다.

알레산드로 만초니Alessandro Manzoni는 《약혼자들》에서 법학자 한 명에게 '궤변가 선생'이라는 별명을 붙여주었고, 그를 "빨간 코에 딸기 같은 뺨, 큰 키에 비쩍 말랐으며, 대머리인 박사"라고 불렀다. 비슷하게 제프리 초서Geoffrey Chaucer는 한 남자의 표식으로 털이 난 사마귀를 골랐다. 또한 입고 다니는 전형적인 옷(노란색 스웨터), 독특한 말투, 기벽(눈을 찡긋하거나 손가락 마디를 꺾어 딱딱 소리를 내는 행동), 혹은 대단히 기이하고 강박관념에 사로잡힌 행동도 있다. 예를 들어 토마스 만의 소설《마의 산》에서 헤르미네 클레펠트는 마의 산에서 산책을 할 때 기흉^{氣胸}으로 휘파람을 분다.

또한 이름도 그런 효과를 낼 수 있다. 알베르트 반 데어 크발렌^{Albert van der Qualen}과 에비니저 스크루지^{Ebenezer Scrooge}는 둘 다 주인공의 이름으로, 전자는 이름에 고통(크발렌)이라는 의미가 포함되어 있고, 스크루지는 '쥐어짜다'라는 의미가 있어서 수전노^{守錢奴}임을 암시한다. 소설에 등장하는 많은 인물들은 날씨와 상관없이 장식 손잡이가 달린 우산을 들고 다니거나 하얀 샴고양이를 항상 쓰다듬고는 한다.

이 밖에도 독특한 특징을 부여할 수 있는 가능성은 무한하다. 중요한 것은 가능하면 구체적이고 특별해야 하며, 억지스럽지 않아야 한다. 특징을 부여하는 기술이 빛을 발하면 인물을 기억나게 할 뿐 아니라 모티브를 미리 예고하거나 뒤에서 지시하는 기능까지 한다.

토마스 만의 작품에서 주요 모티브를 설정하는 테크닉을 떠올려보라. 막스 프리슈의《호모 파베르》에 나오는 O교수, 즉 주인공이 과거에 본보기로 삼았던 교수를 예로 들어보자. 외모와 행동은 이렇게 묘사됐다. "그의 얼굴은 더 이상 얼굴이 아니며, 피부로 덮인 해골이다. 그는 계속해서 웃는 것처럼 보이지만 해골이 웃지 못하듯 그는 전혀 웃지 않는다." 그리고 이름을 통해 어렵지 않게 그의 죽음을 독자들에게 인지할 수 있게 했다(O는 죽음을 뜻하고 숫자의 0과 같다). 발터 파베르는 삶의 중요한 전환기에 O교수를 두 번 만나는데 이로써 이 사건은 상징적인 깊이를 부여할 뿐 아니라, 주인공이자 '영웅'의 종말과 소설의 종말이 어떠할지 분명하게 지시해준다.

조연의 한계는 결정하기 힘들다. 많은 조연들은 줄거리의 흐름에 영향을 주지 못한다. 다만 동기나 분위기에 따라 대리인의 역만 맡는다. 그런가 하면 배경을 생동감 있게 만드는 조연도 있고, 주인공의 활동 영역 안으로 들어가는 조연도 있다.

이런 조연들도 두 가지 유형이 있다. 하나는 '중요 캐릭터'로 음모가의 전통에 따라 오랫동안 준비한 일을 하고, 주인공들이 행동하게 압박한다. 스탕달Stendhal의 《적과 흑》에서 무슈 드 레날, 표도르 도스토옙스키의 《카라마조프 가의 형제들》에서 아버지 카라마조프, 혹은 막스 프리슈의 《호모 파베르》에서 헤르베르트 헨케가 그 예다.

둘째 유형으로는, 어느 정도 사건 안으로 들어가는 화자로서 등장하는 조연들이다. 예를 들어 허먼 멜빌Herman Melville의 《모비딕》에서 이스마엘, 표도르 도스토옙스키의 《악령》에 나오는 연대기 저자가 있다. 이런 인물들은 일반적으로 행동하는 인물이라기보다 관찰자이지만, 단순한 조연에 그치지 않는다. 그들의 역할은 독자들이 줄거리 속으로 더 많이 연루되도록 해설하고, 묘사한다. 그들의 역할이 중요해질수록, 그들은 점점 주인공으로 발전해나간다. 토마스 만의 《파우스트 박사》에서 세레누스 차이트블롬은 친구와 소식을 전하는 사람일 뿐 아니라 일종의 악마이며 천재적인 음악가의 그림자 자아이다. 따라서 캐릭터 구조상 주인공은 한 사람이고 이로써 중요한 의미를 얻는다.

주인공은 스토리의 핵심이다. 주인공은 서술 시점을 형성한다. 따라서 대부분의 소설은 그들에 의해서 이야기가 전개되거나 그들의 시선으로 묘사된다. 그들은 목표에 맞게 줄거리를 움직이고, 줄거리와 함께 발전하며 독자들의 감정을 자신들에게로 이끈다. 그들은 주인공으로서 호감, 호기심과 관심을 불러일으킨다.

반대로 적대자이면 독자들에게 반감과 증오심을 불러일으키는 주인공도 있는데, 그럼에도 동정심과 매력을 발산할 때도 적지 않다. 완전히 흑백 논리의 작품이 아니면 주인공과 그의 적대자는 진부한 동화 구도처럼 '선'과 '악'으로 대립하지 않으며, 각자의 입장에 따라 나름의 동기와 도덕적 정당성을 지닌다.

중요한 것은 적대자도 영웅처럼 강해야 하고, 둘의 대결이 쉽게 끝나지 않아야 한다는 것이다. 영웅이 항상 승리를 거둘 필요는 없으며, 실패함으로써 위대함을 보여주는 경우도 드물지 않다. 윤리적 승리 같은 것 말이다. 항상 모든 주인공들이 한 명의

적과 맞서 힘껏 싸우지는 않는다. 흔히 반항아가 사회의 규범과 속박에 맞서 싸우고, 인간의 본성이 인간의 열정과 시험에 맞서 싸울 경우도 많다. 또한 주인공들은 달성하기 힘든 하나의 목표를 추구한다. 그들은 시간과 공간을 움직이면서 세상의 기적과 숭고함을 경험하고, 저항에 부딪치고, 모험한다. 마침내 깨달음을 얻고 현명해지거나 진지해져서 고향으로 돌아간다.

잘 다듬은
캐릭터 ¶

작가는 소설의 핵심 캐릭터나 인물들에게 주의를 기울인다. 핵심 캐릭터들은 독자의 관심을 끌고, 독자의 눈앞에서 생생하게 살아 움직인다. 어떻게 하면 그런 캐릭터를 만들 수 있을까?

에드워드 모건 포스터Edward Morgan Forster가 《소설의 이해》에서 요구하듯이, 작가는 캐릭터를 다차원적으로 '잘 다듬어서' 만들어낸다. 포스터는 캐릭터들이 설득력 있는 방식으로 독자들을 놀라게 할 수 있는지 시험해보라고 제안한다. 예측 가능하게 행동하는 인물들은 너무 평이하므로 소설의 핵심 인물이 되어서는 안 된다. 독자를 당황하게 만들고 놀라게 하는 인물은 양면성이 있다. 그런 인물은 소설이 끝날 때까지 독자에게 수수께끼 같은 존재로 머물 수 있다. 이런 주인공을 묘사하는 그림은 항상 빈칸이 많다. 그래서 독자는 빈칸을 메우고자 하는 욕구가 강해진다.

작가는 등장인물을 모든 면에서 비춰보아야 한다. 정반대의 개성을 가진 인물들을 함께 생각하고, 가능하면 언어로 표현하는 것보다 인물에 대해 많이 앎으로써 다차원성을 이룰 수 있다.

작가는 인물을 공감할 수 있게 만든다. 독자들은 책을 읽으며 항상 이렇게 생각하곤 한다. '그래, 나라도 이렇게 행동했을 거야!' 또는 '나는 다르게 반응할지도 모르지만, 그의 행동을 충분히 이해할 수 있어.' 혹은 '여자가 왜 그렇게 행동하는지는 이해가 잘 안 되지만, 충분히 그럴 수 있다고 생각해.'

작가는 주장이 아니라 내적으로 일치하는 동기와 설득력 있는 디테일을 제시함으로써 독자들의 신뢰를 얻어낸다. 추상적인 성찰이 아니라 감각적이고 구체적인 서술로 그것을 이뤄낸다.

작가는 등장인물을 야심 차고, 적극적이며, 싸울 능력이 있지만 어쩌면 몰락할 수도 있는 사람으로 만들어낸다. 인물에게는 항상 달성하려는 목표가 있다. 항상 움직이고, 발전하거나, 잠재성을 계발하려고 한다. 인물의 성격과 운명에서 역동성이 느껴지도록 하는 것이 중요하다. 변화를 일으키는 모든 것은 당혹스러움과 호기심을 유발해야 할 뿐만 아니라 독자의 관심을 끌고 또 매혹시켜야만 한다.

작가는 독자들이 충분히 납득할 수 있도록 인물들의 행동에 능동성과 활동성을 부여해야 한다. 돌발적이거나 이해 불가능하게 갑자기 변하는 것이 아니라, 하나에서 유발된 동기에 의해서 다양한 결과가 전개되도록 해야 한다. 그러기 위해서는 각각의 국면마다 미리 복선을 깔아놓는 등의 준비 작업이 필요하다.

관점을 완전히 뒤집을 수도 있다. 즉, 수동적이며 모든 것에 관여하지 않고, 희생자가 된 듯 꼼짝하지 않고, 발전도 없고, 매사에 불평하고, 우울한 자기 연민에 빠진 캐릭터로 그리는 것이다. 물론 그렇게 하면 독자들은 떨어져 나갈 것이다.

작가는 인물들이 사랑하게 할 수도 있으며 격정에 휩싸이게 할 수도 있다. 이때 작가는 인물들을 사건이 벌어지는 한복판에, 강렬한 감정을 느끼게 되는 상황에 가져다 놓는다. 다시 말해 인물들은 위협적이고, 위험하며, 굴욕적이고, 승리에 취하고, 성적으로 흥분하고, 고집스러운 열정과 희생적인 사랑에 빠지고, 정신적으로나 육체적인 고통에 처한다. 이와 같은 상황은 독자의 마음을 사로잡는다. 물론 제한은 있다. 너무 강한 고통은 독자들을 충격에 빠뜨리고 놀라게 한다. 강한 고통은 반복하면 의미를 잃고 만다. 지나친 과장은 작품을 신파적으로 만들 뿐 아니라, 고상한 차원에서 가볍고 우스운 차원으로 전환시킨다.

작가는 스스로 등장인물 속에 들어감으로써 감정이 강조되는 행동을 만들어낼 수 있다. 만일 작가가 작품의 인물들에게 호감을 느끼지 않거나 관심을 가지지 않으면, 즉 인물과 자신을 동일시하지 않고 인물들에게 전념하지 않으면, 독자를 열광하게 만들 수 없다. 그러면 인물들이 아무리 멋지더라도 내용은 삭막해진다. 독자는 무관심해지고 감동도 받지 못한 채 왜 이런 책을 읽어야 하는지 의구심을 품게 된다.

저자는 이와 같은 특징에 더 방대한 측면을 추가해야 한다. 즉, 독자와의 유사성과 차이점을 혼합해서 독창적인 인물을 만들어야 한다. 등장인물이 독자와 너무 비슷하면 지루하고, 독자에게 너무 낯설면 거리감이 느껴져 결국 외면당한다. 반면에 독자와 닮았지만 동시에 낯선 사람은 호기심과 관심을 불러일으킨다. 또한 독자는 이런 인물과 자신을 동일시하는 경향이 있어 허구적인 캐릭터 안에서 자신을 보게 된다. 이런 점은 오래전부터 잘 알려졌을 뿐 아니라 경험적으로도 입증된 사실이다. 독자는 인물들에게서 자신이 허용하지 않는 그림자 자아를 보게 된다. 인물과 독자 사이의 무의식적 다리는 잘 설명할 수 없지만, 결코 헤어나지 못할 정도로 매혹적이다.

주장만 하지 말고,
보여주라!¶

"예술작품은 구체적인 것을 입증하려는 이성을 포기함으로써 생겨난다.
예술작품은 감각의 승리다."
– 알베르 카뮈, 《시지프 신화》

작가는 언어로 인물의 형상을 만들어준다. 다양한 교육 수준과 배경을 가진 수많은 독자들은, 언어로 만들어진 형상에서 살아 있는 인물을 상상한다. 우리는 이 점을 기억해야 한다.

따라서 작가는 독자를 광범위하게 수용할 수 있는 코드와 기대치를 선택해야 한다. 이것이 가능한 이유는 인간은 감정과 느낌이라는 기본 영역에서 유사하게 반응하며, 그리하여 비슷한 구조적 경험을 하기 때문이다.

또한 창작 테크닉은 매우 중요하다. 다시 말해 구체적으로 캐릭터를 창조하면, 독자들은 등장인물을 보편적으로 충분히 이해할 수 있다. 미소는 모든 문화권에 있는 보편적인 감정으로, 그때그때 문맥에 따라 다양하게 해석된다. 이런 식으로 독자는 작가가 의도한 의미대로 읽게 된다.

캐릭터들을 묘사할 때는 가능하면 캐릭터들을 구체적으로 서술해 보여주되, 나머지는 독자에게 맡겨야 한다. 독자는 제공된 글을 읽고 나름대로 해석할 것이다. 따라서 작가는 인물을 주장하거나 설명하려 하지 말고 묘사하거나 서술하는 것이 중요하다. 이보다 더 좋은 것은 환기하고 암시하기다. 상상력을 충분히 발휘하여 독자들에게 해석하게 하는 것이다. 미국 작가들은 생동감 있는 글쓰기를 위해 중요한 기본 원칙을 이렇게 표현한다. "Show, don't tell!" 말하지 말고 보여줘!

물론 여기에서도 경제성의 문제가 생긴다. 요약적 판단이 담긴 문장은 신속하게 정보를 전달할 수 있다. 예를 들어 "그는 용감한 청년이었다."라는 문장은 젊은이의 용기를 보여주어야 할 장면 전체를 대신할 수 있다. 따라서 신속하게 정보를 전달하고자 한다면 설명이나 개념적 정의 등으로 원하는 바를 이룰 수 있다. 그러나 줄거리가 진행되면서 캐릭터의 상이 발전해나가는 것이 훨씬 더 생동감 있고, 효과적이며, 매혹적이다. 이렇게 되면 독자는 환상 놀이에 참여할 수 있는 초대장을 받는다. 절반은 글자 맞히기 퀴즈 같고, 절반은 가면무도회 같은 환상 놀이 말이다. 독자에게는 적극적인 참여가 허용되므로 소설을 읽을 때 미성년자처럼 취급받지 않아도 된다.

인물 묘사와 성격 묘사를 위한 체크리스트

만일 중요한 인물을 창조해야 한다면 다음에 소개하는 목록을 철저하게 검토하고, 모든 사항을 구체적으로 말할 수 있는지 확인해보라. 매번 적절한 디테일이 있는지 찾아보라. 각 항목 전체를 머릿속에 담아놓는 것이 특히 중요하다. 글에서 문제를 지시해주는 디테일한 묘사는 설득력이 있다.

인물 창조를 위해 검토해야 할 항목은 다음과 같다.

- 외적인 특징 : 신체, 외모, 움직임, 몸짓, 손짓, 선호하는 옷 등
- 특별한 재능
- 근본적인 특성과 의미 있는 피상적인 면

- 과거와 프롤로그 : 경험, 장면 전환, 기억, 대화 등의 서술을 통해 명백히 보여주기 또는 기대, 습관, 본보기, 옛 친구와 적 등을 통해 함축적으로 보여주기
- 가족, 사회적 배경과 인간 관계
- 직업, 평판
- 견해(인식과 행동에서 분명해야 한다. 간접적이면 더 좋다. 생각과 표현과 장황한 말로도 나타나야 한다.)
- 습관 : 좋아하는 것과 싫어하는 것, 취향, 관심, 공포증, 과민증
- 취미, 여가활동
- 바람, 야망, 목표
- 감정과 동기
- 백일몽
- 일상적인 행동과 스트레스를 받을 때의 반응, 위험에 처할 때의 반응
- 전형적인 상호작용 패턴
- 수수께끼 같은 특징

또한 호감과 반감을 불러일으키는 성격들을 정당하게 분배하도록 주의해야 한다. 호감을 불러일으키는 요소는 대체적으로 매력(지나치게 이상적인 인물을 만들거나 진부한 인물을 만들지 않도록 주의), 이타주의(믿을 수 있을 정도로만!), 적극성, 강한 야망, 분

명한 목표, 용기, 공정함, 소박함, 유머, 신뢰, 지성(너무 뛰어나 않게)이다.

이와 반대로 반감을 불러일으키는 것은 완벽주의자, 자칭 톱에 속한다고 말하는 유형("내가 바로 왕이지! 누구도 나를 능가하지 못해!"), 상대방의 말을 중단하는 사람, 불리^{bullys}(괴롭히고 못살게 굴며 독재를 하는 사람들. 학교나 군대에서 쉽게 볼 수 있다.), 사디스트, 살인자다. 또한 이기적이고 자신에게만 집중하는 사람, 허풍쟁이, 남을 가르치려 드는 사람, 궁상맞고 감상적인 사람, 유머가 없고 너무 지적인 사람도 반감을 일으킨다. 미친 사람들은 두렵고 당황스럽게 만들지만, 동정심을 불러일으킬 수도 있다. 이상하거나 극단적으로 적응하지 못하는 사람은 심지어 긍정적인 영웅이 될 수도 있다. 켄 키지^{ken Kenneth Elton Kesey}의 작품《뻐꾸기 둥지 위로 날아간 새》를 생각해보라.

등장인물의
이름¶

이름도 작품 속 인물에게 특징을 부여한다. 예를 들어 시몬 드 보부아르 같은 작가들이 인물에 걸맞은 이름을 찾기 위해 전화번호부 책을 뒤져본다는 말을 한다면, 이는 그들이 이름을 우연히 정하지 않는다는 의미다. 이름은 의식적이지 않은 방식으로 의미를 담고 있어야 하고, 무엇보다 등장인물과 '딱 맞아떨어져야' 하는데, 이름의 소리와 리듬도 그러해야 한다.

예를 들어 막스 프리슈가 쓴 소설의 제목이자 주인공 이름인 '슈틸러Stiller'를 보자. 이보다 더 잘 어울리는 이름을 찾기는 어려울 것이다. '슈틸러'라는 이름에는 '고요한'이라는 뜻이 숨어 있고, '슈틸렌Stillen'이라는 동사는 '갓난아이에게 젖을 먹이다'

120

라는 뜻이 있으며, '피를 멎게 하다'와 '그리움, 욕망, 복수심을 잠재우다'라는 뜻도 있다. 슈틸러는 '간텐바인*'일 수 없을 것이고, '프리슈'는 더더욱 아니다. 말장난을 하자면, 소설이 끝날 즈음 슈틸러는 '슈틸'해지지만(조용해지지만), 소설의 그 어느 곳에서도 그는 '프리슈'인 적이 없다(활기찬 적이 없다.).

그와 같은 예는 다른 언어권에서도 찾아볼 수 있는데, 가령 알베르 카뮈의《이방인》뫼르소^{Meursault}와 스티븐 킹의《미저리》체스테인$^{Misery\ Chastain}$이 있다. 뫼르소는 'meurtre(살인)'와 'seul(혼자)'의 결합이자, 살인 장소인 'mer(바다)'와 살인 동기인 'soleil(태양)'의 결합을 뜻한다. 'misery'는 불행이라는 뜻이고, 'chastain'에는 chaste(정숙한, 순수한, 예의바른), chasten(정숙하다, 정화하다), chase(사냥하다, 추적하다)와 disdain(경멸, 오만)도 숨어 있다.

막스 프리슈는《나는 독자를 위해 쓴다》라는 글에서 주인공의 이름에 대해 다음과 같이 말했다.

"의식하고 고른 이름은 …… 나의 경우에 성공하는 경우가 드물다. 그렇게 고른 이름에는 의도가 달라붙어 있어서 인물과 결코 연결되지 않는다. 왜 이름이 함축적이어야 하는지, 아니

---

* 간텐바인 : 막스 프리슈의 또 다른 소설《나를 간텐바인이라고 하자》의 주인공이다.

면 그러지 말아야 하는지는 대답하기 어렵다. 이름의 억양은?
…… 우의적寓意的인 어조를 담고 있는 이름도 있고, 악보 기호
와 같은 이름도 많다."

이름이 너무 의식적으로 '무엇인가를 전달'하고 있다면, 그것
은 무거운 상징처럼 작용하게 된다. 독자들이 그 의도를 알아차
리면 불만을 느낄 수도 있다. 우의적이고 소리가 풍부한 이름
을 좋아했던 토마스 만은 때때로 멋진 이름에만 신경을 쓴 나머
지 '가브리엘레 클뢰터얀Gabriele Klöterjahn' 같은 이름을 만들기
도 했지만, 아주 아름다운 이름도 만들었다. '토니오 크뢰거Tonio
Kröger'와 '하노 부덴브로크Hanno Buddenbrook'는 '가브리엘레 클뢰
터얀'처럼 동일한 양면 패턴에 따라 짜여 있다.

'토비아스 민더니켈Tobias Mindernickel', 'B. 그륀리히B. Grünlich',
'루디 슈베르트페거Rudi Schwerdtfeger', '데트레프 슈피넬Detlev
Spinell'도 분명 악보와 같은 열쇠를 제공한다. '구스타프 폰 아센
바흐Gustav von Aschenbach'는 '슈틸러Stiller'처럼 예술적으로 상당히
압축된 이름이다. 즉, 어둡게 울리는 모음gu, 길고 어렵게 이어
지는 '폰 아센바흐'라는 성姓과, 그리고 아센바흐의 아셰Asche는
'재'라는 의미가 있으므로 소설 《베니스에서의 죽음》에서 자살
을 하는 주인공을 암시한다.

'뭔가 말해주는' 특징이 있는 이름은 토마스 만처럼 오래된

작가에게서만 볼 수 있는 것은 아니다. 애거서 크리스티^{Agatha} ^{Mary Clarissa Christie}의 탐정소설에 등장하는 자그마한 체구의 에르 퀼 푸아로^{Hercule Poirot}는 '헤라클레스'라는 뜻이며, 파트리크 쥐 스킨트의 《향수》에서 살인자 장 바티스트 그르누이^{Jean-Baptiste} ^{Grenouille}는 '개구리'를 뜻한다. 영국의 여성 작가 수 타운센드^{Sue} ^{Townsend}는 소설 두 권을 히트쳤는데, 주인공인 청소년의 이름은 에이드리언 몰^{Adrian Mole}이다. 이 이름은 '두더지'를 뜻한다. 움베 르토 에코의 소설에 등장하는 수도승 윌리엄 폰 배스커빌과 그 의 제자이자 수련사 아드소는 코난 도일의 소설 《셜록 홈즈》를 암시하는데, 바로 '배스커빌 가의 개'와 '왓슨 박사'를 암시하고 있다.

이름을 찾고 선택하고 판단하는 것은 글을 쓸 때의 많은 작업 들처럼 예민한 감각과 말로 표현할 수 없는 감수성이 필요한 일 이다. 따라서 여러 가지 후보 이름들을 찾아보는 것이 바람직하 며, 자유롭게 이름을 찾다가 연상되는 것을 잘 선택하는 것도 중 요하다. '에피 브리스트^{Effi Briest}'라는 이름을 예로 들어보자. 이 이름은 어떤 특별한 의미를 전해주지는 않지만, 발음이 밝고 날 카롭게 들린다. '에피^{Effi}'라는 애칭에서 젊은 여자의 이름이라는 것을 짐작할 수 있다. 그러나 '에피 브리스트'라는 이름에는 상 반된 성격이 숨어 있다. '브리스트^{Briest}'에는 '비스트^{beast}(짐승, 악 마처럼 부정적인 뜻은 아니지만)'가 숨어 있다. 또 예전에 브란덴

부르크 지방은 '브리스트'를 마을 이름으로 사용했기 때문에, 이 이름의 주인공이 어디 출신인지 알 수 있다.

지역적인 특징과 사회적인 소속도 항상 염두에 두어야 한다. 농사를 짓는 사람은 귀족과는 다른 이름이어야 한다. '에스터 골드스미스Esther Goldschmidt', '루스 베른하이머Ruth Bernheimer', '다니엘 레비Daniel Levy'는 유대인 이름이다. 유명인의 이름도 의미를 축소시킨다. 가령 아돌프 폰 몰레Adolf von Mole*, 구스타프 괴링Gustav Göring**, 한스 콜Hans Kohl 혹은 아달베르트 바이체키Adalbert Weizsäcker*** 같은 이름을 들으면 누가 떠오르는가? 따라서 주인공 이름을 듣고 특정 인물이 떠오르지 않도록 주의할 필요가 있다.

작가는 글에서 이름을 지칭하는 방식(이름, 성, 작위 등)을 통해 인물과의 거리를 확정한다. '폰 아르님 부인'이라는 지칭은 '가브리엘라' 혹은 '가비'라는 이름에 비해 훨씬 거리를 두고 있다. 작가가 등장인물을 두고 '방문자'라고 하는 것과 '요셉 K' 혹은 'K.'라고 부르는 것은 전혀 다르다. 성대신 이름을 말하는 사람은 서로 잘 알고 있는 화자일 경우가 많다. 화자의 시선과 똑같은 시선을 갖고자 하는 독자의 욕구에 잘 부합한다. 이름에서 성

---

* 아돌프 폰 몰레(Adolf von Mole) : 히틀러를 연상시킨다.
** 구스타프 괴링(Gustav Göring) : 히틀러 시대의 대표적인 정치가로서 비밀경찰인 게슈타포를 만들었고, 최초의 집단수용소를 만든 장본인 헤르만 괴링을 연상시킨다.
*** 아달베르트 바이체키(Adalbert Weizsäcker) : 독일의 대통령을 연상시킨다.

으로 변환하고 반대로 성에서 이름으로 변환하는 경우는 화자와 등장인물과의 거리 변화를 암시한다. 호감이 가지 않는 인물을 애칭으로 부르는 경우는 거의 없다. 독자들은 주인공의 이름을 '헬무트 할름Helmut Halm'이라고 소개했다가 갑자기 그를 이름 대신 '교사'라고 부르면 당황스러워한다. 그의 직업에 관한 언급이 그다지 중요하지도 않은데 그렇게 불렀다면 더욱 그렇다. 또한 문체상의 효과를 노리고 카프카처럼 이름 대신에 갑자기 '혼란에 빠진 자'라고 묘사하면, 이것도 기묘하게 들릴 수 있다.

이름을 선택하고 사용하는 감각을 개발하려면, 문학작품에서 독특하고 흥미로운 이름을 쭉 나열해놓고 각각의 이름이 가진 특성과 역사를 살펴보도록 하라. 이때 이름을 큰 소리로 발음해보는 것도 잊어서는 안 된다.

캐릭터 형상화의
형태¶

한 인물의 다층적인 면모를 서술하는 데에는 캐릭터를 형상화하는 다양한 방법이 사용된다.

캐릭터를 형상화하는 방법은 다음과 같다.

- 화자가 직접 설명하고 묘사하기.

- 다른 인물을 통해 특징을 서술하고 묘사하기.

- 생각, 목표, 동기와 자기 말의 인용을 통해 스스로 성격을 묘사하기. 1인칭 소설의 경우 말투와 어법을 통해 묘사하기.

- 말하는 태도, 말하는 형식, 대화를 통해 성격을 묘사하기.

- 행동과 반응을 통해 성격을 묘사하기.

- 외모, 행동과 틀에 박힌 버릇을 통해 성격을 묘사하기.
- 환경과 배경이라는 거울을 통해 성격을 묘사하기.

덧붙여 캐릭터를 소개할 때 세 가지 형태로 구분할 수 있다.

- 작품 초반에 정보를 전달하는 객관적인 기술을 통해 주인공을 소개하기.
- 장면마다 서술하고 설명하는 문장을 삽입하여 상상하게 하기.
- 설명을 의도적으로 생략하기(인물은 줄거리가 진행되는 과정에서 행동, 말, 다른 인물에 대한 반응 등을 통해 형상화된다.).

레오 톨스토이가 시작한 형상화의 특수한 한 형태를 '셰이딩 shading(음영 주기)'이라고 한다. 셰이딩이란 대체로 부정적이며 반감을 불러일으키는 특징과 행동 방식을 통해 인물을 소개하는 것을 말한다. 이와 같은 형상화는 흔히 단면적이고, 왜곡되거나 잘못된 인식을 바탕으로 하지만 칼 융Carl Gustav Jung에 따르면 인물의 그늘에 가려진 특징을 드러낼 수도 있다. 셰이딩을 통해서 인물의 대립적인 요소와 상반된 내적인 모습을 개발해낼 수 있다.

예를 들어 톨스토이의 《전쟁과 평화》에 등장하는 쿠투조프 장군은 처음에는 병사들을 잃고도 전혀 동요하지 않는 모습으로 그려진다. 그러나 나중에는 부하들을 걱정하는 배려심을 발견할 수 있다. 또한 파트리크 쥐스킨트의《향수》주인공 장 바티스트 그르누이는 '프랑스 왕국에서도 가장 악취가 심한 곳'에서 태어난다. 후각이 발달한 천재는 냄새가 나는 세계에서 성장하고, 아동 살해로부터 도망쳤지만 스스로 살인자가 된다. 소설의 초반부에 시대색時代色을 묘사하는데, 이는 꼭 필요해서가 아니라 셰이딩을 통해 더욱 강렬하게 주제로 끌어가기 위해서다. 우리는 어둠에서 빛이 나타나기를 기대하듯, 악취와 냄새의 부재(그르누이에게서는 냄새가 전혀 나지 않는다.)로부터 향수라는 구원이 합성되기를 기대한다.

몇 가지 구체적인 예를 살펴보기로 하자. 소설 초반에 화자가 주인공을 소개하는 것에서부터 시작해보자.

마가렛 미첼Margaret Mitchell의《바람과 함께 사라지다》는 세계 문학에서 가장 성공을 거둔 소설 가운데 하나다. 이 방대한 작품의 맨 처음에는 여주인공 이름이 등장하고, 곧이어 외모가 소개된다. 여기에서 작가는 첫 문장으로 주인공의 상반된 면을 부각시키고 동시에 그 효과, 특히 남자들에게 주는 효과를 강조한다.

스칼렛 오하라는 실제로 아름답다고는 할 수 없었다. 하지만 남자들이 그녀의 매력에 빠져들면, 현재의 쌍둥이 형제 탈레튼처럼 그녀의 매력에서 벗어나지 못했다. 그녀의 얼굴에는 아일랜드 출신 아버지의 거칠고 우악스러운 윤곽 외에도 프랑스 귀족이었던 어머니의 부드러운 특색이 불시에 드러나고는 했다. 뾰족하면서도 강한 턱을 가진 얼굴은 놀라서 멈칫하게 만들었다.

이어지는 두 개의 단락에서도 작가는 스칼렛의 외모를 꼼꼼하게 묘사하고 부수적으로 소녀의 나이를 넣은 다음 시간, 장소, 사건이 일어나는 환경을 암시한다. 마지막으로 독자에게 여주인공이 겪고 있는 갈등이 무엇인지, 책의 주제와 스토리의 방향을 예감할 수 있는 해설을 첨가한다.

그렇듯 정숙함 뒤에 조심스럽게 그녀의 진정한 본성, 바로 자유로운 본성이 숨어 있었다. 반짝이는 녹색 눈은 반항적이었고, 삶에 굶주려 있었다. 신중함으로 가득한 부드러운 인상과 존경스러운 태도도 그런 점을 잘 감추지 못했다.

다른 소설들처럼 여주인공 성격의 갈등에서 스토리와 줄거리가 나온다. 토마스 만의 단편 《법》도 마찬가지다. 주인공의 성격은 작품 내용에 분명한 그림자를 던져놓는다. 그것을 보여주는 형태는 다양하다. 작중 화자는 주인공 모세를 별다른 세부 묘사 없이 단지 추상적으로, 그러나 대단히 역동적이고 강단 있는 문장으로 서술하고 있다. 서술 속도와는 전혀 다른 문장들이 이어지면서 이야기가 전개된다.

> 그는 자신의 출생이 워낙 복잡했기 때문에 격정적일 만큼 질
> 서와 불가침의 계율, 금지를 사랑했다.
> 이른 시각 그는 열정에 휩싸여 살인을 저질렀다. 따라서 살인
> 은 대단히 매혹적이긴 하지만 일단 저지르고 나면 넌더리가
> 나도록 끔찍하다는 사실을, 그러니 살인이란 결코 해서는 안
> 될 일이라는 사실을 이 일을 겪어보지 않은 그 어떤 사람보다
> 잘 알고 있었다.
> 그는 지극히 감각적인 사람이었다. 그렇기에 영적인 것, 순수
> 한 것과 성스러운 것, 보이지 않는 것을 원했다. 왜냐하면 이런
> 것들이 그를 영적이며, 성스럽고, 순수하게 보이게 해주었기
> 때문이다.

인물에 대한 이와 같은 직접적인 묘사가 있다면 이제 간접적
인 묘사의 몇 가지 예를 살펴보도록 하자. 토마스 만의 단편《힘
겨운 시간》은 아직 알려지지 않은 주인공 프리드리히 실러의 모
습을 제목에서 암시하고 있다.

> 그는 자그마하고 부서질 것 같은 책상을 밀어내고는 절망에
> 빠진 사람처럼 자리에서 일어나 고개를 떨군 채 반대편에 있

는 난로 쪽으로 걸어갔다. 난로는 기둥처럼 기다랗고 가느다 랬다. 그가 손을 도자기 난로에 대었으나 난로는 완전히 식어 있었다. 한밤중은 이미 오래전에 지나갔고, 그래서 그는 그가 원했던 온기를 전혀 느끼지 못한 채 난로에 등을 기댔다. 그러 고는 잠옷의 옷자락을 끌어당기며 기침을 했는데, 잠옷의 윗 부분을 장식하는 주름장식은 낡아서 너덜너덜하게 매달려 있 었다. 그는 공기를 약간이나마 들이마시기 위해 코로 힘들게 헐떡였다. 늘 그렇듯 코감기에 걸려 있었기 때문이다.

자세한 인물 묘사는 없지만, 작가는 세팅(추운 방, 밤, 부서진 책 상)의 묘사와 인물의 행동 묘사를 통해서 입체적인 그림을 즉각 만들어냈다. "절망에 빠진 사람처럼"이라는 비유는 작가가 인물 을 추상적으로 판단하는 유일한 표현이지만, 비판적으로 살펴보 면 필요한 표현은 전혀 아니다. 상황이 그처럼 절망적이라는 점 을 충분히 암시하기 때문이다.

게오르크 뷔히너는 단편소설 《렌츠》에서 주인공을 자연과 날 씨로 비춰주고, 언어만으로 생생하게 만들었다.

1월 20일에 렌츠는 산으로 갔다. 산봉우리와 눈 덮인 높은 산, 계곡 밑으로 회색의 바위들, 녹색의 평원, 바위와 전나무들. 날 씨는 습하고 냉했고, 물은 바위를 통과해 촬촬 소리를 내며 흘

러내리다가 길 위로 쏟아지기도 했다. 전나무 가지들은 축축
한 공기 아래에 무겁게 축 늘어져 있었다. 하늘에는 회색 구름
이 짙게 드리워져 있었고, 안개가 자욱하게 올라와 무성한 관
목을 무겁고 축축하게 뒤덮고 있어 모든 것이 굼뜨고 우둔해
보였다. 그는 아무것도 상관하지 않고 계속 걸었고, 방해하는
것은 아무것도 없었다. 위로 올라갔다가 또 밑으로 내려갔다.
그는 전혀 피곤하지 않았지만, 자주 불편함을 느껴 머리를 들
고 걸어갈 수 없었다. 처음에는 바위를 뛰어넘었지만, 회색 숲
이 발아래에서 흔들거렸다. 안개가 형체들을 삼켰다가 이내
거대한 형체를 절반쯤 토해냈을 때, 가슴이 옥죄어왔다. 그는
마치 잃어버린 꿈처럼 뭔가를 찾아야만 할 것 같았지만, 아무
것도 찾을 수 없었다. 그에게 모든 것은 너무 작고, 너무 가깝
고, 너무 축축해서 대지를 난로 뒤에 놓고 싶었다. 그는 비탈에
서 먼 곳에 있는 지점까지 내려가기 위해 이토록 많은 시간이
필요한지 이해할 수 없었다. 그는 몇 발자국만 가면 될 거라고
생각했던 것이다.

위 문장에서 주인공의 느낌들을 모두 취합하면 그가 극한의
위협 속에서 격양된 상태에 있다는 인상을 강하게 받는다. 하지
만, 뷔히너는 주인공의 감정에 특별한 관심을 두지 않음으로써
("그를 옥죄었다.", "뭔가 찾아야만", "그는 이해할 수 없었다.") 자연

의 정취에 대한 묘사를 보충하고 있다. 또 여기에 좀 낯설어 보이는 소망("대지를 난로 뒤에 놓고 싶었다.")이나 "너무"라는 말을 반복적으로 사용하여 감정을 고조시킨다. 독자는 정확하게 뭔지는 모르지만, 렌츠에게 무슨 일이 있다고 분명히 감지한다. 이처럼 간접적이고 암시적인 형태의 형상화는 독자에게 경고를 울리는 효과를 주며 동시에 표현력도 강해진다.

테오도어 폰타네는《에피 브리스트》의 도입부에서 다양한 테크닉을 혼용한다. 그는 고전적인 방식에 따라 브리스트 가문을 상세히 설명하면서, 질서 있는 세계(사건과 주인공의 사회적 배경에 대한 최초의 지시)로 묘사한다. 독자는 천천히 이동 촬영된 화면을 보듯 건물과 햇살을 받으며 건물 앞에 앉아 있는 두 명의 여자에게 다가간다. 시선은 그네(소설이 진행되면서 주인공들에게 매우 중요한 상징임이 밝혀진다.) 위에서 흔들거리다가 마침내 여자들에게 멈춘다. 이 순간 독자는 그들이 어머니와 딸이라는 것을 알게 된다. 장면은 점점 더 생동적으로 변한다. 특히 딸 에피의 외모와 쾌활한 행동이 눈에 띈다. 이어지는 어머니와 딸의 대화는 딸에게 더 많은 조명을 던져준다(에피는 삶의 기쁨으로 넘치고 확신에 차 있으며, 용기 있고 사랑스러우며, 격렬하고 열정적으로 묘사된다.). 스토리가 진행될수록 에피에 대한 조명은 더 발전한다. 어머니는 "하늘의 딸처럼 늘 공중그네를 타는구나."라고 설명한다.

폰타네는 장소와 환경을 통해서, 은은한 사물의 상징을 통해서, 행동과 언어를 통해서 그리고 어머니의 시각을 통해서(쉽게 에피의 모습을 상상할 수 있게 해주지만 진실 여부는 확인되지 않는다.) 간접적으로 에피의 성격을 묘사한다. 소설이 진행되면서 에피의 성격은 더 구체적으로 드러난다.

인물 배열을 너무 느슨하게 하면 독자들을 허구의 세계로 끌어들이지 못할 수도 있다. 특히 소설 초반에 서술 기법에만 의지하면 독자들이 지치기 쉽다. 따라서 서술 기법 대신 장면^{scene}을 통한 형상화를 시도해야 한다. 그러면 독자는 즉각 하나의 장면으로 빨려 들어간다. 장면에서 행동과 반응을 통해 주인공의 성격이 나타나며, 주변에 대한 반응과 같은 세팅을 통해서도 주인공의 성격이 드러난다. 화자는 독자들에게 더 많은 정보, 예를 들어 인물의 외모와 과거를 전달하고자 하기 때문에 중간에 짧은 서술 문장들을 삽입한다.

스릴러 작가 렌 데이튼$^{Len Deighton}$의 소설 《충실함과 신념으로》*는 '1899년'이라는 연도와 다음과 같은 문장으로 시작한다. "빈의 링 거리에 있는 가로등 밑에, 누구나 볼 수 있게끔 독재자처럼 도도한 인물이 서 있었다." 장면이 짤막하게 시작되었지만

---

* 《충실함과 신념으로》:《겨울(Winter: A Berlin family1899 -1945)》(1987)의 독일어 번역본이다.

독자들은 정확한 시간과 장소는 물론 이름 없는 사람을 생생하게 상상할 수 있다. 또한 이 인물은 조명받고 있으며, 앞으로도 받게 될 것이고, 몸집도 좋을 뿐만 아니라 권력욕("독재자처럼 도도한")도 대단하리라는 것을 독자들은 간접적으로 짐작할 수 있다. 그러고는 이 장면이 끊어지고 인물 묘사가 삽입된다.

그는 30대가량의 나이에 상당히 마른 체격이었으며, 분노에 찬 반짝이는 눈과, 단정하게 자른 검은색 콧수염이 있는 창백한 얼굴이었다. 눈 위로 반짝이는 실크 실린더 모자의 테가 그림자를 드리웠고, 다이아몬드가 박힌 넥타이핀은 가스등 불빛을 받아 반짝였다. 그는 털가죽 옷깃이 달린 기다란 싱글 외투를 입고 있었는데, 값비싼 옷가게에서 만든 것으로 보이는 아주 고급스러운 제품이었다.

이와 같은 묘사로 우리는 인물의 체격, 나이, 얼굴에 대한 중요한 세부사항을 알 수 있다. 특히 "분노에 찬 반짝이는 눈"이라는 표현은 그의 성격을 분명하게 보여준다. "다이아몬드", "값비싼 옷가게" 같은 의복에 대한 묘사 역시 남자가 부유하다는 것을 추측하게 한다.

"나는 1초도 더 기다릴 수 없소."라고 그는 또렷한 베를린 말투로 말했다.

작가는 이 문장으로 장면에 줄거리를 삽입한다. 우리는 남자가 베를린 출신이며, 그가 참을성 없는 사람이거나 뭔가 미룰 수 없는 일을 해결해야 하거나 그런 일이 일어나게 되리라는 것을 짐작할 수 있다.

아무도 해럴드 빈터를 현지인이라고 생각하지 않았을 것이다.—아마 기껏해야 뵈메에서 이주해온 사람 정도로 생각했을 것이다. 요사이 빈 주민의 상당수가 이와 같은 이주민들이었다.

이 문장을 통해 우리는 남자의 이름을 알 수 있다. 또 그가 빈 사람이 아니라는 사실을 추측할 수 있다. 문장 안에 인용된 말을 보면 당시로서는 그가 어디서 온 사람인지 확신할 수 없다는 것과 그 고장에 어떤 사람들이 사는지 등을 알 수 있다. 다음에 나오는 문장들은 장면을 분명하게 만들고 줄거리를 거침없이 앞으로 끌고 나간다. 자동차가 고장 나는 바람에 해럴드 빈터는 호기심에 찬 사람들에게 둘러싸인다. 그는 운전기사가 사람들을 몰아낼 때까지 기다리지도 않는다.

"나는 걸어서 클럽까지 가겠네." 남자는 그렇게 말했다. "자네는 여기 차 옆에 있도록 해. 내가 도와줄 사람을 보낼 테니까."
대답도 듣지 않고, 그는 앞을 가로막고 있는 사람들을 옆으로
밀어내고는 힘차게 걸어갔다. 화가 나서 팔에 들고 있던 지팡
이로 아스팔트를 툭툭 치면서.

이 단락에서도 우리는 그가 말하는 방식(명령조), 사람들에 대
한 태도(배려 없음), 감정 상태(그는 자동차 사고에 화를 내면서 감정
이 상한 것처럼 반응하고 모욕감을 느낀다. 그는 중심에 서 있고 자신
의 신분에 일체감을 느끼고 있다는 점을 향유하고 있다.)를 통해서 해
럴드 빈터에 관해 많은 것을 알게 된다. 마침내 독자는 현재 그의
가족 관계도 알게 된다. 그의 아내는 적어도 남편을 설득할 수 있
었던 것이다. 여기서 이렇듯 '도도한' 남자가 항상 결정권을 쥐고
있는 것은 아니라는 사실을 추측할 수 있다. 또한 책을 읽다 보면
자동차 사고가 유일한 사고가 아니었음을 추측하게 된다.

또 다른 예를 들어보자. 형상화의 대가 토마스 만은 조연에게
도 세심하게 주의를 기울인다. 소설《마의 산》의 '아침 식사' 장
에서 젊은 주인공 한스 카스토르프는 요양소에 머무는 손님과
처음으로 마주친다. 이는 주인공과 다른 인물들을 다양한 방식
으로 형상화하는 기회를 제공한다. 여기에서는 대부분 주인공의
시각으로 이야기를 진행한다. 한스 카스토르프는 자신의 행동,
지각, 물음과 답변을 통해 자신의 성격을 표현하고, 이와 동시에

화자는 카스토르프의 눈을 통해 다른 인물들의 특징을 서술한
다. 예를 들어 한스 카스토르프는 자신의 사촌 요아힘에게 요양
소에 머물고 있는 다른 사람들과 그들의 질병에 대해 질문한다.
요아힘이 그다지 흥미를 못 느끼는 반면에 한스 카스토르프는
상당히 호기심을 가지고 흥미를 느낀다.

그녀는 아이처럼 작았지만 늙고 길쭉한 얼굴을 하고 있었다.
놀랍게도 난쟁이였다. 한스 카스토르프는 사촌을 뚫어지게 쳐
다보았지만, 사촌은 어깨와 눈썹을 들썩거릴 뿐이었다. 마치
이렇게 말하는 것처럼. "그런 거지 뭐. 어쩌라고?" 그리하여 한
스 카스토르프는 사실에 순응하고서, 특별히 친절하게 차를
제공했다. 왜냐하면 차를 부탁한 사람은 바로 난쟁이 여자였
기 때문이다. 그녀는 계피가루와 설탕을 우유죽에 넣어 먹기
시작했고, 그러는 사이 그의 눈은 돈을 더 지불해야 먹을 수 있
는 요리로 향했다.

덧붙여 우리는 여기에서 주인공에 관해 아주 많은 것을 알게
된다. 이야기가 진행되면서 식사를 하는 다른 사람들도 소개되
는데, 예를 들어 '영국인 여성'이다.

그의 왼쪽에 영국인 여성이 앉아 있었는데, 이미 나이가 지긋

하게 들었고, 매우 못생겼다. 이미 꽁꽁 언 가냘픈 손가락으로, 동글동글한 글씨로 씌여진 편지를 읽었고 핏빛이 나는 차를 마시고 있었다.

이런 초상은 다음 번 단락에서 생명을 얻게 된다. "한스 카스토르프는 영국 여성에게 그녀가 무슨 차를 마시는지(들장미 차였다.), 맛이 좋은지 물었다. 그러자 그녀는 거의 열광적으로 그렇노라고 대답했다." 이 짤막한 문장은 인물이 틀에 박힌 유형이 될 위험을 없애주고 인물에게 예기치 않은 깊이를 부여한다.

이로부터 잠시 후에 한스 카스토르프와 그의 사촌 요아힘은 요양소 의사 호프라트 베렌스를 처음 만난다. 화자는 짤막한 서술과 긴 독백을 통해 의사를 소개한다. 이때 화자는 두 명의 사촌과 함께 의사를 묘사한다. 독백은 나중에 일어날 사건을 은근히 암시함으로써 소설의 구조상 보조적인 역할을 한다.

또 《마의 산》의 여주인공인 쇼샤 부인("불같은 고양이!")은 셰이딩이라는 매우 세련된 방식으로 소개된다. '아침 식사' 장에서 그녀는 미지의 그림자로 나타난다.

갑자기 한스 카스토르프는 화가 나고 모욕감을 느껴 어깨를 움찔했다. 문이 하나 잠겨버린 것이다. …… 누군가 문을 잠기게 내버려두었거나 완전히 잠기도록 문을 닫아버린 것이다.

그 소리는 한스 카스토르프가 죽을 때까지 절대 견뎌낼 수 없는 그런 소음이었고, 너무나도 싫어하는 소리였다. …… 그는 문 닫는 소리를 혐오했고 자기 앞에서 그런 소리를 내는 자는 누구라도 때려주고 싶었다. 이번에는 문의 위쪽 부분이 작은 유리로 채워져 있어서 충격은 더 컸다. 지극히 요란했을 뿐 아니라 쨍그랑쨍그랑 하는 소리도 났다. 맙소사! 화난 한스 카스토르프는 생각했다. 도대체 누가 저리 지저분한 짓을 하는 거야! 그 순간 여 재봉사가 그에게 말을 걸었기 때문에, 그는 누가 문을 그런 식으로 닫았는지 추적할 시간이 없었다.

첫 줄에서도 알 수 있지만 주인공이 어떤 일에 어떻게 반응하는지만 봐도 그가 어떤 성격인지 그려진다. 이와 동시에 쇼샤 부인이 소개된다. 정확히 30페이지 뒤에 이 사건이 똑같은 모습으로 반복된다.

우선 유리문이 또 닫혀버렸다. 한스 카스토르프는 씁쓸한 기분으로 어깨를 움찔하며 이번에는 반드시 범인이 누군지 잡고야 말겠다고 속으로 다짐했다. …… 범인은 홀을 통과해 지나간 여성이었고, 여성이라기보다 소녀라고 하는 게 오히려…….

이어지는 단락은 식탁으로 가는 그녀를 따라가고, 동시에 카스토르프가 그녀(카스토르프가 나중에 사랑하게 된다.)를 보는 장면이 나온다. 그녀의 손이 눈에 띄는데, 손은 결코 사랑의 여신이 가지고 있을 법한 손이 아니다.

그녀의 손은 상당히 넓적한 데다 손가락은 짤막했다. 뭔가 원시적이고 아이 같은 모습이 여학생의 손 같았다. 손톱은 매니큐어가 뭔지 모르는 것 같았고, 제대로 깎은 모양도 아니었다. 게다가 여학생에게서 볼 수 있듯 손톱을 둘러싼 피부들은 좀 거칠었는데, 손톱을 물어뜯은 흔적인 것 같았다.

사랑의 대가★¥인 여자는 그다지 매력이 없고 심지어 나쁜 버릇을 가지고 있는 여학생처럼 소개되고 있다. "당연히, 여자"라고 카스토르프는 생각하지만, 독자들은 외모가 약간 떨어진 여자라고 보충해서 생각할 수 있다. 그러나 그때 놀라운 반전이 생긴다. 즉, 카스토르프의 이웃 여자인 "초라하고 나이 든 처녀" 엥겔하르트가 이렇게 말하는 것이다.

"저분은 쇼샤 부인이에요."라고 그녀는 말했다. "정말 꾸밈없는 사람이죠. 매력적인 여성이고……."
"프랑스 여자인가요?" 한스 카스토르프가 엄격한 어조로 물었다. "아뇨, 러시아 여자예요."라고 엥겔하르트가 대답했다.

불편한 인상에 이어 긍정적이고('매력적인') 그와 동시에 이중적인('꾸밈없는') 형상화가 다른 인물의 입에서 나온 것이다. 따라서 여기까지 소개된 모습은 전혀 일차원적인 것이 아니다. 모순된 형상화 덕분에 인물에 대한 호기심과 관심이 커질 뿐 아니라, 성격도 상당히 많이 발전할 수 있으리라고 추측할 수 있다.

이 예에서 셰이딩의 서사적 의미가 부각된다. 뒤에서 화자가 인물의 성격을 뒤바꿔 버리면 부정적 성격이 만들어지지만, 이 부정적인 성격은 이야기가 진행되면서 긍정적으로 탈바꿈한다. 바로 이런 변신의 과정이 한 인물이 드러날 수 있는 여지를 마련해주며, 매혹적인 소설의 조건인 이른바 활기 있는 소설로 보이게 한다.

1인칭으로 쓰인 소설들은 흔히 화자의 자기합리화와 서술 상황에 대한 암시로 시작한다. 이 두 가지 사항은 화자가 왜, 어느 정도의 거리를 두고 이야기를 하게 될지 예측하게 해준다.

과거를 돌아보고 고백과 참회, 나아가 일종의 진리에 이르는 서술 방식은 전형적으로 '닫힌 정원*'의 모습을 하고 있다. 이런 서술 방식은 흔히 나이가 들어서 회상하는 경우(자코모 카사노바Giacomo Girolamo Casanova의 《나의 편력》, 움베르토 에코의 《장미의 이

---

* 닫힌 정원(hortus-clausus) : 감옥이나 요양원 같이 일상에서 벗어나 고립된 상황을 가리킨다.

름》), 모험을 한 뒤에 회고하는 경우(허먼 멜빌의《모비 딕》, 프랑수아즈 사강Françoise Sagan의《슬픔이여 안녕》, 루트 클뤼거Ruth Klüger의《삶은 계속 된다》), 감옥에서 체류하며 사건을 회상하는 경우(토마스 만의《사기꾼 펠릭스 크룰의 고백》, 블라디미르 나보코프Vladimir Nabokov의《롤리타》, 막스 프리슈의《슈틸러》), 정신병원에서 회상하는 경우(귄터 그라스Günter Wilhelm Grass의《양철북》), 혹은 죽음을 앞두거나 엄청난 죄의식(막스 프리슈의《호모 파베르》)으로 인해 자신을 정리하는 경우 등이 있다.

이야기를 하는 시점과 회상하는 사건이 일어난 시점의 시간 간격이 크지 않으면, 소설가는 허구적인 편지나 일기장을 이용하거나(새뮤얼 리처드슨Samuel Richardson의《클러리사 할로》, 요한 볼프강 괴테의《젊은 베르테르의 슬픔》), 사건과의 시간적인 간격을 사라지게 할 수도 있다(요제프 폰 아이헨도르프Joseph von Eichendorff의《방랑아 이야기》, 헨리 밀러의《섹서스》).

화자이자 주인공은 자신이 처해 있는 상황, 자신이 사용하는 언어(=어투와 어법), 생각, 감정, 목표와 의도, 시각과 행동, 매너리즘, 인식하는 내용과 형태로 자신을 형상화한다. 물론 자신에 대한 평가와 서술을 통해서도 형상화한다. 몇 가지 예를 보자.

상황

"인정한다. 나는 정신병원이자 요양원에 사는 수감자다."(귄터

그라스, 《양철북》)

"나는 당시 여름에 열일곱 살이었다. 나는 그야말로 행복했다."(프랑수아즈 사강, 《슬픔이여 안녕》)

자신의 평가와 타인의 평가

"술을 마시지 않으면, 나는 나 자신이 아닌 것처럼 느껴진다. 나는 가능한 모든 선한 힘들에 완전히 파묻혀 그것에 아주 적합하게 나름의 역할을 수행하려고도 해보았다. 하지만 실상 이것은 나와 아무런 관계도 없는 일이다. 현재 나는 말도 안 되는 상황에 처해 있으므로(그들은 나를 한 명의 실종된 시민으로 간주한다.), 유일하게 노력해야 하는 것은 그들에게 설득당하지 않고 잘 맞지도 않은 옷에 나를 끼워 넣으려는 그들의 친절한 시도를 조심해야 하는 일뿐이다."(막스 프리슈, 《슈틸러》)

출신

"타고난 재능과 좋은 가정교육. 나는 이 점에서는 부족한 게 없었는데, 왜냐하면 나는 약간 무질서하기는 했지만 훌륭한 시민 출신이기 때문이다."(토마스 만, 《사기꾼 펠릭스 크룰의 고백》)

행동과 인식

"나는 그곳에 없었다. 나는 병원을 보았다. 나는 비틀거리며 그 자리에서 쓰러지는 한 사람을 보았다. 사람들이 그를 빙 둘러 쌌고, 그 바람에 내가 들어설 자리는 없었다. 나는 임신한 여성을 보았다. 그녀는 힘들게 몸을 일으켜 높고 따뜻한 담을 따라 갔는데, 마치 자신이 존재하고 있는지를 확인하려는 듯 담을 자주 어루만졌다. 그랬다, 그녀는 아직 그곳에 존재하고 있었다."(라이너 마리아 릴케, 《말테의 수기》)

감정

"나는 부드러운 고통으로 나를 누르는 이 낯선 감정에 아름답고 진지한 이름을 붙여주는 게 주저된다. 슬픔이라는 이름을 말이다. 이것은 너무나 배타적이고 이기적인 감정이어서, 나는 이런 감정을 갖는다는 것이 부끄럽다. 슬픔은 항상 나에게 주의해야 할 감정으로 보였다. 나는 슬픔을 알지 못했다. 나는 근심했고, 비탄했고, 자주 후회했다. 이제 뭔가 나를 비단처럼 부드럽고 가냘프게 감싸는데, 그것은 다른 감정들과 나를 분리한다."(프랑수아즈 사강, 《슬픔이여 안녕》)

행동과 의도

"자,' 나는 말했다. '내가 쓸모없는 인간이라면, 좋아, 그렇다면 나는 세상을 돌아다니며 내 행운을 찾을 거야.'"(요제프 폰 아이헨도르프, 《방랑아 이야기》)

성찰

"나는 숙명이니 운명이니 하는 것을 믿지 않아. 기술자인 나는 확률이라는 공식으로 계산하는 데 익숙해져 있어. 숙명?…… 나는 부인하지 않아. 모든 것은 우연 이상의 것이라는 걸 말이지. 수많은 우연의 고리들이겠지. 뭐, 숙명이라고? 나는 믿기 힘든 일이 실제로도 체험 가능하다는 사실을 이해하기 위해 신비주의를 필요로 하지 않아. 수학이면 충분하지."(막스 프리슈, 《호모 파베르》)

전형적인 특성

"면도를 하지 않으면 나는 기분이 좋지 않다. 다른 사람들 때문이 아니라 나 때문이다. 만일 내가 면도를 하지 않으면, 무슨 식물이 될 것 같은 느낌이 든다. 나는 내키지 않은 마음으로 내 턱을 만지게 된다."(막스 프리슈, 《호모 파베르》)

언어와 열정

"저 아래 길에서는 떠들썩한 소리가 점점 높아지는데, 밤은 조용히 조용히 깊어만 간다. 구름이 몰려오고, 외로운 비둘기는 사랑의 고민으로 구구거리며 교회탑 주변을 날아다닌다! 그 모양새는 또 어찌나 애처로운지! 사랑스러운 그녀가 나에게 다가온다면? 도저히 거부할 수 없는 힘으로 미친 듯이 솟구쳐 오르는 욕망에 나는 그저 황홀할 따름이겠지! 오, 만일 그녀가 온다면, 달콤한 그녀를 나의 이 병든 가슴에 안고 싶구나, 그리하여 앞으로는 결코 나를 떠날 수 없도록. 아니! 저기에서 그녀는 비둘기장으로, 엉뚱한 곳으로 날아가버리고, 절망한 나를 지붕 위에 내버려두다니! 이 초라하고, 먹먹하며, 사랑이 없는 시대에 영혼의 진정한 공감은 얼마나 드문 일인지.”(에른스트 호프만 Ernst Theodor Wilhelm Hoffmann, 《수고양이 무어의 인생관》)

저자의 의도, 소설의 성향, 서술의 관점에 따라서 인물을 형상화시키는 데도 특정 형태가 지배적이게 된다. 그러나 가능하면 많은 형태를 다양하게 변화시켜 사용하는 것이 가장 좋다. 또한 인물 형상화도 하나의 과정으로 보는 것이 중요한데, 다시 말해 어떤 소설이 나오느냐는 소설의 마지막 장에 가서야 비로소 결론이 난다. 오늘날에는 함축적인(그래서 정적인) 말이나 논평은 거의 받아들여지지 않는다. 또 이미지 시대에 너무 긴 서술은 지루하고 불필요하기까지 하다. 그러나 전형적인 디테일과 환상을 자극하는 암시를 통해 캐릭터를 더 잘 보이게 할 수 있다. 사진이 발명되기도 한참 전에 독일 계몽주의 시대의 작가 고트홀트 레싱Gotthold Ephraim Lessing은 그런 점을 잘 알고 있었다. 그는《라오콘》에 이렇게 썼다.

마음대로 상상하게 해주는 것만이 풍부한 결실을 가져온다. 우리가 더 많이 볼수록, 우리는 그만큼 더 많이 생각할 수 있다. 우리가 더 많이 생각할수록, 우리는 더 많이 본다고 믿어야 한다.

스토리에는 얼마나 많은
캐릭터가 필요할까?

소설을 구상하고 줄거리를 짤 때 반드시 인물의 수와 비중을 고려해야 한다. 소설이 실패하는 이유 중 하나는 작가가 너무 많은 인물을 중심에 세우고, 이 인물들을 충분히 묘사하지 않기 때문이다. 이런 경우 작가는 복잡한 관계 구조를 완성해내지 못한다. 또는 반대로 오로지 한 명의 중심인물에만 집중한 나머지 시간이 갈수록 흥미가 떨어지고, 통속소설로서도 다각도로 조명받지 못하는 경우가 있다. 관계 구조에 대한 세 가지 기본 모델들을 살펴보자.

영웅과 그의 길

첫 번째 모델은 한 인물이 전면에 등장해서 대부분의 내용이 그의 일대기를 서술하는 데 할애되는 경우다. 무엇인가를 추구하고 발견하는 과정, 모험과 저항에 맞서 싸우다가 끝내 승리하거나 실패하는 이야기가 주를 이룬다. 호메로스의 《오디세이아》가 기본 패턴을 보여준다. 모든 영웅 소설은 이처럼 한 인물이 위험한 상황에서 자신의 실력을 검증하고 영웅이 되는 모험담과 액션 이야기를 바탕으로 한다. 또한 뭔가를 찾고 발견하는 이야기나 자서전과 교양소설도 기본적으로 단 한 사람의 주인공만 필요하다(그와 함께 갈등이 야기되는 과정이 전개된다.).

그러나 한 인물에 집중하면 이야기에서 일련의 중요한 측면이 소홀해질 수도 있다. 예컨대 주인공과 대립되는 인물 만들기, 대화, 동일한 비중을 지닌 인물 등 달리 말해 성격을 드러낼 수 있는 수많은 수단들이 사라져버리는 것이다. 만일 주인공이 충분히 강하고 안정적인 동시에 활동적이지 않으면, 소설 전체가 붕괴되어 버린다. 이와 같은 이유로 어느 정도 고독한 영웅에게 동반자를 붙여주는 경우가 많다.

예를 들어 돈키호테에게 산초 판사가 있듯이, 산전수전 다 겪은 서부의 영웅 옆에는 무모한 젊은이나 사랑스러운 여인이 있다. 서부의 영웅이 구해내야 하거나 영웅적인 행동에 윙크를 보내주는 여자가 필요하다(서점에 있는 많은 통속소설이나 영화 그리고 텔레비전 드라마를 생각해보라.). 또는 셜록 홈스에게는 친구 왓슨 박사가 있고, 윌리엄 수도사에게는 멜크 수도원의 젊은 수련사 아드소가 있듯이, 대화를 나눌 수 있는 파트너가 있어야 한다. 따라서 비상시에만 주인공에게 맡기도록 하라. 대조적이거나 보충적인 인물을 주인공 곁에 세워두고, 바꿔가면서 상대의 파트너가 되도록 하라. 혹은 대화를 하거나 대화를 흉내 낼 수 있는 상황을 꾸며내라. 비상시에는 독백이라도 할 수 있게 하라(토마스 만의《베니스에서의 죽음》처럼).

두 사람 사이

두 번째 모델은 극적인 다툼이 정점을 이룬다. 많은 단편과 대부분의 방대한 소설이 이러한 모델을 택하는데, 이야기의 정점은 주로 주인공과 파트너 사이의 싸움으로 묘사된다. 이때 '네가 남느냐 내가 남느냐?'의 구도로 결정적인 의문이 제기된다. 스티븐 킹의《미저리》에서 애니 윌키스와 폴 셸던의 경우를 예로 들 수 있다. 그러나 극적인 다툼이 반드시 승리와 패배로 끝날 필요는 없으며, 서로에게 힘들게 접근하는 모습이 그려질 수도 있다.

소년이 소녀를 만나는 이야기는 가장 인기 있다. 소년이 소녀를 찾고, 소녀는 새침을 떨고, 마침내 소년이 소녀의 마음을 얻게 된다(거꾸로 소녀가 소년의 마음을 얻을 수도 있다.). 혹은 둘이 서로 사랑하지만, 적대적인 힘(가족 간의 반목, 사회적인 신분의 차이)과 운명이 둘을 갈라놓는다. 그러나 종국에는 둘이 다시 하나가 된다(그것도 죽어서, 《로미오와 줄리엣》처럼). 한편, 두 명의 친구가 적이 되는 것을 보여주거나(루이스 윌리스Lewis Wallace의 《벤허》) 두 명의 적이 친구가 되는 것을 보여주는 구도도 있다.

삼각관계

친구가 적이 되는 구도는 셋째 모델인 삼각관계와 연관성이 있다. 삼각관계는 'A는 B를 사랑한다'는 이야기와 마찬가지로 매우 인기가 있다. 이런 이야기에서 관계 패턴은 이동한다. 즉, 결혼한 여자에게 애인이 생기거나, 한 남자가 젊은 애인이 생겨 아내를 떠난다. 그 결과 질투, 증오심, 갈등이 생기고 살인까지 일어난다. 감정의 질서와 사회규범의 질서에 장애가 생기고 이는 다시 재정비되어야 한다.

여러 명의 주인공(스토리의 골격) 사이의 관계 패턴을 서술해야 하므로(이렇게 해야 스토리에 살이 붙는다.), 작가는 소설에 세 명 이상의 인물을 넣을 것인지 고민해야 한다. 한 명은 너무 적고, 두 명은 단편이나 지극히 극적인 반전에 적합하고, 세 명은 많은 갈등을 제공할 수 있다. 한 명은 관계 패턴이 아예 없고, 두 명은 두 가지의 관계(A는 B와, B는 A와)에 연루된다. 세 명이면 그보다 훨씬 복잡한 인간관계가 형성되어, 총 여섯 가지의 관계가 나온다. 네 명이면 열두 가지, 다섯 명이면 스무 가지의 관계가 생긴다!

인물들이 서로 간에 행동을 많이 할수록 소설의 구성은 더욱 복잡해진다. 작가는 소설을 쉽게 조망할 수 없을 뿐 아니라, 상호 관계 패턴에 대해 중요한 측면을 서술하지 못하는 경우도 생긴다. 이런 경우에는 인물들을 간단히 뒤섞는 게 아니라, 위계질서를 잡거나 그룹을 지어서 나란히 다루거나 차례대로 등장시키면 된다. 여러 인물이 등장하는 톨스토이의 소설, 예를 들어 《안나 카레니나》를 생각해보자. 안나의 삶과 그녀의 행동반경이 레빈의 삶 및 행동반경과 어떻게 서로 만나는지, 아니면 융합되지 않은 채 교차하는지를 볼 수 있다.

그러므로 등장인물의 관계에서 내적인 활력과 외적인 발전 가능성을 어느 정도 숨겨둘지 잘 생각해야 한다. 모든 것을 메모할 필요는 없지만, 이런 가능성을 계획하고 스케치해두도록 하라.

3장

삶이 쓰는
이야기와
할리우드의 지침¶

└
└ 우리는 책을 읽을 때 문장 사이에 있는 빈 곳을 채
운다. 이와 동시에 우리가 글 전체에서 얻을 수 있
는 안내문, 문학적 선先지식, 개인의 욕구, 감정과 경
험에 따라 빈 곳을 해석하게 된다. 글은 표현할 수
있지만 모든 것을 말해주지 않으며, 우리에게 상상
의 날개를 충분히 펼 수 있는 자극을 준다. 글쓰기
의 결정적인 장치들 가운데 하나가 바로 이런 점에
있다.#

Kreativ Schreiben

스토리와 플롯

앞에서 강조했듯이 캐릭터, 스토리, 플롯은 각각 분리할 수 없다. 캐릭터가 없으면 어떤 스토리도 나오지 않고, 스토리가 없으면 캐릭터는 벙어리 인형에 불과하다. 그러나 캐릭터가 생명을 얻어 움직이고 연달아 부딪치기 시작하면 일련의 사건들인 줄거리가 생긴다. 그러나 줄거리만으로는 아무런 스토리가 될 수 없다. 따라서 줄거리에는 설득력 있는 윤곽과 자체적으로 구조가 갖춰져 있어야 한다. 사건들이 연속적으로 연결되고 서로 종속되면 비로소 스토리가 형성되고 이로써 플롯이 생긴다.

에드워드 모건 포스터는 《소설의 이해》에서 단순한 줄거리와 진정한 의미의 플롯 사이의 차이를 간단한 예를 통해 설명했다.

"왕이 죽었고, 왕비가 죽었다."라는 문장은 단순히 사건을 차례대로 열거했을 뿐이다. 그러니까 일어난 행위만을 지시했을 따름이다. "왕이 죽었고, 왕비가 슬픔으로 인해 죽었다."라는 문장이 되어야 플롯이 되고 체계화된 스토리가 된다. 두 사건은 원인과 결과를 통해서 연속적으로 연관된다. 왕과 왕비는 서로 연결되어 있으며, 그들은 무엇보다도 그들이 맺고 있는 관계를 통해 '존재한다.'

이처럼 자명해 보이는 연관성을 잊어서는 안 된다. 이것은 문학작품의 거시적 구조에 해당될 뿐만 아니라 미시적 구조에도 해당되기 때문이다. 기본적으로 작품 내적인 연관성에서 무의미한 요소는 하나라도 있어서는 안 되며, 이해할 수 없는 모티브, 열린 결말, 불필요한 말도 있어서는 안 된다.

물론 모든 관계가 명백하게 알기 쉬울 필요는 없다. 그러나 지나치게 관계가 많아 복잡해지면 스토리를 쉽게 조망할 수 없다. 또 많은 관계는 연상할 수 있는 부속 문장으로 삽입됨으로써 작가는 물론 독자의 무의식에 숨어들어 간다. 만일 어떤 작품이 첫눈에 훤히 알 수 있고 아무 비밀도 없다면, 그 작품은 인공적이며 죽은 작품이다.

또한 고민해야 할 점은 모든 작품의 의미는 그 작품을 받아들이는 사람들의 머릿속에서 실현되어야 한다는 것이다. 독자나 관객 등 작품의 수용자는 언어적인 표현의 수수께끼를 스스로 풀어야 한다. 다시 말해 중요한 의미를 찾는 것은 그들이 알아서 할 일이다. 이런 일을 기계적인 해석처럼 상상하면 안 된다. 예술품은 항상 빈 곳이 있는데, 빈 곳을 두지 않고 모두 채워두려고 한다면 내용은 무한하게 늘어질 수밖에 없다. 독자는 빈 곳을 특정한 구조적 패턴에 따라 구성되어 있는 기호를 통해 스스로 채워 넣어야 한다.

포스터가 제시한 예를 들어보겠다. "왕이 죽었고, 왕비가 죽었다."라는 문장이 있다면, 우리는 독자로서 왕비가 죽은 이유를 찾아야 할 것이다. 왕은 적이 독살했을 수도 있고, 왕비는 상심 때문에 죽었을 수도 있다. 어쩌면 두 사람이 마차를 타고 가다가 함께 사고를 당했을 수도 있다. 이 모든 것은 글에 나와 있지 않지만 우리는 원인, 동기, 납득할 수 있는 연관성, 사건의 연결이 필요하다.

그런데 글에 이렇게 나와 있는 것이다. "왕의 죽음을 목격한 왕비는 그만 쓰러지고 말았다. 침실로 옮겨진 왕비는 식음을 전폐하였고, 그녀의 목숨이 끊어질 때까지 그리 오랜 시간이 걸리지 않았다."

여전히 왕비가 왕의 죽음을 슬퍼하다가 죽었는지는 알 수 없지만, 글에서 제공하는 모든 정보를 이용하면 그렇게 결론을 내릴 수 있다. 사람들은 다음과 같이 읽을 수 있다. "왕비가 죽은 왕을 보고는 고통으로 쓰러지고 말았다. 사람들은 그녀를 침실로 모셔갔다. 그녀는 비탄에 빠진 나머지 더 살고 싶지 않았다. 그리하여 왕비는 물과 음식을 거절했다. 곧 그녀는 슬픔으로 가슴이 찢어져 죽고 말았다."

우리는 책을 읽을 때 문장 사이에 있는 빈 곳을 채운다. 이와 동시에 우리가 글 전체에서 얻을 수 있는 안내문, 문학적 선^先지식, 개인의 욕구, 감정과 경험에 따라 빈 곳을 해석하게 된다. 글은 표현할 수 있지만 모든 것을 말해주지 않으며, 우리에게 상상의 날개를 충분히 펼 수 있는 자극을 준다. 글쓰기의 결정적인 장치들 가운데 하나가 바로 이런 점에 있다.

갈등:
극적인 스토리를 움직이는 원동력

"삶의 내적인 문학은 투쟁하는 인간의 문학이다."
— 게오르크 루카치 Georg Lukacs

훌륭한 플롯의 특징은 '원인과 결과'라는 관계만으로 만들어지지 않는다. 사건들도 중요하고 결과도 있어야 하며, 특히 독자의 마음을 움직여야 한다. 독자에게 어떤 의미를 주어야만 한다. 다시 한 번 반복하지만 이 책에서 말하려는 핵심은 바로 갈등이다. 갈등은 모든 극적 스토리를 움직이는 내부의 원동력이다. 갈등은 장면으로 서술되고 줄거리를 통해 발전하는 특성이 있다.

갈등이란 두 극단의 힘이 충돌하는 것이고, 사람과 규범의 다툼이며, 모티브, 바람과 가치관의 내적인 모순이다. 갈등의 표현과 정점은 외적인 위기뿐 아니라 내적인 위기이며, 해결을 기다리는 어떤 질서다. 따라서 갈등과 위기는 우리를 개인의 삶이나,

가족, 혹은 사회에서 어떤 전환점으로 이끄는 요소다.

갈등은 매우 다양한 형태를 띨 수 있다. 여러 사람이나 그들이 속해 있는 단체가 맞서 싸우거나(결투에서 전쟁까지, 가족 내의 반목에서 계급투쟁까지), 한 사람이 사회와 싸우거나(범죄, 아웃사이더, 사랑으로 인한 부적응자), 자연 및 기술과 싸움을 벌이거나(자연재해, 사고), 운명과 주어진 숙명에 맞서 싸우는(반항!) 경우가 있다. 서로 다른 규범과 가치관, 예컨대 구체제와 신체제 사이의 갈등도 있을 수 있다. 이는 반란, 내전, 혁명으로 이어지거나 보다 작은 규모로는 이혼, 세대 간 갈등으로 이어진다.

그러나 갈등은 흔히 정신적인 것인데, 이 역시 대부분 외부 갈등과 연관되어 있다. 이런 갈등 역시 다양한 힘들이 서로 균형을 잃은 상태임을 보여준다. 즉 현재의 상황이나 역할, 명예욕, 명성에 대한 불만족(욕망과 현실의 차이), 욕망과 양심 사이의 싸움, 시험과 단념, 저항과 복종(자연과 문화의 차이), 또한 화해하지 못하는 두 가지 가치 체계('살인을 해서는 안 된다' VS '가족을 지켜야 한다') 등으로 나타난다.

갈등은 양극 구조를 바탕으로 매우 활기를 띤다. 충돌하는 두 패는 한순간도 가만있지 않고, 잘못된 세상에서 체제의 붕괴를 가속화하거나 혹은 그것의 재건을 바라는 힘을 분출한다. 또 그들의 갈등을 관찰하거나 함께 싸우는 인물들도 보고만 있는 것이 아니라 해결책을 찾으려고 노력한다.

갈등은 문학적 스토리에 활력을 불어넣는 핵심이자 긴장을 유발하는 중심 요소다. 갈등이 그런 효과를 내기 위해서는 특정한 전제조건을 충족해야만 한다.

- 독자가 갈등을 이해할 수 있으며, 갈등에 감정이입을 할 수 있고, 그리하여 사건에 관심을 기울일 수 있어야 한다.

- 갈등은 실존적 감정이나 삶에 대한 물음 등 어떤 중요한 문제들을 다루어야만 한다. 그래야만 독자들이 책을 끝까지 읽을 수 있다. 비록 책이 두껍고 복잡하며 낯선 내용이라 할지라도 말이다.

- 주인공의 상대역도 주인공과 마찬가지로 강해야 하며, 강한 의지를 가지고 있어야 하고, 싸우는 과정에서 성장해야 한다. 내적인 노력도 마찬가지다.

- 복잡성의 원칙은 갈등이 점점 더 심각해지도록 요구한다. 갈등이 마침내 극단으로 치닫게 되어, 평화적인 해결은 불가능하고 큰 재난을 피할 수 없는 상황에 이르러야 한다.

- 갈등의 해결책은 갈등 안에 내포되어 있어야 하며, 외부에서 해결되어서는 안 된다. 따라서 해결책이 근거 없이 갑자기 등장하면 안 된다.

주제와
전제¶

작품의 주제라는 개념은 불분명하다. 그래서 다음과 같은 질문으로 풀어서 설명해볼 수도 있다. '무엇에 관한 스토리지? 핵심이 뭐야? 작품의 핵심적 이념은? 핵심이 되는 발상은 뭐지?' 또한 사람들은 주제라는 표현 대신에 '전언', '간청', '메시지'라고 말하기를 좋아하지만, 이런 개념들은 너무 진지하게 들린다. 주제는 스토리의 출발점이자, 가이드라인이며 작품의 기본적인 진리('증명된 것으로 간주할 수 있는')다.

미국의 글쓰기 책 저자들은 '전제'라는 개념을 사용하는 것을 좋아하며, 전제의 체계적 공식은 중심 캐릭터들의 갈등과 해결책을 포괄해야 한다고 분명하게 요구한다. 따라서 할리우드에서는 "X는 Y로 안내한다."와 같은 공식이 인기 있다. 예를 들어, "소박함은 실패로 안내한다."라는 말은 소박한 캐릭터는 자신의 목표를 관철하지 못하고, 결국 자신보다 더 목표 달성 능력이 뛰어나고, 공격적인 사람과 싸워서 실패하게 된다는 뜻이다. 또는 "무책임은 고독으로 인도한다." 혹은 "이혼은 불행으로 안내한다." 같은 예도 있다.

이와 같은 공식은 많은 영화에도 유효하지만, 수준 높은 문학 작품에 적용하면 흔히 풍자처럼 들린다. 스텐 나돌니는 《느림의 발견》을 할리우드의 대가들에게 다음과 같이 소개할 수도 있다. "느림은 성공으로 안내한다." 빨리 돈을 벌며, 신속하게 변화하는 유행을 추종하는 사람들은 아마 이런 공식에 경악할지도 모른다. 움베르토 에코는 《장미의 이름》을, 요한 볼프강 폰 괴테는 《파우스트》를 다음과 같이 소개할 수도 있다. "제어할 수 없는 지식욕은 재난으로 인도한다."

물론 사람들은 이와 같은 문장을 비웃을 수도 있다. 그러나 한 작품의 주제를 하나나 몇 개의 문장으로 요약하는 것은 의미 있다. 흔히 작가들은 이런 일을 매우 어려워하는데(대체로 독자들이나 비평가들보다 더 어려워한다.), 여러 이유 때문이다. 우선 복잡한 작품은 대체로 다양한 주제를 다루며, 핵심 인물들도 다차원적이고 여러 의미를 가진다. 또한 소수의 작가들만이 주제를 의식하고 글을 쓰며, 막스 프리슈가 표현했듯이 작가들은 거의

"맹목▦ 비행"을 한다. 그들은 매혹적인 그림을 머릿속에 그리면서 캐릭터와 장면을 따라간다. 그런 이유로 그들의 머릿속에는 흐릿하고 자주 바뀌는 이념들이 떠돌아다니며, 줄거리는 계속해서 스스로 발전해가도록 내버려둔다. 따라서 주제는 흔히 텍스트에 직접 드러나지 않는 경우가 많고, 암시적으로 드러난다. 예를 들어 막스 프리슈의 《슈틸러》의 경우 '정체성'이라는 말은 거의 나오지 않는다.

이제 당신은 '왜 작가가 직접 주제를 찾아보아야 하는가?', 그러니까 '왜 책을 읽는 사람에게 그 임무를 맡기면 안 되는가?'라는 의문을 품을 수 있다. 실용적인 이유에서 자신이 쓰고 있는 작품에 대한 주제 탐구는 자신의 고유한 전략에 대한 탐구와 유사하다. 이와 같은 전략을 코믹한 차원에서 체계화하지 못할지라도, 탐구를 통해서 해명할 수 있다. 즉, 작품 안에서 그리고 작품을 위해서 무엇이 중요하고 중요하지 않은지 해명할 수 있다.

플롯과 캐릭터를 핵심적 주제로 축약하면 우리의 '유전자적 코드'가 무엇인지 알아내는 데 도움이 된다. 이는 하나의 싹으로, 모든 것이 이로부터 성장하고 가지가 자라난다. 이와 같은 싹을 의식하는 작가는 작품에서 자신의 논리와 방향, 자체적으로 발전해나가는 수평적인 인간관계와 원치 않는 표현을 인식할 수 있고, 작품에 일체성을 부여하여 독자가 자신의 모습을 투사할 수 있게 해준다.

주제는 대체로 작가의 근본적인 관심사와 관련이 있으며, 작가의 핵심적인 갈등이나 강박관념과 관련이 있다. 작품들과 적절한 거리를 두고 관찰하면, 한 작가의 작품들은 하나의 주제 혹은 유사한 주제들에 따라 그룹을 지을 수 있을 때가 많다. 예를 들어 토마스 만은 거의 모든 장편소설과 단편소설에서 예술가를 주인공으로 삼고 있으며 '시련'을 핵심 주제로 보았다. 막스 프리슈의 작품은 구슬픈 비가의 형태로 자신에 대하여, 함께하는 상대방에 대하여, 충만한 삶과 견뎌내야 하는 죽음을 감당하지 못하는 자신의 무능함이라는 주제를 계속 맴돈다.

　작가는 주제 내에서 재차 새로이 물음을 던지고, 그에 대한 잠정적인 대답을 제시한다. 그러는 가운데 밝혀지지 않았던 삶의 측면들을 탐구할 수 있는데, 이런 탐구는 사실 문학작품에서만 가능하다. 그리고 중요한 것은 이와 같은 탐구 과정이 스토리로 체계화되고, 의문에 대한 대답이 다의多義적이어야 한다는 것이다. 그 외에 다른 모든 것은 이데올로기이고, 편견에 사로잡힌 생각이나 선입견이 그려낸 이미지일 수도 있다.

플롯의
구조와 모델

과연 완전히 새로운 스토리와 플롯을 고안해낼 수 있을까? 답은 미지수다. 많은 작가들은 쓸 만하다고 이미 입증된 주제를 재차 다루고, 유명한 소재를 다듬거나 시험해본 패턴을 변화시킨다. 또한 매우 개인적이며 일회적으로 보일지라도, 자전적인 소재는 우리 문화의 신화적이고 문학적인 해석 패턴을 통해 확고히 자리 잡고 있다.

우리는 대부분 자신의 삶의 이야기를 '고안해낸다.' 나아가 무의식적으로 스토리에 따라 살고 스토리를 모범으로 해서 생활한다. 비록 작가는 독자적이고자 무척 노력하지만 거의 3천 년이나 된 문학 전통을 이어받고 있으며, 그리하여 더는 새롭지 않은 부대에 오래된 술을 붓고 있다. 이 같은 사태를 독자의 입장에서 관찰하면, 상황은 더 분명해진다. 우리가 한 권의 책에 거는 기대 수준은 이미 읽었던 이야기들에 따라 형성된다. 이런 많은 스토리들은 우리 머릿속에서 특정 패턴에 따라 분류되고, 우리는 이 패턴을 새로운 스토리에 적용하고 이렇게 묻는다. "이 스토리는 어떤 그룹에 넣어야 하지?"

나는 이런 방식으로 플롯의 다양성을 형식적인 원칙과 내용상의 원칙에 따라 분류하고자 한다. 이런 식의 분류는 작품을 걸러낼 수 있는 해석 모델을 제공한다. 또 그것은 작품이 전개되는 방식을 패턴별로 보여줄 수도 있다. 패턴들은 순수한 형태로 등장하는 경우가 드물며 혼합, 변화, 축소되어 나타난다. 달리 표현하면 작품들은 다양한 모델에 속할 수 있다. 바로 의미의 다양성 덕분에 예술품은 위대하다. 두 가지 체계화, 즉 형식상의 원칙과 내용상의 원칙이 임시적이고 100퍼센트 호환되지 않는다는 사실로 인해 원칙의 가치를 축소해서는 안 된다.

특히 젊은 작가들에게는 어떤 패턴에 따라 글을 쓰고자 하는지를(어쩌면 완전히 무의식적으로) 고안해내는 것이 중요하다. 젊은 작가들은 떠오르는 스토리를 스토리에 내재된 구조를 통해 알아보아야 하고, 어떤 도식을 따라야 할지 자문해보아야 한다. 따라서 모델들은 줄거리를 잡는 작업에서 지침이자 작업 도구로 이용할 수 있다. 젊은 작가들은 전통적으로 내려오는 패턴과 혁신적인 해결책 사이에 주고받기를 거듭함으로써 자신들만의 스토리를 개발할 수 있다. 다시 말해 낯설고 놀랍지만, 이와 동시에 낯선 것을 익숙하게 비춰주는 스토리를 개발해낼 수 있다.

동시에 플롯의 형식을 탐색하는 것은 문학적 전통과 독자들의 기대를 분석한다는 것을 의미한다. 물론 이러한 작업이 더 큰 도식화의 길로 이어져서는 안 되며, 다만 새로운 변화의 가능성을 발견하고 오류에 빠지지 않도록 도와주는 정도면 충분하다. 왜냐하면 담화의 질서와 관련된 기본적인 법칙을 위반하면 독자들 대부분이 등을 돌리기 때문이다.

구조 패턴

관계에 관한 스토리

- 전형적인 러브스토리(소년 소녀를 만나다)
- 삼각관계 스토리(두 남자 사이의 여자, 두 여자 사이의 남자)
- 우정에 관한 스토리(적이 친구가 되고, 친구가 적이 됨)
- 가족 간의 반목에 관한 스토리(가족의 번성과 쇠망, 가족의 해산)

영웅적인 스토리

- 승리하거나 패배할 때까지 세찬 반대에 부딪쳐 싸우는 영웅
- 목표 달성이나 파멸로 끝나는 위험한 여행

목적 지향성 모델(위험한 여행이라는 패턴과 유사함)

- 좁은 의미에서의 목적 지향 스토리로 영웅은 고향, 아버지 등을 찾아서 길을 떠나는데, 그 과정에서 대부분 이별이나 상실을 겪고 깨달음을 얻은 뒤에 성배를 든다. 결국 영웅은 목표를 달성하고, 잃어버린 것을 다시 찾거나 혹은 실패한다.

- 탐정 스토리로, 형사나 기자가 범인을 찾거나 범죄를 해명하려고 시도한다. 영웅 스토리와 반대로 이 모델은 분석적으로 진행된다. 목적을 향해 나아가는 영웅은 이상적인 질서를 추구하는 데 반해, 진실을 밝히려는 형사는 침해된 질서를 복구하고자 한다. 물론 만일 영웅 스토리에서 소설 초반에 이별의 순간을 강조하면(침해된 질서), 그 구조는 분석적인 형태에 근접하게 된다(침해된 질서의 복구보다는 아버지와의 재결합).

회상 모델

- 삶에서 가장 중요한 전환점이 되는 시기를 회상한다.
- 자서전으로, 전성기와 침체기를 포함하여 인생 전반을 서술하고 인상적인 지점에서 끝이 난다(양로원이나 감옥에서).

발전 모델(회상 모델의 투영)

- 회상 모델은 지나간 일을 더듬으며 서술하는데, 이 모델은 사건의 전반부터 서술한다. 오랫동안 독일문학계에서 사랑받았던

교양소설이 바로 여기에 속한다.

재난 모델 (네 가지 형태)

- 재난이 발전된 형태인 범죄에 관한 이야기로, 대부분 안티 영웅이 중요한 역할을 한다.
- 최후의 전쟁에 관한 이야기다.
- 출발점에서 재난이 일어나고 재난은 영웅을 등장시킨다. 대체로 이런 이야기는 영웅이 위험에 빠진 사람들을 구출하는 것으로 끝이 난다.
- 재난은 인간의 진정한 본질이 무엇인지 드러낸다.

이 모든 모델들은 서로 다른 결말을 지닐 수 있다. 즉, 긍정적·낙관적으로 또는 부정적·비관적으로 끝날 수 있다. 즐겁지 않고, 환상에서 깨어나게 하는 실재를 '현실적으로' 묘사하거나 흥분되고, 모험이 가득하며, 결국 행복한 세계가 되기를 바라는 '낭만적' 꿈으로 끝날 수도 있다. 살인과 죽음, 파멸과 광기 같은 비극으로 끝나거나 구출, 결혼, 해피엔드 같은 동화로 끝날 수도 있다. 이처럼 현저한 두 가지 해결책 외에도 이것도 저것도 아닌 중간의 결말도 있다. 이를 열린 결말이라고 한다.

마스터 플롯

플롯을 주인공의 운명으로 분류하면, 우리는 전형적인 주제에 이르게 되고 이를 통해 반복되는 줄거리의 패턴을 얻을 수 있다. 이런 패턴들은 앞서 스케치한 서술 구조와 부분적으로만 일치하지만, 스토리의 다양성을 묶어주는 흥미로운 시도다.

미국의 작가 로널드 B. 토비아스Ronald B. Tobias는 모든 플롯을 '몸의 플롯'과 '정신의 플롯'이라는 두 범주를 통해 대략적으로 분류했다. 몸의 플롯은 시간 이동이나, 누군가와 대항하는 시합, 자연 재난에 맞서 싸우는 모험과 투쟁이 중심을 이룬다. 그야말로 몸으로 싸우는 액션이 주가 되며 대중적인 영화들이 바로 이 플롯을 따르고 있다. '정신의 플롯'은 더 수준 높은 문학이 다루는 주제이며 인격의 문제, 정신적인 고통과 다툼, 가치 추구 등을 다룬다. 이와 같은 두 개의 범주를 세련되게 다듬은 토비아스는 대가답게 스무 가지의 '마스터 플롯'에 대해 언급했다.

01 **추구** 이 모델에서 주인공은 하나의 목표를 추구한다. 그 목표란 어떤 사람, 어떤 장소 혹은 가치 있는 물건이 되기도 한다. 주인공의 동기는 강력하고, 목표 달성은 그의 삶을 바꿔놓는다. 주인공이 이야기의 중심에 서 있으므로, 성격이 상세하면서도 다양하게 묘사되어야 한다. 이 유형은 소설이 쓰이기 시작한 이래

로 언제나 인기 있는 유형으로, 서사문학은 대부분 이 유형으로 시작하고 있다. 길가메시는 영원한 삶을 탐구하고, 오디세우스는 고향을, 그의 아들 텔레마코스는 아버지를 찾아다니며(물론《오디세이아》는 순수하게 추구형 스토리만으로 이루어지지는 않는다.), 아르고 배의 선원*들은 금양피를 찾으러 가고, 파르시팔은 성배를 찾아 길을 나서며,《파우스트》에서는 '세계가 가장 깊은 곳에 지니고 있는 것'을 알고자 한다. 조지프 콘래드$^{Joseph\ Conrad}$의 소설《로드 짐》은 잃어버린 명예를 되찾고자 하고, 존 스타인벡$^{John\ Ernst\ Steinbeck}$의 《분노의 포도》에서 이주자들은 캘리포니아에서 새로운 삶을 살고자 노력한다.《슈틸러》에서는 새로운 정체성을 찾아나서고, 노아 고든의《메디쿠스》에서는 사람들을 돕기 위해 동양의 의학 지식을 받아들이고 싶어한다.

이 모델이 특히 인기 있는 이유는 캐릭터와 플롯(동기, 움직임, 목표)의 구조적 전제조건 자체를 스토리로 완성하기 때문이다. 또한 인간의 기본적인 관심사, 즉 지식과 진실에 대한 바람, 일체감과 행복에 대한 바람, 구원·초월·고양되고자 하는 바람, 모든 고통이 종식되기를 바라는 소망을 주제로 삼기 때문이다. 추구형 스토리는 목표를 추구하는 여행이자 등정^{登頂}으로써 인간의

---

* 아르고 배의 선원 : 고대 그리스 신화에서 이아손과 함께 금양피를 구하기 위해 콜키스로 떠난 50명의 영웅을 말하며, '아르고나우타이'라고 부른다.

삶을 보여준다.

이런 스토리는 "전력을 다해 노력하는 사람은, 우리가 구해줄 수 있다."라는 희망을 제시한다. 출발점은 대부분 고향이며, 주인공은 아직 아무것도 쓰이지 않은 '순진한' 백지 상태다. 그런데 어떤 중요한 사건이 그를 떠나게 하고, 추구할 목표를 결코 망각하지 않도록 동기를 부여한다.

이때 주인공 혼자서 여행하는 경우는 드물다. 길가메시는 엔키두를 동반하고, 오디세우스는 친구들과 함께하며, 이아손은 아르고 배의 선원들과 함께하고, 돈키호테는 산초와 함께 길을 떠난다. 또 파우스트에게는 메피스토가 있고, 슈틸러에게는 검사가 있다. 도중에 주인공은 자신을 보호해야 하고, 난관, 저항, 장애물을 극복해야 하며, 이로써 한층 성장한다. 영웅은 도착(혹은 귀환)함으로써 목표를 이루고, 이와 함께 깨달음을 얻고 성숙해지며, 과거의 조화와 안전을 다시 발견하고, 성배를 소유한다. 반면, 꿈꾸던 목표가 단지 환상으로 드러나면서 그것을 달성하지 못하고 마는 비극적인 결말도 있다. 영웅은 낙담하여 고향으로 돌아오지만, 더욱 현명하고 성숙해진다. 혹은 끝내 완전히 상심하여 거의 영적 자살에 가까운 상태가 되기도 한다.

길가메시는 영생을 찾지 못하고 외롭게, 친구들도 없이 다시 돌아온다. 돈키호테는 이상적인 기사들의 세상을 다시 만들지 못하고 이상적인 여인 둘치네아도 발견하지 못하며, 결국 광기와 현실을 혼동했다는 것을 알게 된다. 슈틸러는 자신의 역할을 바꿀 수도 없고, 자신의 정체성을 받아들일 수도 없으며, 율리카에 대한 자신의 비전에 생명을 부여할 수도 없게 된다.

추구형 스토리를 작성하기 위해서는 무엇보다 각 동기 간의 관계와 행동의 원인, 의도, 목표와 목표 간의 관계에 주목하는 것이 중요하다. 독자는 연결선을 이해할 수 있어야 하며, 만일 그렇지 못할 경우 왜 그렇게 길을 떠나는지 전혀 이해할 수 없다. 동기가 어떤 방식으로 일어나는지 철저하게 제시하도록 하라. 아무 생각 없이 길을 떠나는 영웅은 없을 것이다.

추구는 목표에 맞아야 하지만, 긴장감을 주고 분위기를 고조시키기 위해 우회로를 따라갈 수도 있다. 한창 잘되기도 하고 침체되기도 하며 타격을 입고 실패하기도 한다. 우연한 일로 보이는 것도 알고 보면 필연적인 것으로 드러난다. 클라이맥스를 향해 나아가는 극적인 스토리의 고전적인 구조는 점점 더 강도 높은 난관을 극복하면서 아무 문제없이 실현된다.

추구는 만남과 헤어짐, 저항의 극복, 가능성을 열어주는 친구들과의 다툼, 논쟁을 주고받는 대화, 행동과 생각을 반영해주는 여행이자 이동이다. 이런 여행과 이동이 없다면 추구형 스토리는 쉽게 '내면'으로 빠져들게 된다. 우리는 혼란과 정체된 순간에 결정을 도와주는 인물을 발견하는 경우가 많은데, 그런 인물은 현명한 노인일 때가 드물지 않다(〈파르시팔〉*의 노정^{路程}은 결정적으로 구르네만츠와 트레브리첸트의 교훈을 동반한다.). 목표를 달성하면(혹은 달성하지 못하면) 영웅은 여행을 시작했던 그 출발점에 서거나, 전혀 새로운 사람이 되어서 그곳으로 돌아온다. 목표를 추구하는 일이 헛되었거나 그 목표 자체가 실현 불가능하거나 불명예스러운 것이었다고 해도, 그것을 찾기 위해 멀리 떠나는 여정은 언제나 자아실현, 정체성, 성숙, 현명함 등을 담고 있다. 노정의 마지막에 가면 찾던 목표와 목표물이 서로 다르다거나 목표물은 단지 찾던 목표의 상징으로 나타날 경우가 많다(성배나 노발리스^{Novalis} 작품 《하인리히 폰 오프터딩겐》**에 등장하는 '푸른 꽃'을 생각할 수 있다.).

추구형 스토리는 다른 플롯 패턴과도 다양하게 연관되어 있다. 모험 플롯에서처럼 영웅은 장애물을 극복해야 하고 미지의 세계를 돌아다닌다. 또한 추구는 비법을 전수받는 방법이자 교양을 얻는 방법으로 볼 수 있다. 어른이 되고자 하는 목표, 자아의 성숙, 삶의 의미, 잘 사는 것이 무엇인지를 발견하거나 해결한다. 추구와 발견은 내적인 변화를 함축한다. 비록 실패했더라

---

* 〈파르시팔(Parsifal)〉 : 중세 작가인 볼프람 폰 아셴바흐(Wolfram von Aschenbach)의 작품을 기반으로 해서 리히하르트 바그너가 만든 오페라로 잘 알려져 있다. 주인공 파르시팔이 여행 중에 만난 중요한 사람으로 구르네만츠와 트레브리첸트가 있다.
** 《하인리히 폰 오프터딩겐》 : 국내에서는 《푸른 꽃》으로 번역 출간되었다.

도 하나의 목표를 추구했던 사람은 그 뒤로 전혀 다른 사람이 되어 있다. 흔히 추구는 사랑을 둘러싸고 벌이는 전쟁도 포함한다. 즉, 오디세우스는 아내 페넬로페에게 가는 길을 찾고, 파르시팔은 잃어버렸던 콘드비라무르와 일체가 되며, 슈틸러는 율리카를 새롭게 발견한다(물론 죽음으로 인해 그녀를 완전히 상실하게 되지만). 줄거리의 구성에 따라 희생자가 나오고, 경쟁자와 맞서고, 심지어 불행한 상황을 받아들이게 되는 시험을 이겨내야 한다.

02 **모험** 모험형 스토리는 길게 쓴 동화다. 주인공은 세상을 돌아다니면서 위험하고 예기치 않은 사건들을 경험한다. 추구자들이 비물질적인 가치를 찾는 반면에, 모험가들은 대체로 구체적인 욕구로써 즉 명성, 성공, 권력, 돈과 여자들을 찾는다. 대체로 서정적인lyric 동기이자 부속 플롯으로써 사랑 이야기가 모험의 결과를 동반한다. 스토리의 구조는 삽화적이며, 이런 식의 개별 에피소드는 긴장감을 유발한다. 또한 이야기가 진행되는 과정에서 영웅은 근본적으로 바뀌지 않으며, 결론이 정해지지 않고 끝난다. 이와 같은 이유로 모험형 스토리는 다음 편으로 이어지고 시리즈인 경우가 많다.

ex : 알랭 르사주Alain-René Le Sage의 《질 블라스 이야기》, 한스 그리멜스하우젠Hans von Grimmelshausen의 《짐플리치스무스》, 대니얼 디포Daniel Defoe의 《로빈슨 크루소》, 조너선 스위프트Jonathan Swift

의《걸리버 여행기》, 잭 런던Jack London의《바다의 이리》, 쥘 베른Jules Verne의《해저 2만 리》, 카를 마이Karl Friedrich May의 소설들, 이언 플레밍Ian Fleming의 '제임스 본드' 소설들(각 소설은 개별 에피소드이고 대부분 동일한 기본 패턴에 따라 구성되어 있다.)

03 **성숙** 성장에 관한 이야기는 기본적으로 낙관주의적 서술에 속한다. 성장하는 과정에서 청소년은 삶의 기본적인 교훈을 배우고, 혼란과 위기, 갑작스러운 사건과 반항, 고통과 첫사랑을 겪고 난 뒤 복잡한 세상에서 꿋꿋하게 살아갈 수 있을 만큼 성숙해진다. 이야기를 만들 때 중요한 것은 위기다. 위기는 성숙의 과정을 불러오고, 정신적·도덕적 획득과 상실을 통해 갈등으로 점철된 성장을 보여주는 요소다. 또한 여기에서 결정적으로 중요한 것은 소녀 혹은 소년에 대한 호감을 불러일으키는 것이다. 따라서 작가는 소설 초반부터 그들이 어른들의 세계에서 나올 법한 행동을 하도록 할 것이 아니라, 단계적으로 발전하는 모습을 묘사해야 한다.

ex : 요제프 폰 아이헨도르프의《방랑아 이야기》, 찰스 디킨스의《대단한 기대》, 마크 트웨인Mark Twain의《허클베리 핀》, 로베르트 무질Robert Musil의《생도 퇴를레스의 혼란》, 어니스트 헤밍웨이의《닉 애덤 스토리》, 제롬 샐린저Jerome David Salinger의《호밀밭의 파수꾼》, 친기스 아이트마토프Chinghiz Aitmatov의《자밀라》

04 변모(내적인 변화) '변모'는 '성숙'과 비슷하지만, 청소년의 위기를 서술하지 않고 어른의 성장 위기를 서술한다는 점에서 차이가 있다. 스토리의 기본 구조는, 주인공이 인생에서 만나는 전형적인 위기나 자신만의 고유한 위기를 맞닥뜨리고 고통을 받는 것이다. 결국 주인공은 자신에게 닥쳤던 시련이 무엇인지 이해하며, 이로써 인생을 예전보다 훨씬 더 잘 이해할 수 있게 된다. 주인공은 다른 사람이 되거나 더 성숙해지는 경우가 많으며, 더 많은 환상을 품게 되는 경우도 있다. 적어도 주인공의 가치관과 입장이 변한다.

ex: 오노레 드 발자크의 《잃어버린 환상》, 안톤 체호프Anton Pavlovic Chekhov의 《키스》, 레오 톨스토이의 《이반 일리치의 죽음》, 로버트 루이스 스티븐슨Robert Louis Stevenson의 《지킬 박사와 하이드》, 어니스트 헤밍웨이의 《프란시스 메컴버의 짧고도 행복한 삶》, 조지 버나드 쇼George Bernard Shaw의 《피그말리온》, 조지프 헬러의 《캐치 22》

05 변신(외적인 변화) 한 사람이 늑대가 되고, 개구리가 왕자가 되는 외모의 변화는 우리 일상에서는 거의 찾아볼 수 없다. 그러나 이것은 우리의 상상을 이루고 있는 기본 성분이다. 동화와 신화에서 외모의 변화는 중요한 역할을 하며, 외적인 변화라는 플롯은 그와 같은 영역에서 허구적 형태로 보전되고 있다. 무엇보다 판

타지 장르에서 그러한데, 대중 영화에서도 항상 새롭게 다뤄지고 있다. 이런 영화에는 고대로부터 내려오는 공포(외모의 변화는 대체로 저주다.)와 동시에 구원에 대한 바람이 농축되어 있다. 여기에는 애니미즘적 세계의 패턴이 분명하게 나타나며, 이와 동시에 구체적이고, 지극히 실제적인 경험이 현실화된다. 육체적 변화나 불구에 대한 공포, 더 아름다워지고자 하는 바람은 사람들의 기본적인 감정에 속하기 때문이다.

ex : 오비디우스Publius Naso Ovidius의 《변신이야기》, 동화(《개구리 왕》,《미녀와 야수》,《늑대인간》), 우화, 판타지 소설(미하엘 엔데 Michael Ende의 《끝없는 이야기》), 브램 스토커Bram Stoker의 《드라큐라》, 프란츠 카프카의《변신》

06 상승, 07 하강 상승과 하강은 흔히 함께 다루어진다. 극적인 구조가 명백한 플롯은 흔히 탁월하고 카리스마 넘치는 캐릭터를 전방에 내세운다. 이 캐릭터는 자신을 몰락으로 인도하는 윤리적인 딜레마에 빠진다. 따라서 사건은 우연이 아니라 캐릭터로부터 나온다(따라서 복권 당첨은 '상승'이 아니며, 계단에서 넘어지는 것도 '하강'이 아니다.). 다시 말해, 캐릭터의 구조 전체가 상승을 유발하고, 이로부터 해결할 수 없을 것처럼 보이는 윤리적 딜레마가 발생하는 것이다.

중요한 것은 줄거리와 전체 사건을 항상 주인공과 연관시키는 것이다. 이야기의 전개가 갑작스럽게 진행되지 않도록 점차적으로 변화하는 모습을 서술해야 한다. 작은 하강을 극복하는 모습이 상승으로 그려질 수 있으며, 또한 하강 속에서도 외관상 구출의 계기들이 극적인 감정을 끌어올릴 수도 있다. 줄거리를 단 한 사람에게 한정할 필요는 없고, 가족이나 가문 등이 상승하고 하강하는 모습을 보여줄 수 있다.

요한 프리드리히 실러Johann Christoph Friedrich von Schiller는《발렌슈타인》에서 그와 같은 플롯의 본보기를 매우 복잡하게 보여주었다. 즉, 발렌슈타인은 야심 많은 장군으로 누구에게도 지지 않으며 상승을 멈출 수 없을 것처럼 보인다. 그러나 황제로부터 굴욕을 당한 뒤(상승 국면 동안에 하강) 그는 왕권을 차지하기 위해 노력하고, 이와 함께 평화롭고 행복한 미래를 목표로 삼는다. 그런 바람 때문에 그는 두 가지 실수를 범하고 만다. 마음속으로는 황제를 배반하면서도, 동시에 별자리가 유리한 형세를 그릴 때까지 기다리며 주저하다가 끝내 자신의 목표를 실행에 옮기지 못한다. 말하자면 그는 활을 팽팽하게 당겨놓고 정작 화살은 쏘지 않은 것이다. 그의 전략적 능력은 전술 실패로 꺾여버리고, 승리를 향한 의지를 받쳐줄 든든한 뒷배도 없다. 그는 자신을 가장 잘 입증해야 하는 순간에 좌절해버린다. 행동할 수 있다고 믿는 동안, 그는 혹독하게 비난을 받고 그가 쥐고 있던 행위의 준칙마저도 그의 손을 떠난다. 이제 그가 나락에서 벗어나기 위해하는 모든 것은 오히려 나락의 속도를 촉진할 뿐이다. 그리하여 하강은 그야말로 극적인 행동으로 나타나게 된다.

ex : 아이스킬로스Aischylos의《오레스테이아》, 소포클레스의《오이디푸스 왕》, 윌리엄 셰익스피어의《리처드 3세》, 레오 톨스토이의《이반 일리치의 죽음》, 조지프 콘래드의《암흑의 핵심》, 가브리엘 가르시아 마르케스의《백년 동안의 고독》, 마리오 푸조의《대부》, 토마스 만의《요셉과 형제들》(=하강과 상승), 윌리엄 셰익스피어의《리어왕》, 하인리히 만의《운라트 교수》, 알베르 카뮈의《전락轉落》, 또한 많은 영화들(〈시민 케인〉, 〈성난 황소〉)

08 **극단적인 것과 과도한 것** 이런 주제를 다루는 플롯도 주인공의 성격으로부터 유래하며, 흔히 이 주인공은 독특하거나 나약한 상태에 처해 있다. 이런 나약함은 경우에 따라 사람을 불행에 떨어뜨리고 몰락하게 하며, 심지어 미치거나 살인을 저지르게 한다. 고전 중에는 윌리엄 셰익스피어의《오셀로》가 그 플롯을 따르고 있다. 중요한 것은 독자들에게 주인공에 대한 공감과 이해를 불러일으키고, 심리적으로 파멸하게 되는 과정을 충분히 서술하며 수긍할 수 있도록 하는 것이다. 마지막 위기가 끝난 다음에, 주인공은 몰락하거나 '구원'되어야 한다. 결말을 대충 지을 수는 없다. 작가는 인간의 몰락과 한계 상황에 대해 묘사하기 위해 극단적인 불행과 비정상적인 것 그리고 광적인 것에 대해 통

렬한 감정을 느낄 수 있어야 한다. 또한 인간의 정신에 대한 예리한 지식도 지니고 있어야 한다. 그렇지 않으면 작품은 멜로드라마나 통속소설이 되어버릴 수 있다. 캐릭터의 행동이 기괴할수록 그럴 수밖에 없는 이유를 그만큼 더 자세히 묘사해야 한다.

ex : 윌리엄 셰익스피어의 《리어왕》과 《맥베스》, 에른스트 호프만의 《모래 사나이》, 니콜라이 고골Nikolai Gogol의 《광인일기》, 도스토옙스키의 소설들, 크누트 함순Knut Hamsun의 《굶주림》, 스티븐 킹의 《샤이닝》, 제임스 엘로이James Ellroy의 《고요한 테러》(영화로 많이 나왔는데, 특히 마이클 더글러스가 주연한 〈폴링 다운〉이 있다.)

09 사랑 러브스토리는 가장 많이 쓰고 가장 많이 읽는 스토리에 속하는 만큼 무엇보다 독특해야 한다. 그렇기 때문에 잘 쓰기가 쉽지 않다. 이 플롯에서 결정적으로 중요한 것은 두 사람이 단순하게 사랑에 빠지는 게 아니라, 엄청난 반대에 부딪치고 이를 극복하는 과정이 그려져야 한다는 것이다. 왜냐하면 두 사람은 신체적, 정신적, 사회적 원인으로 서로 어울리지 않기 때문이다. 두 사람은 자신들의 사랑을 쟁취해야 하며, 이때 사랑과 연관 있는 감정 영역은 전반적으로 잘 다뤄져야 한다. 사랑이 실패할 수도 있고 과정이 반전될 수도 있다. 즉, 사랑이 증오로 변할 수도 있다. 또한 두 사람이 하나가 되고자 하지만 상대방의 죽음으로 헤어지게 되고, 그리하여 결국 사랑이 깨질 수도 있다. 이로써 러

브스토리는 이별극으로 탈바꿈한다.

ex : 그리스 신화《오르페우스와 유리디케》, 셰익스피어의《헛소
동》과《로미오와 줄리엣》, 괴테의《젊은 베르테르의 슬픔》, 제
인 오스틴^{Jane Austen}의《오만과 편견》, 샬럿 브론테^{Charlotte Bronte}
의《제인 에어》, 에밀리 브론테^{Emily Bronte}의《폭풍의 언덕》, 알레
산드로 만초니의《약혼자들》, 에드몽 로스탕^{Edmond Rostand}의《시
라노 드 베르주라크》, 아우구스트 스트린드베리^{August Strindberg}의
《죽음의 춤》, 지아코모 푸치니^{Giacomo Puccini}의《라 트라비아타》,
토머스 하디^{Thomas Hardy}의《이름 없는 주드》, 에릭 시걸^{Erich Segal}
의《러브스토리》, 에드워드 올비^{Edward Albee}의《누가 버지니아 울
프를 두려워하랴?》, 잉마르 베리만^{Ingmar Bergman}의 영화〈결혼의
풍경〉

10 **금지된 사랑** 이 플롯에서 사랑하는 사람들은 사회의 관례 및
법칙과 충돌한다. 즉, 간통, 동성애, 근친상간 같은 금지된 형태
의 사랑이거나, 두 사람의 나이나 사회적 지위가 극단적으로 다
를 경우의 사랑 이야기다. 이야기는 대부분 편안하지 않거나 심
지어 참을 수 없다고 여겨지는 '정상 상태'에서 시작하는데, 이
처럼 참을 수 없는 정상 상태로부터 독자는 얽히고설킨 분규가
생길 수밖에 없다. 이와 같은 상태에서 싹트는 사랑은 구원받아
야만 한다. 감정을 구원하려는 시도는 사회 규칙과 너무나 강력

하게 충돌하는 바람에, 사랑하는 두 사람은 비록 독자들의 공감('사랑은 항상 옳아')을 얻기는 하지만 대체로 몰락하고 강제로 헤어지거나 자발적으로 단념하게 된다.

ex : 극단적인 사회적, 신체적 장벽 : 아벨라르와 엘로이즈*, 장 자크 루소 Jean Jacques Rousseau의 《신 엘로이즈》, 빅토르 위고 Victor Hugo의 《파리의 노트르담》

간통 : 〈트리스탄과 이졸데**〉, 너새니얼 호손 Nathaniel Hawthorne의 《주홍글씨》, 귀스타브 플로베르의 《보바리 부인》, 레오 톨스토이의 《안나 카레니나》, 테오도어 폰타네의 《에피 브리스트》, 데이비드 H. 로렌스 David Herbert Lawrence의 《채털리 부인의 사랑》

근친상간 : 윌리엄 포크너의 《소리와 분노》, 마리오 바르가스 요사의 《새엄마 찬양》

동성애·나이 차 : 토마스 만의 《베니스에서의 죽음》

나이 차 : 콜린 히긴스 Colin Higgins의 《헤롤드와 모드》

11 경쟁 경쟁은 관계에 관한 플롯이다. 두 명이 사랑하는 사람, 권력, 구원, 진리, 생존 등 동일한 목표를 위해 싸운다. 두 사람은

---

* **아벨라르와 엘로이즈** : 12세기경 실존했던 인물로 프랑스의 수녀이자 작가였던 엘로이즈는 철학자이자 신학자였던 아벨라르와 이룰 수 없는 사랑을 했다. 둘 사이의 오간 서신은 당시의 시대상과 철학을 담고 있으며 문학적 가치도 뛰어나다고 평가된다.
** 〈트리스탄과 이졸데〉 : 고트프리트 폰 슈트라스부르크의 소설을 바탕으로 리히하르트 바그너가 완성한 오페라이다.

똑같은 정도의 동기를 가지고 있으며, 서로 다른 영역에서도 거의 똑같이 강하다. 류 월리스Lew Wallace의 《벤허》에서처럼 두 사람은 원래 친구일 경우도 있다. 두 사람은 어떤 순간 억제하지 못하는 의지, 광기, 내적인 압박감을 통해 둘 중 한 사람이 승리를 거둘 때까지 싸워야 한다. 두 사람이 서로 엎치락뒤치락 싸우는 가운데 극적인 스토리의 구조가 효과를 발휘할 수 있다. 따라서 대중적인 영화에서는 이 플롯이 매우 인기 있다. 도덕적으로 더 나은 카드를 가지고 있는 사람이 대체로 승리를 거둔다(서사적 정당성!).

ex : 존 밀턴John Milton의 《실낙원》, 허먼 멜빌의 《모비 딕》과 《빌리 버드》, 류 월리스의 《벤허》, 어니스트 헤밍웨이의 《노인과 바다》, 윌리엄 골딩William Golding의 《파리대왕》, 제프리 아처Jeffrey Archer의 《카인과 아벨》

12 약자(희생자) 이 플롯은 경쟁 플롯과 비슷하지만, 한 가지 중요한 점에서 차이가 있다. 즉, 양측이 똑같이 강하지 않다. 약자는 더 약한 위치에서 싸우고 이를 통해 독자의 공감을 확실하게 얻어낸다. 약자는 끈기가 있고, 결코 포기하지 않으며, 많은 것을 감수한다. 결말에 이르면, 항상 그렇지는 않지만 약자가 상대를 이긴다. 이때 상대는 굳이 한 사람이 아니어도 되며, 우위에 있는 권력이 될 수도 있다. 가령 관료주의, 국가 기관, 위협적인 자

연이 될 수도 있다.

ex : 《그림 동화》,《신데렐라》, 프란츠 카프카의 《변신》과 《소송》,
켄 키지의 《뻐꾸기 둥지 위로 날아간 새》, 스텐 나돌니의 《느림
의 발견》

13 유혹 유혹을 다루는 스토리는 대체로 내면의 윤리적인 갈등을
중심으로 돌아간다. '해도 될까, 해서는 안 될까' 유혹이 강할수
록 윤리적 의지가 셀수록 갈등은 더 강력하고 여러 단계를 거쳐
상승할 수 있다. 먼저 주인공은 유혹에 굴복하지만, 자신의 행동
을 이성적으로 생각해보고는 후회하거나 벌을 받고, 마침내 앞
서 유혹보다 더 강력한 유혹에 저항하게 된다. 최종적으로 주인
공은 과오를 용서받고, 더 높은 도덕적 고결함을 얻게 된다. 혹
은 괴테의 《파우스트》처럼 신으로부터 구원을 받는다. 물론 유
혹의 힘은 저항의 힘보다 더 강할 수 있다. 예를 들어 토마스 만
의 《파우스트 박사》에서 아드리안 레버퀸은 자신의 영혼을 악마
에게 팔고 결국 광인이 된다.

ex : 많은 동화, 콘라트 페르디난트 마이어 Conrad Ferdinand Meyer 의
《페스카라의 유혹》, 귀스타브 플로베르의 《성 함투안의 유혹》,
괴테의 《파우스트》, 토마스 만의 《파우스트 박사》, 니코스 카잔
차키스 Níkos Kazantzakis 의 《최후의 유혹》

14 **희생** 희생자의 이야기는 유혹의 이야기와 비슷하다. 두 경우 모두 심오한 윤리적 결정에 관한 이야기이며, 이로 말미암아 주인공은 상당한 손실을 입는다. 이야기는 내면의 갈등이 중심을 이룬다. 앞에서 서술했던 플롯과는 반대로 이 갈등은 캐릭터로부터 나오는 것이 아니라 외부에 의해서 강요된다. 즉 신들의 의지, 적의 힘, 불행한 조건들의 강요로 인해 생긴다. 주인공은 어쨌거나 패배하였기에 쉽지 않은 결정을 내려야만 한다. 이때 독자는 그의 편에 서게 된다. 주인공은 마침내 신의 명령에 따라 결정을 하고, 그 과정에서 그는 다른 사람이 되어버린다(희생자는 살아남지 못하거나, 주인공 스스로가 희생된다.).

ex : 구약성서의 '아브라함과 야곱', 에우리피데스의 《알케스티스》와 《아울리스의 이피게네이아》, 찰스 디킨슨의 《두 도시 이야기》, 존 어빙의 《오웬 미니를 위한 기도》, 윌리엄 스타이런의 《소피의 선택》, 유명한 영화(스탠리 크레이머 Stanley Kramer 의 〈하이눈〉과 〈정오 12시〉, 마이클 커티즈 Michael Curtiz 의 〈카사블랑카〉)

15 **복수** 시대가 문명화되었음에도, 복수에 관한 스토리는 구약성서 정의에 지배를 받는 인간 영혼의 어두운 측면을 비춘다. 이와 동시에 이 플롯은 '서사적 정당성'이라는 법칙을 본보기로 예시한다. 주인공은 적으로부터 심각하게 부당한 일을 당하는데, 일반적인 법으로는 이에 대한 처벌 혹은 충분한 처벌이 불가능하

다. 마침내 주인공은 더 큰 상처를 겪고서, 혹은 충분한 숙고 뒤에 직접 나서서 공격자를 추적하고 처벌한다. 두 주인공 사이의 대면을 극적으로 구성해서 다른 플롯 패턴(추적, 도주, 약자, 경쟁)을 엮어 넣을 수도 있다. 결말로 가면 대부분 쇼는 끝이 난다. 주의해야 할 점은 주인공에게 가해진 부당함과 고통은 정말 주목할 만한 것이어야 하고, 주인공은 적을 심하게 벌하지 않아야 한다는 것이다. 이 플롯이 대중적으로 소개될 경우에는 대부분 '정당한 벌'과 사적인 제재制裁의 윤리적·심리적인 측면보다 폭력적인 행동과 복수가 주는 카타르시스적인 만족감이 훨씬 더 지배적이다.

ex : 에우리피데스의 《메데이아》, 셰익스피어의 《햄릿》, 에드거 앨런 포Edgar Allan Poe의 《아몬틸라도의 술통》, 그 외 〈위험한 정사〉를 비롯한 많은 영화

16 추적 추적하는 이야기는 숨바꼭질의 문학적인 형태다. 이런 이야기는 복수하는 플롯에 비하면 덜 심리적이며, 무엇보다 (어쩌면 죽음을 불러올지도 모르는) 사냥이라는 게임을 우선시하기 때문에 액션과 긴장감이 있다. 추적자가 자신의 목표를 (언제, 어떻게) 달성할까 하는 조마조마한 긴장이 처음부터 끝까지 유지되려면, 쫓고 쫓기는 양측 가운데 어느 한쪽이 다른 쪽보다 월등해서는 안 된다. 중요한 것은 초반에 사냥의 기본적인 규칙을 정해

두고, 무엇이 손실당할 위험에 처해 있는지를 분명하게 해두어야 한다는 것이다. 또한 도망은 사건이 일어난 뒤에 시작되어야 한다.

ex : 빅토르 위고의 《저주받은 사람들》, 허먼 멜빌의 《모비 딕》, 영화 (〈보니와 클라이드〉, 〈내일을 향해 쏴라〉, 〈붉은 10월〉)

17 도주(탈출) '도주'는 '추적'을 뒤집어놓은 형태다. 여기에서도 캐릭터보다 액션이 주를 이룬다. 움직임 그 자체와 목표를 달성하기 위해서다. 주인공은 자신의 의지와는 반대로 (그리고 대부분 부당하게) 붙잡히고, 그래서 도망가려고 한다. 그는 풀려나려고 노력하는 희생자인 셈이다. 줄거리가 진행되면서 주인공은 도주를 계획하고, 실천에 옮기며 마침내 구조된다.

ex : 허먼 멜빌의 《타이피 족》, 안나 제거스Anna Seghers의 《제7의 십자가》, 요제프 마르틴 바우어Josef Martin Bauer의 《발은 그렇게 멀리 갈 수 있지》, 알프레트 안더슈Alfred Andersch의 《잔지바르 또는 마지막 이유》, 그 외 〈빠삐용〉을 비롯한 많은 영화

18 구조(구출) 이 플롯은 앞의 플롯들과 아주 밀접하게 연관이 있다. 여기에서도 캐릭터보다 타입(영웅, 악한, 희생자)이 중요하며, 신체의 자유에 중점을 둔다(영웅은 자신의 목표를 달성할까?). 세 사람 중 가장 약한 존재인 희생자는 부당하게 붙잡히고, 영

웅은 대부분 이 희생자와 사랑으로 연결되어 있다(혹은 구출해준 뒤에 사랑에 빠진다.). 줄거리는 다섯 가지 단계로 분류되는데, 이 별-추적-대결-구출-재결합이다. 희생자가 끌려가지 않고 체포되어 있거나, 포위되거나 위협받고 있으면 단계가 변할 수도 있다.

이 플롯은 단순한 결과에도 불구하고, 매우 인기가 있다. 왜냐하면 다른 플롯은 독자와 관객들을 감정적으로 만족시켜 주지 못하지만 이 플롯은 만족시켜 줄 수 있기 때문이다. 즉, 정의와 사랑이 승리를 거두고, 질서가 다시 잡히며, 독자는 가벼운 마음으로 손에서 책을 놓을 수 있다. 이 플롯도 영화에 자주 애용된다. 풍부한 액션, 목표를 이루려는 긴장감(주인공은 제때에 목표를 이룰까?)이 주를 이루고, 주인공들에 관한 심오한 내면 묘사는 그다지 필요 없다.

ex : 레온 유리스Leon Uris의 《엑소더스》, 영화(토머스 케닐리Thomas Keneally 원작·스티븐 스필버그Steven Spielberg 감독의 〈쉰들러 리스트〉, 구로사와 아키라黑澤明의 〈7인의 사무라이〉, 존 스터지스John Sturges의 〈황야의 7인〉)

19 수수께끼 수수께끼 플롯은 고전적인 탐정소설과 미스터리 장르를 포함하고 있다. 이 플롯에서는 수수께끼가 문제가 되며, 이야기가 진행되면서 수수께끼는 풀려야 한다. 가능하면 형사보

다 독자가 먼저 풀거나, 누구든 '해결사'가 풀면 된다. 그러나 수수께끼가 항상 살인이거나, 독자에게 설명을 해야만 하는 중대한 사건일 필요는 없다. 초반에 알려진 사실들이 어떤 관련성을 띠고, 이야기가 진행되는 과정에서 수학 문제처럼 풀리면 된다. 흔히 수수께끼를 해결하는 과정에서 더 많은 지시와 지식이 제공된다. 여기에서는 항상 이야기(혹은 형사)와 독자 사이에 시합 혹은 경쟁이 중요하다. 누가 먼저 목적지에 도착하고, 누가 옳은가? 작가는 이때 독자가 결코 속은 느낌이 들도록 해서는 안 된다. 만약 독자가 지면, 훨씬 더 일찍 답을 찾아야 했다는 사실을 독자 스스로 인정할 수 있도록 해야 한다.

비밀 이야기(카프카의 《성城》), 특히 해결되지 않은 이야기(스탠리 큐브릭의 영화 〈2001년 스페이스 오디세이〉)는 수수께끼 모델을 넘어서, 오로지 상징적인 차원에서만 '해결'될 수 있는 우화로 치우치는 경향이 있다.

ex : 에른스트 호프만의 《스퀴데리 양》, 에드거 앨런 포의 《도난당한 편지》, 윌리엄 윌키 콜린스Wilkie Collins의 《문스톤》, 대실 해밋Dashiell Hammett의 《몰타의 매》, 프리드리히 뒤렌마트Friedrich Dürrenmatt의 《고장》과 《판사와 형리》, 알베르 카뮈의 《이방인》, 윌리엄 스타이런의 《소피의 선택》, 탐정물의 주인공 오귀스트 뒤팽(에드거 앨런 포)과 셜록 홈스(아서 코난 도일)와 에르퀼 푸아로(애거서 크리스티) 그리고 메그레 경감(조르주 심농)

20 **발견** 발견 플롯은 수수께끼 플롯과 밀접하게 연관되어 있다. 그러나 임의의 비밀(누가 왜 희생자를 살해했는가?)을 해결하는 데 많은 중점을 두지 않고, 인간의 본성에 대한 의문을 제기한다. 발견 플롯에서는 소설의 본성이 설득력 있게 드러난다. 즉, 여기서 중요한 것은 인간이 삶의 의미를 찾고(추구 스토리와 비슷하다.) 마침내 자신에게 유효한 방식으로 그것을 발견하는 것이다. 추구 플롯과 발견 플롯 사이에는 인물의 성숙과 비법 전수라는 유사점이 있지만, 발견 플롯에서는 어른의 세계로 들어가는 길보다 삶의 비밀에 대한 답이 더 중요하다. 주인공이 해답을 찾는 장소가 반드시 의문을 던졌던 그곳이어야 할 필요는 없다.

발터 파버는 마지못해 수업을 받는데, 결국 결정적으로 중요한 것을 알려고 하지 않았다는 대가로 목숨을 지불해야 한다. 스핑크스의 수수께끼를 탁월하게 풀 줄 알았던 오이디푸스도 진실을 보려다가 결국 눈을 잃었다.

발견 플롯은 쉽게 도덕적인 목소리와 설교로 이끈다(톨스토이의 후기 작품처럼). 그러므로 이런 위험을 주의해야 한다. 독자가 사건으로부터 직접 결론을 얻도록 하는 것이면 충분하다.

ex : 소포클레스의《오이디푸스 왕》, 괴테의《빌헬름 마이스터의 수업시대》, 노발리스의《하인리히 폰 오프터딩겐》, 헨리크 입센 Henrik Ibsen의《유령》, 헨리 제임스의《여인의 초상》, 레오 톨스토이의《부활》, 막스 프리슈의《호모 파베르》

플롯을 체계적으로 나누는 것은 개별 작품의 다층성을 추상화시키는 작업이기도 하다. 때문에, 크든 작든 당연히 비판받을 소지가 있다. 적절한 예를 소개하더라도 항상 누군가 나서서 이의를 제기할 수 있다. 사람들은 플롯을 다른 식으로 나열하고 싶어하며, 혹은 작품을 여러 플롯에 소속시킬 수 있으므로 제대로 결정을 내릴 수 없다. 그러나 이런 점에 대해서 놀랄 필요는 없다. 문학적 혁신이란 바로 전통적인 패턴을 혼합하고 새롭게 조합함으로써 계속 살아남는 것이다.

《오디세이아》를 예로 들어보자. 모든 서사적 작품 가운데 후세에 영향을 가장 많이 끼친 이 작품 속에는 참으로 다양한 패턴들을 찾아볼 수 있다. 《오디세이아》는 두 가지를 추구하는 스토리이지만, 먼 곳을 돌아다니며 긴장된 에피소드가 연속해서 이어지는 모험 스토리이기도 하다. 이런 에피소드들은 또한 자체적인 플롯 모델로 발전하게 되는데 도주, 구조(외눈박이 거인 폴리페모스, 포세이돈의 추적, 식인 거인족 라이스트뤼고네스족)와 유혹(사이렌, 칼립소)이 있다. 물론 신화에서 흔히 볼 수 있듯 모습이 변형되는 경우도 있다. 즉, 배를 함께 타고 가던 동료들은 마녀의 저주로 인해 돼지로 변한다. 또한 《오디세이아》는 상승, 하강, 재상승으로 읽을 수도 있다.

막스 프리슈의 《호모 파베르》도 단 하나의 모델로 이루어져 있는 것이 아니라 일련의 플롯 모델이 연결되어 있다. 우선 오이디푸스 스토리의 구조처럼 수수께끼의 해결이 중요하다. 즉, 과거를 회상하면서 발터 파버는 자신이 사랑하는 여자의 아버지라는 사실을 서서히 그리고 어쩔 수 없이 발견해야만 한다. 막스 프리슈는 금지된 사랑 이야기, 즉 근친상간을 이야기한다. 처음에는 의지에 반하면서도 무의식적이었지만, 나중에 가면 그리스 비극처럼 멈출 수 없게 된다. 더욱이 발터 파버는 지금까지 삶에 대한 자신의 입장이 완전히 틀렸다는 사실을 인식해야만 한다. 그는 교훈을 배우고 새로운 삶의 의미를 발견하지만, 그에게는 물론 그의 딸에게도 너무 늦어버렸다. 그리하여 내면의 변화조차도 더 이상 그를 (가능한) 자살로부터 구할 수 없다.

마지막 예로 토마스 만의《베니스에서의 죽음》을 들 수 있다. 이 작품은 위대한 서사시의 다차원성과 다의미성을 보여준다. 금지된 사랑은 유혹 스토리로 서술되는데, 주인공은 유혹을 시련으로 체험하기 때문에 견뎌내지 못한다. 주인공은 이 시련을 절반은 이겨내지만, 절반은 포기해버린다. 아셴바흐는 저항도, 도주도 모두 실패한 끝에 전염병에 걸린 듯 사랑의 감정에 굴복하게 된다. 사랑은 그를 아름다운 소년으로 탈바꿈시키고, 몰락으로 내몰고, 마침내 죽음으로 이끈다.

스토리 구성과 관리를 위한 체크리스트

만일 플롯을 고안해냈거나 스토리를 쓸 단계에 있다면, 만족스러운 답을 내렸다고 믿을 때까지 다음 질문을 반복해야 한다.

- 스토리의 주제, 기본 이념과 핵심 질문은 무엇인가?
- 플롯은 캐릭터 위주인가, 줄거리 위주인가?
- 초안은 어떤 구조 패턴과 플롯 모델에 속하는가? 당신은 어떤 조합과 변화를 추구하는가?
- 핵심 주인공들의 의도 혹은 목표는 무엇인가?
- 그들이 하는 행동의 원인은 어떤 경험을 바탕으로 하는가? 핵심 주인공들은 어떤 동기를 실행하고 있는가?

- 핵심 주인공들이 목표를 달성하기 위한 계획들은 어떠한가? 동기가 모순되지 않도록 주의하고, 목표를 결코 잊지 않도록 노력하고 있는가?

- 스토리에서 중요한 사건이 진행되는가? 본질적인 의문은 근본적이며, 획기적인 감정들이 있는가?

- 주인공의 계획과 목표 달성을 방해하는 것은 무엇인가?

- 주된 갈등은 무엇인가? 이 갈등은 내면적이거나 정신적인 것인가, 아니면 외적이고 신체적으로 파악할 수 있는 것인가? 두 사람 혹은 여러 사람들 사이의 싸움인가?

- 여러 위기 가운데 위기의 출발점이자 위기가 심화되는 원동력은 무엇인가?

- 정상적인 환경과 오래된 질서가 무너져 주인공이 어떤 행동을 취할 수밖에 없는 사건(패배나 각성), 즉 공격지점point of attack에서 스토리가 시작되고 있는가?

- 갈등은 어떻게 전개되고, 고조되고, 해결되는가?

- 갈등을 겪는 양측 혹은 갈등의 입장들은 동일한 비중으로 다뤄지는가?

- 갈등을 겪는 각각의 입장은 논리적이고 용납할 수 있으며, 신속하게 타협하지 못할 어쩔 수 없는 이유를 가지고 있는가? 갈등을 겪는 양측은 쉽게 화해할 수 없어야 한다. 그렇게 대립할 수밖에 없는 각자의 입장이 드러나 있는가?

- 갈등을 끝까지 몰고 갔는가?

- 줄거리가 진행되면서 모든 것을 망칠 만한 무엇이 있는가?

- 스토리가 진행되는 내적 논리에 놀라운 반전이 있는가? 스토리에 특별한 포인트가 있는가?

- 주인공들의 고뇌와 슬픔은 정말 깊은 것인가? 독자들도 충분히 공감할 수 있는가?

- 감정의 소용돌이가 독자들에게 충분히 강력한가? 감정을 즉흥적으로 자극할 수 있는 장면과 요소들이 충분히 있는가?

- 주인공을 탈바꿈해야 한다는 것을 잊어서는 안 된다. 이와 같은 변화의 핵심은 무엇인가? 주인공은 목적지에 도착하는가, 아니면 고향으로 되돌아오는가?

- 긴장이 이어지는 방식은 어떠한가? 긴장감은 절정에 이를 때까지 상승하는가? 그 중간에 정적인 국면이 있는가? 독자들이 휴식할 수 있는 시간을 주되, 긴장감을 떨어뜨려서는 안 된다.

- 스토리의 절정은 어떠한가? 여기에서 모든 내용들이 이해될 수 있는가? 주인공들이 중심에 서 있는가? 스토리의 절정은 스토리를 정말 극한까지 이끌어가는가?

- 스토리는 단절되지 않고 해결될 때까지 이어지는가? 낙관적으로 끝나는가, 비관적으로 끝나는가? 아니면 열린 결말인가?

4장

화자와
서술 시점¶

ㄴ
ㄴ 소설은 있는 그대로 세상을 비춰주는 게 아니라,
나름의 인식 도구를 이용해 세상을 들여다보는 것
이다. 따라서 화자의 선택, 즉 서술하는 사람, 서술
하는 자의 견해와 관점은 결정적으로 중요하다.#

Kreativ Schreiben

거울이 아니라
렌즈 ¶

"소설은 거울이 아니라 렌즈다." 움베르토 에코는 이렇게 말했다. 즉 소설은 있는 그대로 세상을 비춰주는 게 아니라, 나름의 인식 도구를 이용해 세상을 들여다보는 것이다. 따라서 화자의 선택, 즉 서술하는 사람, 서술하는 자의 견해와 관점은 결정적으로 중요하다.

화자는 물론 사적으로 등장해서는 안 된다. 그러나 카메라의 렌즈처럼 순전히 보는 기능을 하는 자로서 '배석해' 있을 수 있다. 화자는 한 사람 혹은 여러 사람들 배후에 숨거나, 사건 위에서 서서히 움직일 수도 있다. 계속해서 카메라에 비유하자면 화자는 전체 세계를 또렷하게 파악할 수 있지만, 개별 인물을 강조할 수도 있다. 또한 그들의 시각에서 주변을 볼 수도 있다. 카메라의 줌^{zoom}을 사용하듯 거리를 조정할 수도 있다. 그밖에도 화자는 카메라의 시각을 주관적으로 조정할 수 있다. 위에서 밑으로 또는 고정된 위치에서 속도감 있게 묘사할 수 있으며, 지극히 가까운 곳에서 본 모습을 급하게 방향을 전환하며 보여줄 수도 있다.

이렇듯 트릭렌즈는 볼 수 있는 가능성을 확대하고, 감각적으로 인지할 수 있는 스펙트럼을 확대해준다. 화자는 마치 내시경 장비를 가진 것처럼 행동하는 인물 속으로 들어갈 수 있고, 그들의 생각과 감정을 그려내고, 묘사하며, 심지어 그들과 일체가 될 수도 있다. 카메라의 필름은 이런 일을 할 수 없다. 그런 점에서 소설이 영화보다 훨씬 더 뛰어나다.

두 가지 서술 형태

문법적으로 두 가지 서술 형태를 구분할 수 있는데, 1인칭과 3인칭 형태가 바로 그것이다. 여기에서 2인칭은 고려하지 않겠다. 2인칭 소설은 거의 나오지 않는다. 그런 방식은 인위적이고 단조롭기 때문이다. 그러나 흥미로운 예외로, 미셸 뷔토르^{Michel} $_{Butor}$의《변모》가 있다. 작가는 첫 문장을 쓰기 전에 1인칭과 3인칭 두 가지 형태 중 한 가지를 (적어도 시험 삼아) 결정해야 한다.

화자를 정할 때 고려해야 할 사항은 다음과 같다.

- 공공연하게 등장하여 '모든 것을 알고 있는(=전지적)' 화자(그는 "나는" 혹은 "우리는"이라고 말한다.)가 독자들에게 이야기를 한다.

- 1인칭 화자는 자신의 시각에서 대체로 자신의 이야기를 한다.

- 이야기는 어느 정도 중립적으로 서술되어야 한다. 이때 어떤 화자도 '사적으로' 등장하지 않는다.

전지적 화자:
장엄한 가면을 쓴 저자

전지적 작가 시점은 전통적으로 가장 흔한 유형이다. 작가는 마치 신처럼 사건과 일정한 거리를 두고, 그 위에서 전체를 조망한다. 화자는 한 장소에서 다른 장소로 움직이며, 인물들을 멋대로 다룬다. 또 인물들에 대해 모든 것을 알고 있으며, 그들의 생각과 감정에 대해서도 모두 알고 있다. 그는 인물들을 마치 장기판의 말처럼 조종하거나 인형극의 인형들처럼 움직인다. 인물들의 행동에 대해 많은 말을 늘어놓고, 어떤 인물은 사랑스럽게 다루지만 어떤 인물은 냉정하게 다룬다. 그런가 하면 신(=자신)과 세상에 대해 철학적으로 고민하고, 경치에 넋을 잃고, 윤리적인 판단을 내린다. 그는 "우리"라고 말하기를 좋아하며, 흔히 친절한 독자에게 주의를 기울인다.

괴테가 소설《친화력》을 얼마나 노련하게 시작하는지 읽어보기 바란다.

에두아르트. 우리는 한창 나이의 부유한 남작을 이렇게 부르기로 하자. 에두아르트는 자신의 종묘 밭에서 가장 아름다운 4월의 오후를 보냈다.

혹은 윌리엄 새커리William Makepeace Thackeray가《허영의 시장》에서 주인공 아멜리아를 얼마나 빈정거리며 묘사하는지를 관찰해보라.

삶에서, 특히 소설에서는 한 무리의 악한들이 돌아다니는데, 만일 우리에게 전혀 해를 끼치지 않고 마음씨 좋은 사람과 늘 함께할 수 있다면, 그것은 행운이다. 아멜리아는 여주인공이 아니기 때문에, 우리는 그녀의 외모에 대해서 묘사할 필요가 없다. 그녀의 코는 여주인공이라고 하기에는 유감스럽게도 너무 뭉툭하고…….

당시 활동하던 소설가들 가운데 니콜라이 고골은 그의《죽은 혼》에서 당시에 낭만적인 글을 쓰던 화자들의 위엄 있는 자태

(소설가들은 "하늘을 나는 모든 짐승들 가운데 독수리"와 같은 지위에 있다.)를 놀리기도 했지만, 스스로를 "경멸감을 품은 작가"이자 "고향 없는 방랑자"로 묘사했다. 즉, 그는 화자의 역할을 소설에 등장하는 주인공들과 손을 잡고 길을 떠나 계속 방랑하는 사람으로 정해두었다. 그의 소설에 등장하는 주인공들은 웃음과 눈물을 통해 격정적인 삶을 내다보는 사람들이었다.

18세기와 19세기의 소설에서 저자가 화자인 경우를 다양하게 관찰할 수 있다. 오늘날에는 이런 경우가 드물다. 점점 더 관망하기 어려워지고 복잡해지는 세상에서 '모든 것을 아는 사람'이라는 가정은 허구이며, 그것을 정당화시키기는 매우 어렵다. 비록 허구적인 문학작품에서조차도 말이다.

오늘날의 작가들은 그 어떤 때보다 자신들의 독단적인 태도가 환영幻影이라는 사실을 잘 알고 있다. 즉 그들의 창작 행위는 주로 인용하고, 복사해서 구성하고, 변화시키고, 낯설게 묘사하고, 흔적을 따라가는 데 있다. 오늘날에도 저자의 가면을 쓰고 등장하는 사람은 어쩔 수 없이 후기 토마스 만처럼 다른 것을 패러디할 수밖에 없다. 1951년에 출간된 토마스의 소설《거룩한 죄인》은 저자가 화자인 소설의 명랑함을 정확하게 보여주고 있다.

로마의 종을 누가 울리는가? 소설의 정신이다. …… 소설의 정신은 가볍고, 몸이 없으며, 어디에든 존재하고, 현재와 이곳에 제한을 받지 않는다. 그는 말하는 사람이다. 즉 "모든 종들을 울려라."라고 말하면 그렇게 된다. 이 정신이라는 것은 그렇듯 추상적이어서, 문법적으로 3인칭을 사용하고 "그가 바로 그 사람이야."라고 부를 수밖에 없다. 그럼에도 불구하고 그는 한 명의 인물이 될 수 있고, 또한 "나야. 내가 바로 소설의 정신이 지."라고 말하는 누군가도 될 수 있다.

소설가는 어떤 형태의 화자이든 허구이며, 서술하는 모든 관점 역시 소설적인 도구라는 사실을 잘 알고 있다. 때문에 작품 내에서 작가이자 화자로 등장할 수 있다. 이런 예는 라르스 구스타프손Lars Gustafsson의 몇몇 소설들(예를 들어,《구스타프손 씨가 개인적으로》혹은 초기 작품《양봉가의 죽음》)이나 필립 로스의 후기 작품에서 볼 수 있다. 그러나 이들은 작가로서의 역할도 한다. 작가로서의 역할이란 그것이 명백하든 함축적이든 간에 자체의 법칙을 따르는데, 특히 인지하고 서술하는 법칙을 따른다.

이와 반대로 대부분의 독자들은 저자와 화자를 구분하지 못하고, 이런 구분에 대해서도 관심이 없다. 독자들은 누가 전달하느냐보다 어떤 내용을 전달하느냐에 더 관심을 갖는다.

또 다른 이유로 작가들은 전지적 작가 시점을 사용하길 주저한다. 모든 것을 알고 있는, 소위 '높은' 위치에 서게 되면, 화자는 흔히 전체를 조망하면서도 먼 거리를 두고 서술하게 된다. 때문에 항상 주석을 달고 비평을 하게 된다. 먼 거리를 두고 서술하면 독자들은 스토리에 몰입하지 못하고, 아무리 이성적이고 재치 있는 잡담을 하더라도 주제에서 쉽게 벗어나게 된다.

그 외에도 전지적 작가 시점은 주로 인물 사이를 이동하면서 이야기를 끌어가기 때문에, 특정 인물과 강한 일체를 이루지 못하는 위험이 있다. 또한 모순적이거나 비판적인 어투, 장황한 서술 방식 등은 작가가 해결해야 할 몫이다.

1인칭 화자:
말하는 사람은 바로 나야

오늘날에도 1인칭 화자의 형태는 여전히 남아 있다.

줄거리에 참여하는 한 명의 인물이 스토리를 얘기하는 것으로, 다음과 같은 인물들이 화자가 될 수 있다.

- 주인공 자신

- 주인공에게 중요한 한 명의 인물(토마스 만의 《파우스트 박사》와 존 어빙 John Irving의 《오웬 미니를 위한 기도》에서 청소년 시절의 친구가 주인공의 삶을 이야기한다.)

- 주인공과 밀접하게 연관되어 있으며, 주인공을 잘 알고 있어 중요한 일에 관해 정보를 줄 수 있는 조연자

세 경우 중 화자가 주인공 자신이 아닌 나머지 두 경우, 주인공은 좀 더 주관적으로 묘사되며 대체로 외부인의 시선으로 서술된다. 외부인의 시선이기는 하지만 주인공을 가까이에서 관찰하는 시선이다. 서술하는 인물이 핵심 캐릭터만큼 중요하지 않기 때문에, 이로부터 냉소적인 내용이 생겨날 수 있다. 즉 화자는 마치 사건을 간과한 것처럼, 자신의 친구를 이해하는 것처럼 행동하지만 독자는 화자의 주관적인 한계를 알아차리고 나름대로 결론을 내릴 수 있다. 숙련된 작가는 이처럼 화자, 주인공, 독자와 작가 사이의 줄다리기에서 걸작을 만들어낼 수 있다.

세 경우 모두에서 중요한 것은 역할산문*이다. 다시 말해 소설의 언어를 등장인물의 언어와 혼동해서는 안 된다. 이와 같은 서술 방식은 또한 지식의 한계를 구체적으로 정한다. 독자는 서술하는 1인칭의 '나'가 머릿속으로 무슨 생각을 하는지 알고 있으며, 그의 지각과 감정, 견해도 안다. 그러나 그것들에 한해서만 알 뿐이다. 특히 주인공이 화자일 경우 독자는 주인공과 하나가 되어야 할 것 같은 압박감을 느낀다. 만일 이것이 성공하지 못하면, 예를 들어 주인공이 독자에게 매력적이지 못하거나, 주인공에게 어떤 한계가 있거나, 주인공의 운명이 독자에게 관심을 불

---

*　**역할산문** : 작가가 허구적인 역할이나 등장인물이 되어서 작가 스스로는 결코 하지 않았을 표현을 인물에게 시키는 문학 형태이다.

러일으키지 못하면, 독자와 주인공의 관계는 쉽게 풀어진다. 결국 독자는 손에서 책을 놓고 만다.

주인공이 1인칭 소설의 화자가 되는 경우는 오래된 패턴이기 때문에 매우 인기 있는 서술 방식이다. 흔한 예로 어떤 사람이 노후에 이르러 과거에 체험했던 흥미로운 일을 회상하는 경우 주인공이 1인칭 화자가 된다. 카사노바의 이야기나 《장미의 이름》을 떠올려보라. 휴식과 명상은 반드시 자발적이 아니어도 상관없다(가령 '펠릭스 크룰'이나 '슈틸러' 같은 소설의 주인공들은 감옥이나 정신병동에 있다.). 또한 고백하고 싶은 욕구를 참지 못하는 경우도 많은데, 여기에서 보고하고 고백함으로써 자신을 드러내고자 하는 강박을 볼 수 있다. 장 자크 루소의 《고백록》이 예가 될 수 있다.

적어도 간접적으로나마 자신을 드러내고자 하는 특징은 모든 글쓰기에 숨어 있다. 《고백록》 같은 형식에서 특히 분명하게 나타난다. 자신을 드러내고자 하는 성향은 우리 모두에게 있는 관음증적 호기심과 극적인 사건을 좋아하는 기호에 호소한다. 또한 자신의 영혼을 열어 동정심을 베풀고자 하는 마음에 호소한다. 그러나 우리는 지나치게 인위적인 주관성과 솔직한 고백도 순전히 형식상의 태도일 수 있다는 점을 분명하게 알아야 한다.

경험과 경험한 바를 글로 쓰는 시점 사이의 시간차는 이런 서술 형태의 입장과 형식을 결정해준다. 화자는 자신을 과거의 나와 현재의 나로 구분한다. 만일 화자가 기억하고 있는 내용과 거리를 두면, 오로지 묘사하고 인용하고 평가할 뿐 독자들을 매혹적으로 빠져들지 못하게 할 수도 있다.

그의 (흔히 나이가 먹어서 현명해진) 보고는 전지적 작가 시점에 근접하게 된다. 서술하는 1인칭이 행동하는 1인칭보다 위에 있고 그 안에 빨려들어가지 않는 한, 독자와 거리를 두게 된다. 이럴 경우 서술하는 1인칭은 감정적인 일체감보다는 편안한 참여를 요구한다. 예를 들어 《장미의 이름》에서 아드소는 시간이 아주 많이 지난 후에 사건을 보고하기 시작한다.

어쨌거나 그 수도원은 전혀 쾌활한 느낌으로 와 닿지 않았고, 그 건물을 바라본 순간 나는 오히려 소름이 끼쳤으며 마음속에는 기묘한 동요가 일어났다. 그것은 두려움에 싸인 내 영혼이 마음대로 환상을 펼친 결과가 아니라, 의심할 수밖에 없는 징조를 구체적으로 해석한 것이었다.

아무튼 그 건물이 내게 유쾌해 보였다고는 할 수 없다. 솔직히 말해서 내가 그 건물에서 느꼈던 것은 두려움과 거북스러움이었다. 덜 여문 내 정신의 허깨비 탓으로만 돌릴 수 없다는 것은 하느님은 알 것이다. 나는 거장들이 역사役事를 시작한 날, 그리고 망상에 사로잡힌 수도사들이 뜻을 모아 그 건물을 감히 하느님의 말씀을 지키는 성체의 표징으로 성별聖別하기 전에 이미 그 돌에 새겨진 불길한 사건의 전조를 제대로 읽어냈던 것이다.

이어서 아드소는 어떤 말과 그에 대한 항변을 직접적으로 재현함으로써 시간을 과거 시점으로 슬며시 돌려 사건을 재구성한다.

1인칭 화자는 경험이 이루어졌던 과거와 글을 쓰고 있는 현재의 시간 차를 축소시켜, 생생하게 남아 있는 과거의 기억을 현재화시킨다. 그리하여 마침내 과거와 현재의 간극을 없애버린다. 그는 과거를 최근의 사건처럼 꾸미고, 이와 같은 방식으로 독자를 사건 안으로 끌어들인다. 그러나 그는 언제라도 다시 현재로 돌아올 수 있고, 엄청난 시간 간격도 재빨리 지워버릴 수 있다.

그러나 1인칭 화자는 반드시 먼 과거를 회상해야 할 필요는 없다. 따라서 감정상의 거리도 필요하지 않다. 감동적이거나 모험적인 일을 경험했다면 즉시 자리에 앉아서 그 이야기를 쓰면 되고, 그것과 함께 자신의 감정과 생각도 쓰면 된다. 만일 그가 사건을 더 많이 보고하면 일기 형태의 소설이 된다. 예를 들어 라르스 구스타프손의 《양봉가의 죽음》이 그렇다. "내 문제는 이것이다. 나는 더 이상 고통을 느끼지는 않지만, 그 대신에 다른 감정으로 괴롭다. 그러니까 나는 언제라도 그런 일이 또 일어나기를 바라면서도 한편으론 두려움 때문에 일어나지 않기를 바란다." 만일 1인칭 화자가 다른 사람에게 보고를 하면, 편지 형태의 소설이 된다. 예를 들어 괴테의 《젊은 베르테르의 슬픔》이 그렇다. "내가 떠날 수 있어서 얼마나 기쁜지! 소중한 친구여, 사람의 마음이란 도대체 어떤 것인지! 내가 그토록 사랑하고, 결코 떨어지고 싶지 않은 당신을 떠나는 게 이렇게 기쁘다니! 당신은 나를 용서해주리라는 걸 나는 잘 알고 있소."

이상의 두 예에서 독자는 일을 당한 남자 주인공과 고통에 휩싸인 여주인공의 가장 은밀한 흥분에 참여해야 한다. 새뮤얼 리처드슨의 《클러리사 할로》를 살펴보라. "나는 완전히 제 정신이 아니라오, 사랑하는 친구여. 당신의 가족이 최근에 겪었던 일을 알게 되었는데, 사람들이 당신에 관해 이러쿵저러쿵 말을 하는 게 당신에게는 얼마나 당황스러울지 나는 알고 있소."

1인칭의 화자가 기억을 전하는 이러한 방식의 기준은 시간적으로는 물론 심리적으로도 거리를 어느 정도 두느냐에 따라 정해진다. 또한 행동과 서술, 행동하면서 얻게 되는 체험과 체험 이후에 그것을 전하는 방식에 따라 결정된다. 심지어 조금 더 나아가서, 그 거리가 완전히 사라질 수도 있다. 이때 일련의 가능성이 존재한다.

고전적인 형태에서 '나'는 자신의 체험, 생각과 감정에 관해서 이야기한다. 이때 마치 경험하는 나와 서술하는 나 사이에 구분이 전혀 없는 것처럼 말한다. 화자, 체험한 인물과 함께 독자는 하나가 되어야 한다. 화자는 개인적인 3인칭 형태에서처럼 현재를 허구로 만들어내 서사적 과거로 말한다.

우리는 서로 손을 잡고, 무릎도 맞닿은 채 마주보고 서 있었다. 우리의 동맥을 따라 불길이 흘러갔다. 우리는 몇 분 동안 마치 태곳적부터 전해 내려오는 의식이라도 되는 양 그렇게 서 있었고, 엔진 소리만이 정적을 방해할 뿐이었다.

"내일 전화할게." 그녀는 이 말과 함께 마지막으로 포용하기 위해 충동적으로 몸을 숙였다. 그러고 나서 그녀는 내 귀에 이렇게 속삭였다. "나는 이 땅에서 참으로 기묘한 사람과 사랑에 빠졌어."(헨리 밀러^{Henry Valentine Miller},《섹서스》. 이하 두 인용문도 이 책에서 뽑았다.)

화자와 주인공 사이에 여전히 존재하는 서술의 간격을 허물어버리고 싶으면, 오로지 현재형으로 서술하면 된다.

나는 계단을 따라 올라가 원형 투기장 위에 선다. 이제 이 원형 투기장은 우아한 부인의 방에서 흘러나오는 불빛으로 넘실대는, 돈으로 섹스를 파는 대가들이 머무는 거대한 무도장이다. 유령들은 달콤한 껌과 같은 아지랑이 속에서 무릎은 약간 굽

히고, 엉덩이는 잔뜩 긴장한 채, 발목은 사파이어 빛을 뿜으며 떠돌아다닌다.

행동, 인지, 묘사가 현재화되어 함께 흘러가지만, 여전히 경험하는 나는 서술하는 나와 구분된다. 그리하여 어느 정도의 간격을 전제하는 서술 태도를 취하게 된다.

그러나 화자가 서술하고 있는 인물, 즉 자신의 머릿속으로 더 많이 들어가면 모든 경계는 점점 더 희미해지고 사라지게 된다. 그는 이 모든 것을 언어화시키는데, 보통 침묵하는 것도 언어로 말한다. 이를 정확하게 표현하면 '내면의 독백' 혹은 '의식의 흐름stream of consciousness'이라고 한다. 이렇게 되면 소설의 인물에게 남는 것은 환상의 나래를 펴고 회상하는 의식뿐이다. 독자의 입장에서는 쏟아져 나오는 독백과 울려 퍼지는 화음을 따라가다 보면 화자와의 간극이 사라진다.

너의 뒤에서 덮치는 자를 죽여라. 연발 권총을 쏘아라, 다른 사람은 너를 겨냥해서 총을 쏜다. 고함을 질러라, 그리고 특이하게 폐가 강한 죽은 자를 깨워라. 차량의 흐름은, 지금은 동쪽과 서쪽으로 향해 있으나, 다음 순간에는 북쪽과 남쪽으로 향할 것이다. 모든 것이 맹목적이며 법칙에 따라 지속적으로 움직이고, 아무도 그 어떤 곳에 도착하지 않는다. 발을 질질 끌면서 여기저기 갔다가 넘어지고, 많은 자들은 마치 파리처럼 이탈하고, 또 어떤 자들은 모기떼처럼 침범한다. 서서 음식을 먹어라, 동전 던지기, 지렛대 사용, 기름이 잔뜩 묻은 5센트 동전, 기름이 잔뜩 묻은 셀로판, 기름이 잔뜩 묻은 식욕.

주인공은 머릿속으로 자신에게 말하고, 자신이 지각하고 행동하거나 행하고자 하는 것을 언어로 묘사한다. 이때 독자와 간격을 두는 것이 점점 와해된다. 동사의 원형이나 관사들이 문법에 어긋나게 나열되기도 하고, 지각과 환상, 바람과 현실, 현재와 과거가 거의 구분되지 않는다. 저자가 생각의 흐름을 언어적 흐름으로 직접 표현할수록, 언어 묘사 수단을 점점 더 많이 포기하게 된다. 이에 관해 마지막 예로 세계문학에서 가장 유명한 독백 가운데 하나를 인용해보겠다. 바로 제임스 조이스의《율리시즈》끝부분에 나오는 몰리 블룸의 장황한 '의식의 흐름'이다.

…… 그가 무어식 담 밑에서 나에게 키스를 했고 나는 이런 생각을 했다 괜찮군 다른 남자들처럼 잘하네 그러고는 눈으로 그에게 부탁을 했다 그래도 나에게 한 번 더 물어야 한다고 그러자, 그는 나에게 내가 원하는지 말해달라고 물었다 나는 그렇다고 꽃에게 말하고 먼저 팔로 그의 목을 두르고 내 쪽으로 끌어당겨 내 가슴을 느낄 수 있게 했다 내 가슴에서 어떤 향이

나는지 말이다 심장이 미친 듯 뛰었고 나는 '좋아'라고 말했다

3인칭 화자:
다른 사람의 시점¶

오늘날에는 3인칭 형태가 가장 흔한 서술 방식이다. 이때 화자(화자이자 작가이며 작가의 대역)는 눈에 띄지 않고, 심지어 보이지 않으며, 스토리를 엄격하게 객관적으로 중개한다. 그는 주인공들에게 종속되어 있으며, 독자들을 주인공의 운명으로 초대한다. 이때 화자가 어떤 태도를 취하느냐에 따라서 여러 가지 서술 방법이 동원된다. 1인칭 주인공 시점에 근접하는 형태도 있다. 즉, 화자는 주인공 바로 뒤에 서서 주인공의 시점으로 사건을 볼 수도 있지만, 내면의 독백처럼 주인공 안으로 들어가서 그의 생각을 표현할 수도 있다(체험한 말). 그러나 이때 화자는 3인칭으로 머물러 있다.

그녀는 길을 따라갔고 젊은 남자를 쳐다보았다. 그는 잘생겼다. 그에게 말을 붙여야만 할까?(=체험한 말)

생각을 직접 인용하면 이렇게 될 것이다. 즉, "그녀는 '그는 잘생겼어'라고 생각했다. '그에게 말을 붙여야 할까?'"

체험한 말이 전혀 없다면 다음과 같이 된다.

그녀가 길을 쭉 따라갔을 때, 잘생긴 젊은 남자가 눈에 띄었다. 그녀는 그에게 말을 걸어야 할지 자신에게 물었다.

간격을 유지한 이런 내면적 시각은 또다시 서술적인 패러독스paradox를 보여준다. 하나의 사건은 안에서 보이는 동시에 밖에서 서술된다. 독자는 행동하고, 지각하며, 생각하는 인물 속에 있다. 이와 동시에 독자는 이 인물을 밖에서 본다. 독자는 자신이 받아들여진다고 느끼지 못하는데, 항상 객관적인 외양이 주관성을 띠기 때문이다.

미국 작가들이 '핫 내러티브hot narrative'라고 부르는 개인적 서술이 사랑받는 것은 결코 우연이 아니다. 이런 서술은 글을 쓸 때 적절한 유연성을 허락한다. 주인공을 외부에서 묘사하거나 주인공 안으로 들어가 묘사할 수도 있는데, 이는 주인공의 성격과 감정, 동기를 잘 드러내고, 주인공을 생동적으로 보이게 한다. 뿐만 아니라, 독자와의 관계를 잘 통제할 수 있게 해준다. 주인공과 거리를 두지 않고 가까이에서 묘사하다가 어느 정도 거리를 두고 묘사하는 식으로 화자의 시점을 다양하게 조절함으로써, 서술 방식에 변화를 줄 수 있다. 또 '나'라는 화자와 주인공의 동일성을 확인할 필요가 없다.

개인적인 서술 태도는 대체로 한 인물의 견해를 고수하는 편이다. 그러나 이와 같은 시점은 편협하며, 더 광범위한 사건을 묘사하기에는 불편하기 때문에, 작가는 관련된 다른 인물의 시점으로 바꿔 서술하는 것을 선호한다. 이때 저자는 두 명 혹은 그 이상의 인물로 시점을 번갈아가며 바꿈으로써, 여러 인물들의 입장에서 서술한다. 알프레트 안더슈의 《잔지바르 또는 마지막 이유》를 살펴보라. 이렇게 하면 이야기는 두 가지 혹은 그 이상의 시점에서 다뤄지고, 작가가 서술하는 방식에 근접하게 된다.

그러나 여기에도 위험이 있다. 그것은 바로 서술 방식에 혼란을 느껴 독자가 등을 돌릴 수 있다는 것이다. 책을 읽은 지 얼마 안 된 독자들은 어떤 시각에서 사물을 봐야 할지 알 수 없다. 따라서 서술 구조를 분명하게 유지할 필요가 있다. 작가는 한 장면에서 시각을 바꿔서는 안 되며, 전체적으로 두 명 이상의 시점을 교차해서도 안 된다. 그렇게 하고자 한다면 시점을 바꾸는 패턴을 독자들이 재빨리 인식할 수 있도록 해야 한다.

다양한 시점에서 서술하길 원하는 사람은 1인칭 작가 시점을 선택할 수도 있다. 이를 통해 작가는 하나의 시점을 중심 시점으로 정해두는 대신에, 독자에게 다양한 시각을 보여주기 위해 일반적으로 하나의 이야기를 여러 이야기로 재현한다. 그렇게 해서 나오게 된 '라쇼몽 효과*'는 상당히 매력적이기는 하지만, 좋은 결과를 얻기 위해서는 작가가 모든 서술적 수단을 확실하게 다룰 줄 알아야 하며 독자도 경험이 많아야 한다.

주관적 시점을 다양하게 제시함으로써 객관성을 표현하는 것과 반대로, 마치 카메라처럼 사건에 참여하지 않고 계속 거리를 두는 방법을 선택할 수도 있다. 예를 들어 대실 해밋의《유리 열쇠》, 어니스트 헤밍웨이의 소설과 누보 로망의 일부를 들 수 있다. 이와 같은 시점은 감정이 들어 있지 않은 냉정한 서술을 가능하게 한다. 모든 사물을 구체적으로 묘사하며 인물들의 행동과 그들의 대화도 묘사하지만 그들의 내면, 동기, 감정, 생각은 표현하지 않고 비워둔다. 화자는 어떤 입장도 취하지 않고, 공감이나 반감도 보여주지 않으며, 인물과 동일시할 수 있도록 독자들을 초대하지도 않는다. 작가는 어떤 의미인지 모르는 일을 독자에게 던져주고 이와 같은 방식으로 겉으로 보면 매우 객관적인 수수께끼를 해결하게 한다. 이 경우에 작가는 흔히 모든 것을

---

* **라쇼몽 효과** : 〈라쇼몽〉은 일본 구로사와 아키라 감독의 작품으로, 사건의 진실과 해석의 차이를 다룬 영화이며 1952년에 미국 아카데미상 외국어영화상을 수상했다. 이처럼 하나의 사건을 여러 시각으로 재현하는 방식을 '라쇼몽 효과'라고 부른다.

보고 듣지만 전혀 이해하지 못하는, 다시 말해 다른 별에서 온 사람처럼 보인다.

이런 서술 방식은 나름대로 매력은 있지만 소설 전체를 이끌어가기에는 무리가 있다. 계속해서 이런 서술 방식을 고집하면, 독자는 이해하기 힘들고 거부감이 일어나 결국 한계에 부딪친다. 따라서 이와 같은 서술 방식은 독자의 판단이나 의견이 필요 없는 특정한 단락이나, 나중에 어떤 인물의 행동으로 이어질 수 있는 복선을 설명할 때 쓰는 것이 좋다.

카메라 렌즈 같은 시점을 사용할 수도 있는데, 하나의 '사건'에 관한 모든 간접 증거가 수수께끼로 남아 있어야 할 경우에 쓰는 방법이다. 이렇게 하면 독자는 형사가 될 수 있으며, 소설에서 형사가 나타나 문제를 해결할 때 자신의 해결 방법과 비교하게 된다.

줄거리 위주의 서술로 성공을 거둔 소설은 오늘날 개인의 시점과 저자의 시점을 혼합한 형태로 자주 쓰인다. 화자는 등장하지 않지만, 모든 것을 다 알고 있어서 단 하나의 장면에서 여러 인물들의 동기를 이야기한다. 따라서 여러 인물들을 동시에 들여다본다. 또한 이런 화자는 핵심 주인공이 잘 알지 못하는 정보를 제공해줄 수도 있다. 생각은 흔히 "……라고 그녀는 생각했다." 같은 1인칭 현재로 표현되며, 내면의 독백처럼 1인칭 형태가 사용된다. 이는 경험한 말보다 더 직접적인 효과가 있고 독자에게도 더 쉽게 전달된다.

이런 식의 서술 방식에는 지속성이 없어 하찮은 느낌을 줄 수 있다는 위험이 있다. 줄거리 위주로 책을 읽는 많은 독자들은 시점이 이리저리 바뀌는 것을 인지하지 못하거나 거부감을 느끼지 않을 수도 있지만, 노련한 독자들의 눈에는 서투르며, 동시에 서술 과정을 잘 통제하지 못한다는 인상을 줄 수도 있다.

이야기를 위한
최상의 시점

소설을 쓸 때 어떤 시점을 사용할 것인지는 서술 의도, 스토리의 내용, 주인공의 성격과 그들의 능력에 따라 결정해야 한다.

제한적이지만 서술 시점에 대해 몇 가지를 충고하자면 다음과 같다.

- 스토리 구성에 집중하여 줄거리를 탄탄하게 잡고 싶다면, 또한 언어의 역할은 부수적이라고 생각하거나 독자적인 문체를 개발하지 못했다면, 3인칭 시점으로 서술하라. 이와 같은 방식으로 독자의 관심을 사건의 과정으로, '허구적 꿈'으로 유도할 수 있고 화자를 눈에 띄지 않게 배후에 둘 수 있다. 스토리가 추구하는 것을 달성할 수 있도록 가장 간단하고, 가장 분명하며, 가

장 눈에 띄지 않는 테크닉을 선택하라.

- 1인칭 시점은 화자의 시각을 제한하지만 진실을 말할 수 있게 해주는 것은 물론 단호한 고백까지도 할 수 있게 해준다. 서술하는 '나'는 직접적이며 독자에게 신뢰성을 준다. 그런데 그런 '나'를 흥미롭고 공감 가능한 모습으로 그려야 한다는 점을 잊지 마라. 감상주의에 빠지지 않도록 주의하라. 그렇지 않으면 그저 당신과 똑같은 감정과 생각을 가지고 있는 몇몇 소수의 독자들만을 얻게 될 것이다.

- 전해 들은 말을 개인적으로 전하는 방식은 자신이 경험한 직접성과 거리 두기에 따른 객관성을 연결하는 탁월한 방법이다. 이 서술 방식은 변화무쌍하며 독자의 요구를 적절히 채워준다. 이런 서술 방식을 통해서 독자들과 주인공 사이를 자연스럽게 친밀하게 만들 수 있다.

- 전체를 조망해야 하는 방대한 소설의 경우 작가가 화자의 시점을 제한적으로 이용하는 서술이 좋다. 화자는 단역 한 사람 한 사람을 잘 다루어서, 여러 인물들이 함께 어우러지는 가운데 적재적소에 효과적으로 투입될 수 있도록 시공간적 거리를 극복해야 한다. 독자들이 소설의 분위기와 배경을 이해하려면 세상사에 대한 상당량의 정보도 필요하다. 이때 작가는 모든 것을 알고 있는 '전지적' 작가 시점의 서술가로서 소설 전체의 질서를 잡아야 하지만, 내용에 개입하여 의견도 제시해야 한다.

그러나 오늘날의 독자들은 자신을 가르치려 들고, 무슨 생각을 하고, 느껴야 하는지 미리 지정해주는 화자를 대단하다고 인정하지 않기 때문에 주의해야 한다.

- 스토리가 그다지 탄탄하지 않지만 대신에 언어적으로 아주 뛰어나다면, 1인칭 화자를 선택하라.
- 1인칭 형태는 서술하는 인물(이와 함께 서술 방식도)을 전면에 내세우고, 간격을 두거나 혹은 아주 가까이에서 묘사한다. 이때 작가가 허구적인 역할을 맡거나 허구적인 등장인물이 되어서 표현하는 역할산문을 쓸 수 있다. 그렇지 않으면 서술하는 관점을 놀이하듯 이것저것 바꿔가며 모든 어법을 동원해도 된다.

가장 좋은 방법은, 어떤 서술 방식이 마음에 들고 스토리를 가장 잘 표현하는지 시험해보는 것이다. 1인칭과 3인칭 화자를 각각 선택하여, 자신이 표현할 수 있는 것이 무엇이고 표현할 수 없는 것이 무엇인지 알아보아라. 점차 어떤 서술 방식이 자신에게 가장 맞는지 알 수 있게 될 것이다.

5장

구성과
줄거리 모델¶

ㄴ

ㄴ 만일 우리가 스토리를 부분으로 나눈다면, 3단계로 나눌 수 있다. 첫 단계는 도입부 혹은 주제의 제시에서부터 공격점과 극적인 매듭까지다. 중간 단계는 갈등의 상승에서부터 클라이맥스와 해결책까지다. 스토리의 마지막 단계는 위기의 종결이다.#

Kreativ Schreiben

줄거리의
연출¶

마음을 움직이는 역동적인 스토리는 행동하는 인물들의 갈등에 의해 개진된다. 주인공의 등장과 함께 이야기가 발단되고, 뒤이어 곧장 공격 지점, 즉 위기와 방해, 위협적인 위험 등의 전환점으로 이어진다. 이제 주인공은 뭔가 결정해야 하는 압박을 받고, 이 결정을 행동에 옮겨야 한다. 이때 극적인 매듭이 만들어진다. '서술적인 난점'에 접어들었다고 말하기도 하는데, 분규를 낳는 문제가 생긴다는 뜻이다. 독자는 무슨 일이 일어나고 있고, 스토리가 어떤 방향으로 진행될지를 알며, 갈등이 어디에서 정점에 달하고, 어떤 해결책이 가능할지 안다.

일단 행동이 촉발되고 나면 갈등은 그 안에서 걷잡을 수 없이 정합적으로 점차 고조된다. 이와 같은 과정은 몇 차례에 걸쳐 빠르거나 느리게 반복되고, 당혹스러운 반전과 몇 차례의 작은 싸움을 동반하기도 한다. 이때 '정합적인' 갈등이란 캐릭터의 행동과 줄거리의 요소들이 서로 연관되어 있고 독자에게 명료하다는 의미다. 비록 독자는 모든 것을 이해하지 못하더라도, 결정적으로 중요한 정보가 없어 추리소설처럼 이해할 수 없다고 하더라도, 스토리의 법칙은 원칙적으로 파악할 수 있어야 하며 자체적으로 질서가 잡혀 있다는 확신을 가져야 한다.

이와 같은 확신은 불가피한 느낌으로 강화되어야 하는데, 이런 느낌은 특수한 수단을 통해서 만들어진다. 즉 암시, 미리 서둘러 폭로하는 비밀, 책 내용 사이의 지시, 다양한 반영을 통해서 가능하다. 최후의 갈등, 그러니까 줄거리의 클라이맥스는 그 전에 복선을 깔아두어야 한다.

그러나 이런 '불가피한 느낌'을 통해 독자가 소설의 첫 단락이나 두 번째 장에서부터 줄거리와 결말을 예견할 수 있게 해야 한다는 뜻은 아니다. 그렇게 하면 오히려 큰 실수를 범할 수 있다. 독자들은 수수께끼를 해결할 수 있는 열쇠를 쉽게 발견하게 되어 이야기에 흥미를 잃을 수도 있다. 작품은 사건이 가속화되고, 인물들도 그렇게 전개되는 가운데 성립하는 것이다. 따라서 언제든 독자들이 깜짝 놀랄 수 있도록 비밀을 철저히 유지해야 하며, 또한 정합적인 느낌을 상실해서도 안 된다. 그렇게 했을 때 독자는 이렇게 말할 것이다. "맞아, 바로 이렇게 되는 건데, 나는 왜 미리 알지 못했지?" 이는 물론 설명이 필요한 스토리일 경우다.

클라이맥스가 되기 전에 갈등은 해결할 수 없는 것처럼 보이고, 상황도, 결정도 매우 전망이 없어 보인다. 예를 들어 윌리엄 스타이런의 《소피의 선택》에서 소피는 다음과 같은 선택의 기로에 서게 된다. 어머니는 다른 아이를 구하기 위해 한 아이를 희생시킬 수 있고 또 희생시켜도 될까? 또는 이런 상황이다. 시계는 오후 12시를 가리키고 있고, 맞은편에 적이 싸울 준비를 하고 있는 상황에서 삶과 죽음을 결정짓는 단판을 내려야 한다. 그러나 결과는 불확실하다. 이런 상황에서 독자의 주의력은 지극히 긴장된다.

클라이맥스는 다툼과 이로부터 어떤 결정이 내려지는지 보여주며, 이 결정은 불가피하지는 않을지라도 충분히 납득할 수 있고 논리적으로 보이는 해결책을 이끌어내야 한다. 그리고 가능하면 빨리 끝나야 하지만, 그렇다고 해서 군더더기 하나 없이 급작스럽고 싱겁게 끝나서는 안 된다.

극적 스토리의 구조는 뒤틀린 피라미드 내지 거꾸로 된 이등변 삼각형과 유사한 모습이다. 극적 스토리가 갖고 있는 구조는 고정적이 아니라 동적이므로, 구조가 아니라 극적 스토리의 전말이나 과정이라고 말해야 할지도 모르겠다. 이를테면 다음 그

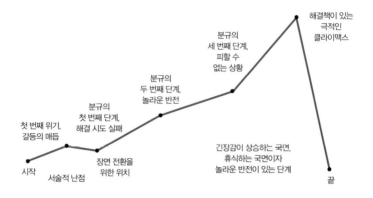

림처럼 서서히 올라가다가 가파르게 떨어지는 톱니 모양과 비슷한 과정이다.

만일 우리가 스토리를 부분으로 나눈다면, 3단계로 나눌 수 있다(3장으로 이루어진 드라마 구조). 첫 단계는 도입부 혹은 주제의 제시에서부터 '공격점'과 극적인 매듭까지다(드라마 작가들은 흔히 이를 두고 '첫 번째 플롯점'이라고 부른다.).

중간 단계는 갈등의 상승에서부터 클라이맥스('두 번째 플롯점')와 해결책까지다. 이 부분은 논리적으로 가장 광범위해서 세부적으로 다시 나눌 수 있는데, 역시 세 가지(이 경우에는 5장으로 이루어진 드라마가 될 수 있다.)로 분류할 수 있다. 즉, 첫 번째 부분에서는 임시적인 해결책이 실패로 돌아가서 갈등을 더욱 부추기고, 두 번째 부분에서 줄거리에 새로운 반전이 일어나며, 세 번째 부분에서는 대단원으로 묘사되는 최종 결정이 내려진다.

스토리의 마지막 단계는 위기의 종결이다. 해결책은 비극적인 결과라 할지라도 화해를 해야만 한다. 폭풍이 일어난 다음 파도는 조용해지고, 세상은 다시 질서를 찾고, 독자는 즐거운 마음으로 혹은 슬픈 마음으로 "다른 결말이 있을 수는 없어."라고 말하며 책을 덮는다. 모든 결말이 이런 식으로 끝날 필요는 없다. 당황스러운 내용을 언급하거나 의문을 남기면서 끝날 수도 있다. 이런 의문이 답을 제공하지 않으면, 독자는 스스로 해답을 찾아야 한다.

도입부:
유혹, 약속, 계약

스토리의 도입부는 매우 중요한 부분이다. 따라서 작가들은 세부적으로 정성을 기울여야만 한다. 도입부는 서사적인 세계로 인도할 뿐만 아니라 독자들이 다음 장을 넘기게 하는 부분이다. 큰 야망이 없는 소박한 작가라 할지라도 이 점은 분명히 알고 있어야 한다. 여기에서 큰 몸짓, 아니 적어도 뚜렷한 몸짓을 보여주어야 한다.

도입부는 독자에게 호기심을 불러 일으키고, 독자를 이야기 속으로 끌어들여야 하며 책을 덮을 수 없도록 독자들을 꼭 붙잡아야 한다. 그래서 사람들은 "소설의 도입부는 독자가 머릿속으로 소설에 참여하도록 만들어야 한다."고 말하기도 한다. 모든 것은 이 과제의 수행 여부에 따라 달라진다. 첫 문장에서 독자를 낚아채지 못하면 그물은 영영 사라져버릴 것이다.

도입부는 유혹과 약속이다. 디터 벨러스호프는 이렇게 말한다. "모든 독창적인 도입부는 하나의 약속이다. 물론 베일에 가려진 약속이긴 하지만 말이다." 약속은 받아들여져야 하기 때문에 계약이라고도 한다. 독자는 소설을 읽기 시작한 지 몇 분 안에 소설과 계약을 체결하게 된다.

도입부의 개별적인 조항을 살펴보기로 하자.

- 소설의 도입부는 대체로 주인공을 등장시켜서 이들의 성격을 묘사한다. 이로써 주인공에 대한 관심과 공감을 불러일으키고, 경우에 따라 주인공은 위험에 처할 수 있으며, 사건의 중심[in medias res]으로 독자들을 이끈다.

- 첫 번째 페이지에서 극적인 놀이 규칙, 즉 소설의 도입부 페이지에서 독자에게 드라마적인 놀이 규칙이 생겨나는데, 바로 독자들을 놀라게 하는 이른바 줄거리 상의 난관[Plot Point]이다.

- 서술 시점과 서술 방식, 화자의 언어 색깔과 문체가 알려진다.

- 독자는 도입부를 보고 스토리의 유형을 예상할 수 있어야 한다. SF나 판타지 혹은 우리의 세계관인 '리얼리즘'에서 벗어난 다른 장르에 속할 경우에도, 허구적 세계의 법칙은 프란츠 카프카의 《변신》에서처럼 분명하게 해야 한다. "그레고르 잠자가 어느

날 아침 불안한 꿈에서 깨어났을 때, 침대 위에 있는 자신이 거대한 벌레로 변해 있다는 사실을 발견하게 되었다."

• 발단은 스토리의 배경을 분명히 보여주는 단계로, 역사적 틀과 주인공이 태어났던 환경, 사적인 과거 등이 서술된다. 이러한 요소들에서 갈등이 유발되기 때문에 이를 알지 못하면 인물들의 행동이 이해 불가능하거나 터무니없어 보일 수 있다. 여기서는 많은 정보를 다루기 때문에 그것을 소개하면서 이야기를 시작해야 할지 아닐지를 잘 생각해야 한다. 독자의 인내심을 시험에 들게 하지 말라. 사태의 핵심으로, 또는 최초의 서사적 입질이 시작되는 곳으로 들어가서 이야기를 풀어간다면 더 좋을 것이다. 작가는 필요한 정보를 처음에 모두 쏟아놓지 않고서도, 장면에 정보를 집어넣을 수도 있고(영국의 스릴러 작가 렌 데이튼이나 스티븐 킹의 《미저리》를 예로 들 수 있다.) 혹은 오랫동안 과거를 회상할 때(《베니스에서의 죽음》에서처럼) 정보를 알려줄 수도 있다. 또한 서술의 흐름을 방해하지 않고, 정보들을 줄거리와 대화 속에 삽입하는 것도 유용하다.

• 주인공이 태어난 환경과 더불어 행위가 일어나는 장소와 분위기가 분명해진다. 이때 두 가지 가능성을 구분해야 한다. 일단 화자는 하나의 온전한 세계가 규범으로부터 벗어나 엄습해오는 위험에 의해 점차 어둡게 변해가는 과정을 보여줘야 한다. 아니면 곧장 위험을 다루면서 이야기를 시작해야 한다. 예컨대

급박한 일임에도 여전히 감추어져 있는 문제와 갈등, 결단이나 충돌 등을 다루는 것도 가능하다. 또는 주인공(그와 함께 독자에게)을 기다리고 있는 중요한 사건을 지시하는 것도 가능하다. 가브리엘 가르시아 마르케스의《백년 동안의 고독》에서 도입부를 살펴보라. "수년 후에 육군 대령 아우렐리아노 부엔디아는 그날 오후에 있었던 사격 명령을 기억해야 했다. 그의 아버지가 얼음을 보여준다고 자신을 데려갔던 그날 오후에 있었던 일을."

- 흔히 (주인공과 함께) 스토리의 주제가 즉시 알려진다. 파트리크 쥐스킨트의《향수, 어느 살인자의 이야기》는 주제와 부주제가 이미 제목에 나오며, 첫 번째 단락에도 나온다. 만일 어떤 소설이 "나는 슈틸러가 아냐!"라는 문장으로 시작하면, 우리는 이 소설이 정체성을 부정하는 내용임을 알게 된다. 레오 톨스토이는《안나 카레니나》에서 다음과 같은 확언으로 서사적 세계를 열고 있다. "모든 행복한 가족은 서로 비슷하고, 불행한 가족은 다들 나름대로의 방식으로 불행하다." 제인 오스틴은 비슷한 테크닉을《오만과 편견》에서 사용하고 있다. "잘 알려진 진실이 하나 있는데, 상당한 재산을 소유하고 있는 젊은 남자는 자신의 행복을 위해서 여자가 필요하다." 크누트 함순은 자서전적인 소설《굶주림》에서 이렇게 시작한다. "당시에는 내가 크리스티아니아를 돌아다녔던 시기인데, 이 기묘한 도시를 떠나는 사

람은 아무도 없었다. 도시가 자신의 사진을 걸어놓기 전에는."
대부분의 소설은 경치나 주인공을 묘사할 때 주제가 간접적으
로 나타난다. 그러나 주제가 드러나지 않는 소설도 있다.

• 움베르토 에코는 《장미의 이름 작가노트》에서 이렇게 썼다.
"하나의 소설로 들어가는 것은 산을 구경하기 시작하는 것과
같다. 즉, 사람들은 호흡과 특정한 걸음걸이에 익숙해져야 하
는데, 그렇지 않으면 곧 숨을 헐떡이고 뒤처지게 된다." 독자
는 초반에 화자를 알아보는 법(혹은 화자가 숨어 있다는 사실)을
배워야 할 뿐 아니라, 소설의 속도와 리듬도 알 수 있어야 한
다. 이것 역시 반드시 지켜져야만 하는 중요한 약속이다. 토마
스 만의 《마의 산》, 헤르만 브로흐Hermann Broch의 《베르길리우
스의 죽음》, 마가렛 미첼의 《바람과 함께 사라지다》 혹은 존 어
빙의 《오웬 미니를 위한 기도》 도입부를 읽어보아라. 호흡이 길
며 서두르지 않고 세부 사항을 묘사하고 있다. 이와 반대 되는
장편소설과 단편소설도 있다. 요제프 폰 아이헨도르프의 《방랑
아 이야기》(어느 정도 속도가 빠르다.), 토마스 만의 《법》(빠르다.),
《호모 파베르》(장광설이 없다.)가 그런 경우다.

물론 모든 소설의 도입부에서 이런 조항의 내용을 해결해야
한다는 뜻은 아니다. 그러나 많은 작가들은 이런 조항을 성공적
으로 수행하기도 한다. 예를 들어 파트리크 쥐스킨트의 《향수》

나 막스 프리슈의 《슈틸러》를 보면, 독자에게 부담을 주지 않고서도 첫 페이지에 이런 과제를 성공적으로 수행한다. 그런가 하면 스탕달의 《적과 흑》처럼, 주인공이 처한 환경에 대해 묘사하면서 독자에게 앞으로 일어날 사건에 관한 중요한 정보를 제공하는 작품도 있다. 또한 글을 쓰게 된 계기에 관해 얘기하고, 주인공을 소개하거나 곧장 어떤 장면에 대해 묘사한 후 나중에 가서 중요한 정보를 제공하는 작가들도 있다.

어쨌거나 독자들을 너무 오랫동안 붙들어두어서는 안 되며, 구체적이지는 않더라도 핵심적인 내용이 무엇인지에 관해 전달해야 한다. 독자는 책이 어떤 주제를 다루는지에 대해 알고 싶어 하는데, 그래야만 계속 읽을지 말지 결정할 수 있기 때문이다.

물론 깜짝 놀랄 일과 예기치 못한 반전도 가능하며(이미 강조했듯이, 앞으로 스토리가 어떻게 진행될지 분명하게 내다볼 수 있게 해주는 명확성은 피해야만 한다.), 스토리로부터 어느 정도 벗어나는 내용도 있을 수 있다. 비교적 두꺼운 서사 작품은 부차적인 줄거리를 허용할 수 있고, 도입부에서 전혀 암시하지 않은 다른 주제들도 허용할 수 있다. 그러나 일반적으로 약속은 지켜져야 한다. 독자가 소설의 도입 부분이 추리소설처럼 긴장감이 넘쳐서 흥미롭게 책을 읽다가 갑자기 이 책은 추리소설이 아니라 자아를 찾는 스토리라는 것을 발견하게 되면, 속은 느낌이 들어서 쉽게 책을 덮어버릴 수 있다.

소설의 도입부는 이미 소개한 조항들로만 가능한 것이 아니다. 허구의 세계로 들어가는 장광설과 '화산폭발'처럼 터지는 액션 위주의 이야기에는 더 광범위하고, 일정 부분 역사적으로 서술될 가능성도 있다. 즉 뮤즈에게 간청(호메로스의 《일리아스》), 액자식 서술(조반니 보카치오Giovanni Boccaccio의 《데카메론》, 조지프 콘래드의 《암흑의 핵심》), 서술 의도를 제시하는 화자의 소개(토마스 만의 《마의 산》), 이야기되어야 할 내용을 신빙성 있고 '실제 일어난 일'로 서술하려는 확인 작업(저자는 오래된 서류를 발견하거나 유작을 발견하고 이를 발행한다. 움베르토 에코의 《장미의 이름》, 라르스 구스타프손의 《양봉가의 죽음》), 독자에게 말 걸기(프랑수아 라블레François Rabelais의 《가르강튀아와 팡타그뤼엘 이야기》, 아키프 피린치Akif Pirinçci의 고양이 추리소설 《펠리데》), 도입부 내용을 생략하고 곧장 대화가 등장하는(토마스 만의 《부덴브로크 가의 사람들》) 경우도 있다.

소설을 시작하는 전형적인 방법을 가지고 놀이를 해볼 수도 있다(예를 들어 살만 루슈디Salman Rushdie의 《한밤의 아이들》은 소설을 시작하는 전형적인 방법을 다방면으로 실험했다.). 그밖에 아래에서 인용하게 될 에른스트 호프만의 《모래 사나이》나 피에르 쇼데를로 드 라클로Pierre Choderlos de Laclos의 《위험한 관계》에서 볼 수 있는 것처럼 특이하게 소설을 시작하더라도 이는 전혀 모던하거나 포스터모던한 현상이 아니라 그 이전부터 가능했던 서술 방식이다. 피에르 쇼데를로 드 라클로는 당시에 소설을 시작하던 전형적인 방식, 즉 소설을 마치 신뢰할 수 있는 기록물로 보이게 하려는 방식과는 완전히 반대되는 방향을 선택했다. 작가는 이렇게 추측했다. '믿을 수 없을 만큼 믿음을 주는 기록물은 아마도 소설적 허구일 뿐이리라.'

몇 가지 다른 예를 더 들어보겠다.

뮤즈에게 간청한 뒤 본론으로 들어감

아킬레우스의 분노를 찬양하시오, 여신이시여, 기분 나쁜 분노를! 그는 아카이아에 수많은 고통을 가져왔고, 많은 용감한 영웅들의 영혼을 저승으로 던졌으며, 영웅의 몸뚱아리는 개와 야생새들의 먹이로 던져주었으니…….(호메로스, 《일리아스》)

신화적인 숨결

태초에 하느님은 하늘과 땅을 창조하셨다. 땅은 황량하고 비어 있었고, 깊은 곳은 어두컴컴했다. 그리고 하느님의 영혼이 물 위에 떠 있었다.(《구약성서》)

대화를 하면서 덧붙이기

프랑스에서는, 나는 말했다. 사람들이 사물을 훨씬 더 잘 이해하더라고요 …… 당신은 프랑스에 가본 적이 있나요? 신사가 그렇게 묻더니, 갑자기 세상에서 가장 공손한 승리감으로 나를 바라보았다 …… 멋지군요! 나는 말했고…….(로렌스 스턴 Laurence Sterne,《풍류여정기》)

첫 문장에 암시

굳이 부른다면 나를 이슈메일이라고 부르도록 하지. 몇 년 전, 얼마나 오래전인지 모르겠지만, 어느 날 내 호주머니가 비어버렸고 육지에서 나를 붙드는 계기가 아무것도 없게 되자, 바다로 나가서 세상의 축축한 부분을 한번 보는 것도 괜찮을 것 같다는 생각이 들었다.(허먼 멜빌,《모비 딕》)

간결함

칠리 왕국의 수도인 세인트 야고에서는 1647년에 일어났던 것처럼 대대적으로 땅이 흔들리는 순간을 방금 겪었다. 이로 말미암아 수천 명의 사람들이 죽음을 맞았고, 범죄를 저질렀다고 기소된 스페인 사람 제로니모 루게라라는 젊은이는, 사람들이 그를 가두어놓았던 감옥의 기둥에서 자살하려 했다.(하인리히 폰 클라이스트,《칠리에서의 지진》)

주저 없음

열여섯 살 난 칼 로스만이, 하녀를 유혹하여 애를 만들었다는 이유로 부모님에 의해 미국으로 보내지게 되어 배를 타게 되었다. 배가 서서히 뉴욕 항구에 닿았을 때, 그는 마치 강렬해진 태양 같은 자유의 여신상을 보았다.(프란츠 카프카, 《아메리카》)

악몽처럼 피할 수 없음

누군가 요셉 K를 중상모략했음이 틀림없다. 왜냐하면 그는 무슨 나쁜 일을 저지르지 않았는데 어느 날 아침에 체포되었기 때문이다.(프란츠 카프카, 《소송》)

암시적인 분위기

남아 있던 석탄은 모두 써버렸고, 양동이는 비었다. 그러니 삽으로 석탄을 퍼봐야 아무 소용도 없다. 난로는 냉기만 뿜어대고, 방은 한기를 가득 품고 있고, 창문 밖의 나무들은 한껏 자랐지만 굳어 있다. 하늘로부터 도움을 얻고자 하는 사람에게 하늘은 은빛 표지판. 나는 석탄이 필요하다. 얼어 죽을 수는 없잖아……. (프란츠 카프카, 《양동이를 타는 사람》)

풍자(주인공은 한 문장이 끝나자마자 비판한다.)

디더리히 헤슬링은 부드러운 아이였고, 가장 예쁜 꿈을 꾸었으며, 무엇보다 두려워했고 귀를 괴롭혔다.(하인리히 만, 《신하》)

핵심 문장

나는 슈틸러가 아니다! 날이면 날마다, 이 감옥에 끌려들어 온 날부터, 이 감옥에 대해서는 나중에 좀 더 이야기하겠지만, 나는 이 말로 맹세를 하고 위스키를 달라고 요구한다. 위스키를 가져오지 않으면 나는 진술을 거부한다.(막스 프리슈, 《슈틸러》)

감상 없는 자서전적인 당황

나는 어머니라는 인물과 아버지라는 인물과 논쟁을 벌였고, 반기와 복종 사이를 오갔다. 나는 내 삶에서 이 두 가지 인물의 존재를 제대로 파악한 적이 없었고 그들의 의미를 해석할 수도 없었다. 거의 동시에 두 분이 돌아가시고 나자, 나는 이분들이 나에게 얼마나 낯설었는지 알게 되었다.(페터 바이스, 《부모님과의 작별》)

시적이고, 거리감 없이 암시적임

시간이 우리로부터 가져간 지독한 흔적.

너희 선임자들, 신발에 피가 있군. 눈은 아무것도 보지 않고, 입은 아무 말도 하지 않지. 형상들, 몸통도 없이. 하늘을 향해 차를 몰고, 멀리 있는 무덤에서 떨어져서, 죽은 자들이 부활하고, 늘 우리 죄인을 용서하며, 슬픈 천사의 죄.

그리고 우리는 늘 재와 같은 맛이 나는 말을 탐욕한다.

여전히 우리는 침묵하지 않는다.(크리스타 볼프,《어디에도, 그 어디에도 없는 곳》)

에른스트 호프만은《모래 사나이》라는 책에서 세 편의 편지를 인용하면서 시작한다. 이어서 그는 어떻게 이런 해결책을 선택할 수밖에 없었는지 설명한다.

그러니 나타나엘의 약속된 삶을 여러분에게 말해주고 싶은 욕구가 나에게 치밀어올랐다. 그의 삶에 있어서 놀라운 점과 특이한 점은 내 영혼을 완전히 가득 메웠지만, 그뿐만 아니라 나는 독자 여러분에게도 그렇듯 놀라운 점을 얘기해주고 싶어 가슴이 터질 듯하다. 그리하여 나는 나타나엘의 이야기를 독창적이고, 이해하기 쉽게 시작해보려 한다.

'옛날 옛날에', 이렇게 시작하는 게 가장 아름답지만, 너무 무미건조하다! '지방의 작은 도시에 S가 살았다.' 이게 조금 낫다. 적어도 클라이맥스에 대해 꼬치꼬치 얘기할 수 있으니 말이다. 혹은 곧장 사건의 중심으로 들어간다. '대학생 나타나엘이 온도계를 파는 주제페 코폴라를 보자, "당장 꺼지지 못해!"라고 분노로 일그러진 거친 눈으로 고함을 질렀다.'

나는 대학생 나타나엘의 거친 시선에서 뭔가 귀엽고 익살맞은 점을 감지하고는, 실제로 그렇게 썼다. 그러나 이야기는 전혀 재미있지 않다. 최소한 내면의 다채로운 빛깔에 대해 뭔가 표현된 것 같지 않았다. 나는 그렇게 시작하지 않기로 결정했다. 흥미를 가진 독자들이여, 친구 로타르가 전해준 세 장의 편지를 읽도록! 이제 내가 점점 더 많은 색깔을 칠하려고 노력하는 그림이 될 것이다.

호프만은, 소설은 "독창적이고, 이해하기 쉽게" 시작해야 한다고 말했다. 여러분은 소설을 시작하는 확실한 방법들을 스스로 모아두도록 하라. 또한 윌리엄 포크너의 충고를 기억하면 좋을 것이다. "독자들이 반드시 두 번째 문장을 읽도록 첫 문장을 써라. 그런 뒤에 계속 그런 식으로 쓰면 된다."

제목¶

제목은 시작의 시작이다. 즉, 최초의 정보이자 광고 슬로건이기도 하다. 그러니 제목은 독자에게 빛줄기 하나를 던져줘야 하고, 책을 계속 읽도록 유혹해야 한다. 따라서 책의 제목은 호기심을 유발시켜야 하며 뭔가 흥미로운 점을 암시해야 한다. 긴 제목은 번거로운 느낌을 주기 때문에, 제목의 길이와 제목을 정하는 수단은 한정되어 있다.

제목에 암시적인 힘을 부여하고자 할 때 결정적으로 중요한 것은 제목이 담고 있는 정보가 아니라 구체적 언어 표현이다. 일반적으로 발음 구조에 신경을 써야 한다고 말할 수 있는데, 즉 화음(두음법, 모음 반복)과 음색(어두운 모음과 밝은 모음, 부드러운 자음 등), 나아가 리듬도 매우 중요하다. 제목의 내용은 가능하면 폭넓은 정보를 제공하는 데 중점을 두면 된다. 혹은 독특한 제목으로 상상력을 불러일으키면 된다.

만일 당신이 제목을 찾고 있다면 다른 책들의 제목들을 보고 자극을 받도록 하라. 너무 일찍 제목을 정하지 말고 가능한 모든 제목들을 적어서 가끔 소리 내서 읽어보고 새롭게 바꿀 것이 있는지 고민해보라. 기괴하거나 불가능한 단어 조합을 시도하다 보면 오히려 적합한 제목이 나올 수 있다. 또한 하나의 제목을 찾는 과정은 주제를 확정하는 과정과 연결된다는 사실을 잊지 말도록 하라. 다음의 예를 통해 제목의 유형을 알아보자.

주인공 이름을 주제로 삼은 경우

《오이디푸스》, 《안티고네》, 《돈키호테》, 《엠마》, 《안나 카레니나》, 《에피 브리스트》, 《채털리 부인의 연인》, 《롤리타》, 《닥터 지바고》, 《슈틸러》

두 개의 이름 : 《가르강튀아와 팡타그뤼엘 이야기》, 《로미오와 줄리엣》, 《부바르와 페퀴셰》

성姓 : 《부덴브로크 가의 사람들》, 《포사이트 가의 이야기》

주제를 안내하는 제목

《변신》, 《화류계 여성의 성공과 부침》, 《허영의 시장》, 《전쟁과

평화》, 《돈》, 《소송》, 《섹서스》, 《전락》, 《떨어져서》

주제를 암시하는 제목

《친화력》, 《돌의 흔적》, 《영혼이 하는 일》

인물과 주제를 연결한 제목

《걸리버 여행기》, 《젊은 베르테르의 슬픔》, 《빌헬름 마이스터의 수업시대》, 《베르길리우스의 죽음》, 《호모 파베르》, 《카타리나 블룸의 잃어버린 명예》

중요한 특징, 직업, 기능을 통해 인물과 주제를 연결한 경우

《수녀》, 《여자 대통령》, 《노름꾼》, 《부랑자》, 《어머니》, 《신하》, 《특징 없는 남자》, 《몽유병자들》, 《이방인》, 《대리인》, 《메디쿠스》

극적이고 동적인 사건에 대한 지시

《위험한 관계》, 《등대로》, 《베니스에서의 죽음》, 《추락》, 《사냥》

핵심 감정을 이용한 제목

《죄와 벌》, 《굶주림》, 《구토》, 《슬픔이여 안녕》, 《딸의 사랑》, 《콜레라 시대의 사랑》

핵심(상징적인) 장소를 이용한 제목

《파리의 노트르담》, 《유대인의 너도밤나무》, 《성城》, 《마의 산》,
《맨해튼 트랜스퍼》, 《베를린 알렉산더 광장》, 《그립스홀름 성城》,
《담》, 《북회귀선》, 《돌로 된 세계》, 《영혼의 집》, 《백조의 집》

핵심적인 자연과 사물을 이용한 경우

《주홍글씨》, 《파도》, 《일곱 번째 십자가》, 《양철북》, 《향수》

상징적인 동물을 사용한 제목

《수고양이 무어의 인생관》, 《표범》, 《검은 당나귀》, 《일각수》,
《넙치》, 《암쥐》

시간과 시대를 이용한 제목

《감정교육》, 《세월》, 《제8요일》, 《3월 15일》, 《어떤 달, 어떤
해》, 《유년기의 구도》, 《백년 동안의 고독》, 《래그타임》

글쓰기 과정의 방식과 과제를 이용한 경우

《고백록》, 《지하로부터의 수기》, 《잃어버린 시간을 찾아서》,
《수녀를 위한 진혼곡》, 《크리스타 T에 대한 회상》, 《긴 이별을
위한 짧은 편지》

수수께끼 같은 표현(흔히 은유)의 제목

《암흑의 핵심》,《8월의 빛》,《장미의 이름》,《호밀밭의 파수꾼》,
《유령의 제왕》

신화적 혹은 문학적 전통과 암시

《율리시즈》,《압살롬! 압살롬!》,《파우스트 박사》,《사이렌》,
《카산드라》

속담, 인용, 관용구, 시적인 표현 등(흔히 성경과 신화에서 인용)

《소유와 존재》(구스타프 프라이탁),《소리와 분노》(《맥베스》에서
인용),《고향을 봐, 천사여》(존 밀턴의《리시다스》에서 인용),《누구
를 위해 종을 울리나》(존 던의《명상》에서 인용),《서부전선 이상
없다》(사령부의 전황 보고에서 인용),《바람과 함께 사라지다》(이
처럼 가끔 제목 자체가 날개 달린 말이 되기도 한다.)

제목에 관해 한 가지만 더 얘기해보자. 흔히 제목은 우리에게
표지와 함께 소설의 요구 사항을 전달해준다. 요하네스 마리오
짐멜의《눈물은 광대와 함께 왔다》라는 책의 제목은 독자들에게
가벼운 재미를 유발할 수 있다. 짐멜과 출판사는, 그때그때 소설
제목과 어울리는 멋진 표지 디자인을 통해서 독특한 상징을 성
공적으로 만들었다. 파란색, 빨간색, 초록색을 번갈아가며 사용

하고 글자 모양, 격언과 같이 짤막한 문장 구조, 감정을 담은 표현, 울림이 풍부한 서정성, 호소적인 음조 등을 갖추면 짐멜의 또 다른 소설 제목이 완성된다(예를 들어《꿈을 만드는 재료》,《종달새는 봄에 마지막으로 울었다》,《땅은 아직 오랫동안 젊게 있지》,《지미는 무지개를 찾아 떠났다》,《꽃을 그대로 두세요》).

첫 머리글¶

우리가 소설에 첫머리글(대부분 인용구)을 먼저 소개할지 말지는 취향의 문제다. 많은 저자들은 본문 앞에 슬로건을 내세움으로써 주제를 지시하고, 동시에 소설을 어떻게 읽어야 할지를 암시한다. 슬로건은 간략하고 함축적이어야 하며, 어떤 형태로든 상투어는 피해야 한다. 또한 수수께끼 같은 느낌을 주고, 독자들을 고민하도록 만들어야 한다. 그러나 자체적으로 권위를 보유한 책은 이런 문장이 필요하지 않다.

결말¶

발단 부분에서 내걸었던 약속은 마침내 결말 부분에서 지켜진다. 독자는 결말의 여운으로 작품을 기억한다. 때문에 결말은 책을 판단하는 결정적인 기준이 된다. 좋지 않은 결말은 스토리의 영향력을 파괴할 수 있다. 따라서 소설의 도입부가 제일 중요하고 결말은 두 번째로 중요한 부분이다.

일반적으로 결말은 너무 길어서는 안 되며 논리적이어야 한다. 따라서 주인공의 성장, 스토리의 법칙(예를 들어 서사적 정의)과 스토리를 구성하는 요소들은 의미심장해야 한다.

결말은 윤리적인 설교나 감성적인 실수를 피해야 한다. 비록 문학사에 그것을 잘하는 본보기가 있어도 말이다. 레오 톨스토이는 많은 작품을 억압적인 윤리로 끝맺는 것을 좋아했고, 괴테의 소설《친화력》은 감성적인 '살토 모탈레salto mortale(목숨을 건 도약)'로 끝맺는다. 이보다 더 심한 작가는 하인리히 뵐Heinrich Böll인데, 그는 자신의 소설《배려 있는 포위》가 끝나기 직전에 신문 발행인 프리츠 톨름과 케테의 대화를 집어넣었다.

"케테"그가 말했다. "당신에게 할 말이 있어."

"뭔데?"

"난 당신을 항상 사랑했다는 사실을 알 거야. 그리고 당신이 반드시 더 알아야 할 게 있어."

"그러니까, 그게 뭐야?"

"사회주의가 나와서 반드시 이겨야 한다는 거……."

제발 이렇게 하지 말기를!

소설의 결말은 그렇게 다양하지 않다. 그때그때마다 형상들은 모두 개별적이지만, 기본 모델은 몇 가지 되지 않는다.

스토리는 순차적으로 끝난다

마지막 장면은 지금까지 서술된 내용의 합계이며, 결정을 내리고 난 뒤의 종결이고, 최종적인 종착점이다. 새로운 이야기가 시작되거나 공허한 결말, 혹은 뜻밖의 사건 등이 있어서는 안 된다. 이럴 때 독자는 분명하고도 만족스러운 느낌으로 책을 덮는다. 다음과 같은 결말을 상상해볼 수 있다.

- 해피 엔드. 악한은 그에 합당한 벌을 받고, 여자 영웅은 보상을 받고, 범죄는 밝혀지고, 결혼을 하고, 질서가 다시 잡힌다. 그리고 만일 그들이 죽지 않는다면…… (이와 같은 일은 계속 반복될 것이다.) 이처럼 동화와 같은 패턴은 할리우드 영화에서 여전히 지배적이다. 그러나 현실의 소설에서는 오래전부터 '비현실적'이라는 이유로 외면당했다.

- 주인공이 파멸하는, 비극적이고 비참한 결말이 있다. 햄릿은 피투성이로 누워 있고, 레어티스는 죽었으며, 왕은 칼에 찔리고, 왕비는 독살당하고, 그 나머지 사람들은 침묵한다. 그러나 포틴브라스가 등장하여 새롭게 질서를 정비한다. 혹은 이반 일리치는 죽게 되었지만, 그는 죽음에 임하여 새롭고도 더 '심오한' 세계관을 발견한다. 비록 독자들이 이와 같은 결말을 슬프게 받아들일지라도, 극의 줄거리를 유의미하게 끝맺는 좋은 방식이다. 갈등을 겪는 당사자들보다 훨씬 상위의 질서가 승리를 했거나 인정을 받았기 때문이다. 혹은 노력하여 더 수준 높은 정신적 통합을 이뤄냈기 때문이다.

- 이 두 가지 결말을 조합한 것이 세 번째 결말인데, 이런 결말에

서도 순차적인 구조가 분명하게 드러난다. 만일 스토리 자체가 어떤 목표를 찾는 것을 내용으로 한다면(화살표 구조), 소설은 목표를 찾고 완성함으로써 끝난다. 《잃어버린 시간을 찾아서》는 다음과 같은 말로 끝맺음을 한다. "…… 시간 안에 들어간다." 상당히 얽혀 있는 길을 단 하루로 묘사하고 이로써 상징적인 삶의 여행을 미로로 묘사하는 제임스 조이스의 《율리시즈》에서도, 삶을 긍정하는 "예스"로 끝난다. 마르틴 발저의 《떨어져서》는 마지막 쪽에 가서 주제를 건드리고, "그리고 그것은 그곳에 서 있었다. 즉, 떨어져서."라는 말로 목표를 달성한다. 조지프 콘래드의 《암흑의 핵심》도 마찬가지다.

스토리는 원 모양으로 끝난다

시작과 끝은 서로 만난다. 어떤 것을 달성하기 위한 낯선 곳으로의 모험, 자신을 지키기 위해 길을 떠나는 한 인물의 이야기 등은 귀환 내지 귀향의 모습으로(글자 그대로의 의미뿐만 아니라 상징적인 의미로도) 끝난다.

여기에서도 '행복한' 해결과 '비극적인' 해결이 가능하다. 새로운 규범이 생겨났고, 혹은 예전의 규범이 인정을 받는다. 즉, 여행은 성공적이었거나 헛된 것이었다. 다른 사람이 되기 위해서 떠났던 슈틸러는 목표를 발견하지 못하고 다시 돌아왔다. 메디쿠스는 바그다드에 도착하고, 늙어서 다시 영국 섬으로 돌아가 새로운 지식을 전해준다. 쥐스킨트의 《향수》는 주인공 장 바티스트 그르누이가 자신이 태어났던 장소로 돌아가고, 묘지에서 사라져버리는 것으로 결말을 맺는다. 그는 쓰레기와 분뇨로 둘러싸이고, 인간의 육체가 신비하고도 야만적으로 하나가 되는 곳, 바로 그가 태어났던 환경으로 되돌아간 것이다. 삶의 원은 이렇게 닫혔다.

서술한 모델들은 자체적으로 완성되는 질서이거나 목표에 이르는 질서를 상징한다

작품은 자기 물음에 대한 응답이다. 물론 이 같은 생각은 예술에는 고유한 것이지만, 우리의 실생활에는 잘 맞지 않는다. 그리고 이런 생각은 거짓으로 화해하는 위험에 쉽게 노출된다. 특히 해피 엔드는 언뜻 유치한 작품처럼 보이게 할 수도 있다.

너무 딱 떨어지는 결론이 아닌 다른 형식도 가능하다.

- 열린 결말 : 독자는 스토리의 논리에서 해결책을 발견해야 한다.
- 이중적인 결말은 행복하지도 않고 그렇다고 불행하지도 않지만, 애매해서도 안 된다.
- (냉소적인) 당황, 특별한 반전, 특이하거나 놀라운 정곡 찌르기.

이와 같은 형태의 결말을 대가처럼 다루기란 참으로 어려우며, 많은 독자들도 그런 결말을 기꺼이 받아들이지 않는다. 왜냐하면 그런 결말은 작품의 의미 구조와 전반적인 원칙에 충돌하는 것처럼 보이기 때문이다. 많은 독자들은 분명한 대답을 듣지 못했다고 느끼며, 동조하기를 거부한다. 이와 같은 이유로 저자는 열린 결말, 이중의 결말, 냉소적인 결말을 그야말로 분별 있고도 통일성 있게 서술해야 한다.

안톤 체호프는 《개를 데리고 다니는 부인》에서 그런 결론을 내리는 데 성공했다. 러브스토리는 결말 바로 앞에서 중단되는데, 이로써 모든 독자는 자신이 좋아하는 인물을 보충할 수 있고, 행복한 결말을 상상하고, 대재난을 상상하고, 예상치 못한 것을 상상할 수도 있다. 모든 것은 의미가 있으며, 심지어 어떤 대안도 상상할 수 없는 열린 결말도 의미가 있다.

《마의 산》의 결말에도 의문스러운 점이 몇 가지 있다. 엄청난 전쟁이 발발하자 죽음에 직면한 세계가 분열되고, 우리는 더 성숙해진 한스 카스토르프가 전쟁터로 사라지는 것을 보게 된다. 그는 죽을까? 만약 살아남는다면 그는 어떻게 될까? '마의 산'인 세계는 동요를 견딜 수 있을까?

독자는 암암리에 답을 알고 있다. 그리고 결론에서도 나왔듯이, 그 답은 응당 독자에게 익숙한 서사적 우주의 질서로부터 밝혀진 것이다.

본문과
고조점¶

본문은 발단과 결말 사이에서 펼쳐진다. 중심인물들의 행동이 전개되거나 사건이 진행되는 것을 포함해, 실질적으로 작품의 가장 광범위한 부분에 해당된다. 이 부분에서 새로운 인물들이 유입되고(예를 들어 조력자와 적들), 환경은 형태를 갖추게 되며, 장소는 감정이 담겨진 풍경으로 만들어진다. 스토리의 사상적인 구조는 대화와 경험한 이야기, 혹은 경우에 따라 화자의 인용문으로도 나타난다.

이와 동시에 줄거리의 진행에 따른 일련의 사건들은 장면에 따라 분류, 서술, 혹은 보고서의 형식으로 요약되고, 규칙에 따라 적절하게 배분된 후 리듬감 있게 진행된다. 역동적인 액션 장면과 잔잔한 분위기의 장면은 교대로 등장하는데, 대화가 나오면 그다음으로 묘사, 열린 질문이 따라나온다. 수수께끼 같은 과정은 긴장감을 만들어내며, 모티브들은 작품 전반에 통일감을 만들어준다. 그러나 이 모든 것은 가만히 있는 것이 아니며, 목표에 맞게 다양한 전제와 암시로 준비해둔 정점을 향해 움직인다.

중대 장면들, 가령 마지막 결전, 결단, 깨달음 등은 소설의 도입부와 결말 다음으로 중요한 부분이며, 따라서 우리는 글을 쓸 때 항상 이 부분을 신경 써야 한다. 이와 같은 중대 장면은 독자와의 약속에 함축적으로 들어가 있거나 아니면 이미 공공연하게 표명되어 있다. 줄거리를 진행시키는 공격 지점이 바로 정점으로 올라가는 사다리의 첫걸음이다. 이러한 공격 지점은 선두에서 줄거리를 이끄는 주제 장면을 통해 미리 복선을 깔아둔다. 또한 중대 장면들은 극명한 대조를 이루면서, 독자들을 더욱 매료시킨다. 중대 장면이 완성되면 남아 있는 일은 에필로그 쓰기다. 에필로그는 한숨 돌리고 잠시 쉬면서 마지막 인사를 하는 자리다.

직선적이고 목표를 따라가는 모델은 빈틈없이 서술되는 고전 비극 드라마처럼 보일 수 있다. 이는 할리우드 영화에서 가장 분명하게 볼 수 있다(물론 결론이 긍정적으로 바뀐다.). 문학에서는 단편소설과 중편소설이 이런 모델과 가장 유사하고, 긴장감과 액션을 주로 다루는 문학(범죄소설, 스릴러 등)도 마찬가지다. 소설이 두꺼울수록, 갈등과 분규 그리고 해결책이라는 도식이 더 확장된다. 또한 이야기가 배후로 밀려나갈수록, 구조를 이루는 요소들은 더 많이 중첩된다. 따라서 다수의 플롯은 줄거리를 더욱 복잡하게 만들며 극적인 기본 모델을 더욱 불분명하게 만든다. 그러나 극적인 기본 모델은 기초 모델로서 대부분 이미 소설의 뼈대를 이루고 있고, 독자에게 말을 걸고 그들을 매료시킨다. 그러므로 독자들과 대화를 나누려 한다면 기본 모델을 계속 유지해야 한다.

긴장감은
어떻게 만들어낼까?¶

극적인 기본 모델의 핵심적인 목표는 독자를 긴장감에 빠지게 하는 것이다. 긴장감은 흥미 외에 독자를 엮어둘 수 있는 가장 강력한 끈이다. 긴장감은 내적인 경각심과 연결되어 있는 주의 집중으로서, 실제적으로 작용하는 힘이다. 우선 긴장감을 중간 정도로 활성화시키고, 그다음 긴장감을 리듬감 있게 연결하면 독자들이 가장 편안하게 받아들일 수 있다.

이 말은 긴장감이 부족하면 지루함과 단조로움을 유발하고, 반대로 과다하면 지나친 불안과 스트레스를 유발한다는 뜻이다. 따라서 긴장감과 긴장감 해소, 운동과 휴식이라는 리듬이 번갈아가면서 만들어져야 한다. 이때 이와 같은 리듬은 전반적인 스토리 구조에 적합해야 한다는 점을 고려해야 한다. 리듬은 똑같은 박자가 아니라, 톱니 모양의 운동 패턴에 따라야 한다.

글쓰기의 중요한 기술은 적절한 양의 긴장감을 조정하고, 필요한 만큼 긴장감을 올리고, 이와 동시에 원하는 곳으로 독자들의 관심을 끄는 데 있다. 다만 소수의 작가들만이 이런 일을 자연스럽게 할 수 있으며, 언제 긴장감을 고조시키고 늦추어야 하는지 알아서 서술할 수 있다. 따라서 소설을 구상하는 단계에서 스토리 전체의 장면들과 서술 요소(묘사, 대화, 장면 전환 등)의 극적인 구조를 상세하게 설계하는 것이 중요하다.

한 가지 지적하자면, 액션이 난무하는 영화가 점점 더 넘쳐나서 우리를 자극하고 있다. 이런 영화들은 우리를 영화 안으로 끌어들이기 위해 더욱 강력한 수단을 사용한다. 독자들은 이와 같은 방식에 익숙해지고(특히 아이들과 청소년들에게서 분명하게 관찰할 수 있다.)있고, 따라서 반응 패턴을 변화시켜야 할 필요가 있다. 텔레비전에서 불필요한 광고가 나오면 급히 채널을 바꾸는 것은 어쩌면 피할 수 없는 현상이다. 이런 경향이 독자들이 책을 수용하는 데 어느 정도로 영향을 끼칠지는 아직 모른다. 그러나 확신하건대, 앞으로 독자들은 극적인 긴장감 법칙에 빗나가는 책들을 인내하면서 읽지 않을 것이다.

긴장감을 어떻게 만들어낼까? 다양한 방법들이 있는데, 이런 방법들은 서로 얽혀 있기도 하다. 항목별로 소개해보겠다.

비밀을 기준으로

탐정소설, 범죄소설, 스릴러와 비슷한 장르의 소설들이 사용하는 고전적 방법은 정보 비공개, 수수께끼, 서스펜스(=불안감) 생산에 있다. 이때 다음과 같은 가능성들을 구분해야 한다.

- 원인의 비밀(왜 이런 일이 일어날까? 그 혹은 그녀는 왜 그것을 할까?)
- 대상의 비밀(그것은 이 물건, 이 대상과 무슨 상관일까?)
- 사람의 비밀(그것은 이 사람과 무슨 상관일까? 누구에 관한 문제일까? 그 혹은 그녀는 어떤 역할을 할까?)
- 줄거리의 비밀(도대체 무슨 일이 일어났는가?)
- 위험의 비밀(어떤 위험이 위협하고 있는가?)
- 시간의 비밀(이 사건은 언제 일어났으며 또는 언제 일어날 것인가?)
- 과정의 비밀(앞으로 무슨 일이 일어날 것인가, 그 일은 언제 계속 진행될 것인가?)
- 장소의 비밀(우리는 어디에 있는가?)

과정을 기준으로

이것은 행동과 움직임을 통해서 생겨나는데, 다른 말로 하면 짧은 시간 안에 많은 사건을 통해서 생긴다. 이때 물론 뭔가가 손실될 위험에 처해야 한다(무엇보다 이미 감정이 포함된 사건과 대상).

목표를 기준으로

이들의 질문은 다음과 같다. 중요한 목표가 달성될까? 이것은 중요하다. 왜냐하면 다음과 같은 이유들 때문이다.

- 강력한 의지로 목표를 추구해야 하기 때문에
- 두 사람이 이 목표 때문에 싸워야 하기 때문에(누가 이길까? 경쟁 상황)
- 그렇지 않으면 위험이나 대재난이 일어날 수 있기 때문에(구출될 수 있을까? 대재난은 피할 수 있을까? 이런 종류의 긴장감은 부수적인 비밀을 통해서 더 강력해진다. 즉, 주인공은 위험을 감지하지 못하고, 독자가 위험을 감지한다.)
- 악한이 벌을 받아야 하기 때문에(그는 벌을 받을까?)

감정을 기준으로

감정에 강하게 호소함으로써 저절로 주의, 참여, 긴장감을 유발하는 일련의 대상과 사건들이 있다. 예를 들자면 이런 것들이다. '아이들, 동물들, 온갖 섹스, 슬픔과 고통, 폭력과 죽음, 열정, 희생적인 행동, 멸시와 굴욕.'

센세이션을 기준으로

이례적인 것, 기괴한 것, 예기치 않은 것과 당황스럽게 하는 것은 대체로 호기심과 주의를 끈다.

규범을 깨는 것을 기준으로

익숙한 것으로부터의 이탈, 가령 범죄, 광기, 전쟁은 흔히 감정에 호소하는 센세이션과 연결된다. 그밖에도 규범을 깨는 묘사에 긴장감을 유발하는 다른 테크닉들이 쉽게 통합되는데, 우리도 쉽게 알아볼 수 있다. 흔히 섹스 및 사랑과 연결된 범죄가 우리의 환상을 자극하는 대상이 된 것도 우연이 아니다. 범죄소설의 판매량, 매일 텔레비전에서 방영되는 살인 사건들만 봐도 그렇다.

그렇다면 이제 어떤 테크닉을 사용해야 할까?

긴장의 활과 서술의 리듬

톱니 모양의 리듬에 따라 긴장의 활을 켜도록 노력하라. 예기치 않은 반전을 통해 독자를 깜짝 놀라게 하라. 간략한 액션 위주의 장면을 사용하고, 경제적인 서술을 통해 속도감을 높이고, 정신 없이 몰아치는 말을 통해 서술의 속도를 올려라. 이어서 정점에 이르면 서술적인 요소, 장면의 전환, 호흡이 긴 언어를 통해 속도를 줄여 천천히 글을 쓰도록 하라.

목표와 시간 구성

목표를 기준으로 독자들을 따라오게 하라. 이때 앞으로 일어나게 될 사건에 주의를 기울이도록 해야 한다. 독자는 사건이 언제, 어떻게 등장할지에 관심을 가진다. 이것이 가능한 이유는, 독자가 결말을 생각하는 동안 작가는 결말을 정해놓고 글을 쓰기 때문이다. 암시, 예견, 기대감을 일깨우는 감춰진 부호, 시기상조의 폭로를 통해서 독자의 관심을 끌 수 있다. 모종의 결과를 가져올 사건들을 묘사하도록 하되, 그 결과가 언제 어떤 방식으로 나타날지는 불분명하게 해두어라.

비밀의 생산

서스펜스를 잘 다루는 사람은 어느 정도 정보를 밝히고 감춰야 하는지를 잘 알고 있다. 모든 것을 즉시 폭로하는 작가는 지루함을 만들어내고, 너무 많이 감추는 작가는 혼란을 만들어낸다. 이와 반대로 대가들은 독자가 알아낼 수 있었음에도, 결코 알아내지 못한 것을 말해준다. 가령 뭔가를 이중적으로 표현하거나, 앞으로 다가올 일을 암시하고, 올바른 흔적을 완전히 감추지는 않으면서도 몇 가지 틀린 흔적들을 아주 노련하게 제시한다. 도처에 독자들이 사냥할 수 있는 작은 먹잇감을 제공하고, 길이 분명한데도 독자들을 숲에서 헤매게 만든다. 그밖에도 대가들은 어느 정도로 복잡하게 서술해도 될지를 안다. 한 번에 너무 많은 수수께끼들을 던지는 것은 책을 읽으려는 의지를 꺾어버린다. 이는 작가의 구성력이 떨어진다는 증거다.

서술 재료의 조직화

긴장감을 유발하는 여러 가지 요소를 엮어서 제공하라. 이는 비밀과 함께 제공해도 된다. 그러나 주의할 것은, 너무 복잡하면 안 된다! 매우 효과가 좋아서 인기 있는 방법은 바로 '서스펜스가 연속되는 드라마cliff-hanger*'다. 클라이맥스 바로 전에, 영웅이 절벽에 매달려 있고 떨어질 것 같이 위험하면, 서술의 끈은 중단된다. 서스펜스를 연속적으로 제공하는 방식으로 서술 리듬을 번갈아가며 만들 수 있고 동시에 긴장감을 고조시킬 수 있다. 《아라비안 나이트》의 세헤라자데는 이런 방식으로 1,001번이나 확실하게 죽음을 피할 수 있었다. 그러나 이런 방법을 너무 많이 사용하는 것은 좋지 않다. 지나치게 잘 알려져서 자주 사용되는 수법이기 때문이다.

규범 깨기와 독자의 기대 꺾기

현絃을 다루는 데 일가견이 있다면, 마찰을 일으켜서 이야기를 풀어보라. 소설에 등장하는 인물들이 독자가 기대하는 방식으로 반응하게 하지 말고, 독자가 당황스럽도록 반응하게 하라. 그러나 자체적으로는 모순되지 않게 만들어라. 통속적인 줄거리는 항상

---

* **클리프 행어(cliff-hanger)** : 마지막 순간까지 결과를 알 수 없는 결정이나 서스펜스가 연속되는 드라마를 말한다.

깨보아라. 어떤 것도 우연에 맡겨서는 안 된다. 또한 이례적인 언어로 주의를 끄는 효과를 내라. 물론 이때 매너리즘에 빠져서도 안 되고 독자로부터 과도한 것을 요구해서도 안 된다. 규범을 깨고 독자의 기대를 좌절시키는 행동은 규범을 탁월하게 지배할 수 있다는 전제조건이 필요하다. 그렇지 않으면 그런 행동은 마치 아마추어가 범하는 실수처럼 보인다. 그런 행동이 오로지 자신만을 위한 것이라면 인위적이고, 삭막하며, 지루하기까지 하다.

서술의 기본 형태: 장면 VS 묘사¶

장면은 하나의 사건을 요약하고 대체로 거리를 두고 보고하며, 어느 정도 구체적으로 묘사함으로써 재현할 수 있다. 그러나 우리는 사건을 극적인 장면으로 보여줄 수도 있다.

장면 설명은 지속적인 사건의 흐름을 개별 부분으로 용해하고, 사건 사이의 시간적인 틈을 뛰어넘는다. 왜냐하면 장면 설명에서 시간적인 틈은 중요하지 않기 때문이다. 또 불확실성과 긴장감을 고조시키기 위해 시간적인 틈을 의도적으로 비워두어야 하기 때문이다. 장면을 설명할 때는 묘사하거나 주장만 하는 게 아니라 생생하게 그려내야 한다. 작가는 장소와 시간을 하나씩 고안해내고, 그 안에 인물을 등장시켜 마치 현실처럼 대화를 나누게 한다. 장소와 인물들의 행동을 시각적으로 묘사하고 대화를 전달함으로써 독자의 눈앞에 일종의 영화 장면, 환상 혹은 적어도 살아 있는 판타지 그림이 생겨난다. 가장 이상적인 것은 이런 것들이 독자들을 사건 속으로 끌어들여 그들을 작품 속으로 참여시키는 것이다. 장면이야말로 모든 서술의 환상적인 역설을 특히나 분명하게 보여준다. 다시 말해, 그것은 과거의 시대에서 현실을 가정하고, 우리가 관객이자 동시에 행동하는 사람이 될 수 있는 환상적인 공간을 만들어준다.

이와 반대로 묘사하고 회상하는 서술 형태(보고, 묘사, 인용 등)는 항상 독자와 서술되는 세계 사이에 모종의 거리를 유지한다. 이 서술 형태는 비약하는 장면과 반대로 사건의 흐름을 비교적 지속적인 언어로 유도한다. 대화는 광범위하게 피하고, 보고는 사건의 순서대로 요약한다. 묘사는 성공적일 경우에 '그림'을 만들어낸다. 생생한 묘사는 과정과 대상을 그리고, 인용은 인물의 중요성을 결정하고 판단한다. 또한 인물과 그들의 행동, 사건과 생각의 중요성을 결정하고 판단한다. 그러므로 독자는 대체로 사건 외부에 머물게 되고, 이로 인해 더 소극적으로 참여하게 된다. 묘사에 치중하는 이런 서술 형태는 촘촘한 장면 때문에 감정을 불러일으키는 환상적인 매력을 발휘하지는 못한다.

그러나 장면을 서술하는 방식도 단점이 있다. 즉, 대화를 언어로 표현해야 하므로 서술해야 하는 시간과 책을 읽는 시간이 아주 많이 필요하다.

이 두 가지 서술의 기본 형태는 서로 보완되고 혼합되는 경우가 자주 있다. 장면에 묘사하는 글들을 끼워넣고, 보고에 유혹하는 언어 표현들을 엮어 넣는다. 대화는 보고와 묘사를 포함할 수 있고, 하나의 사건에 대한 스케치는 간단하게 장면으로 넘어갈 수 있다.

비교적 긴 서사적인 작품을 쓸 때 서술 형태를 잘 혼합해야 한다. 무엇보다 줄거리가 탄탄한 산문의 경우에는 장면을 광범위하게 서술해야 한다. 가능하면 많은 정보를 장면으로 옮겨 담으려고 노력해야 한다. 그밖에 스토리를 이해하기 쉽도록 만들고, 색채감 있게 만들기 위해 뭔가 더 전달해야 한다면, 장면이 아닌 형태로 서술하면 된다. 즉, 자연 묘사와 인물 묘사로, 앞에 나온 이야기의 요점을 되풀이하는 장면 전환으로 그리고 요약하는 보고 형태로 서술하면 된다. 70:30이나 80:20의 비율로 하면 가장 효과가 좋다. 화자를 분명하게 소개하거나 사건과의 거리를 강조하고자 하는 경우는 다른 비율로 서술하면 된다. 그러나 많은 독자들을 사로잡고 싶은 작가들에게는 장면 서술이 가장 효과적이다.

장면을 만들기 위해서는 다음과 같은 원칙이 유용하다.
- 장면을 서술할 때 누가, 어디서, 언제 행동(반응)하는지가 분명

해야 한다. 이로부터 장면의 주요 부분이 나온다. 즉, 행동하는 인물, 대화, 세팅과 분위기가 나온다.

- 장면의 기본적인 기능은 인물들의 행동을 촉진하고, 인물들의 성격을 그려내는 것이다.

- 그에 따라 장면의 내용은 감정이 담긴 중요한 사건이어야 하고, 갈등을 촉진하고, 극적인 행동을 진행시켜야 한다. 장면은 인물들에게도(또한 독자들에게도) 깨달음이나 당혹감을 줄 수 있다.

- 장면에서 특히 부분적 줄거리들을 만들도록 하고, 이런 부분적 줄거리들 내에서 사건의 갈래들을 클라이맥스로 압축한다. 이때 독자에게 가능하면 시각적인 증거들을 많이 제공하여, 머릿속으로 그림을 떠올릴 수 있게 하라.

- 그러나 정말 극적인(서정적인) 순간과 감정적으로 압도되는 부분만을 장면으로 다시 짜도록 하라. 이때 경제적인 측면을 잘 고려한 영화를 참고하라. 영화는 대체로 부수적인 내용을 질질 끌거나 늘리지 않는다.

- 특히 중요한 장면들은 구조상으로 봤을 때 소우주는 대우주 안에 있다. 즉, 매혹적인 도입부, 성장과 분규, 갈등과 어려움이 클라이맥스를 향해 간다. 장면은 소설 전체와 마찬가지로 정적이어서는 안 되며, 성장하고 발전하는 과정을 묘사해야 한다. 시작(=A)에서 목표(=Z)까지의 움직임은 반대로 Z가 A까지 가는 모습으로 보일 수 있어야 한다. 캐릭터들의 관계도 그 반대

편의 시각으로 전환되어 제시될 수 있어야 한다(적이 친구가 되기도 하고, 처음에 울던 소녀가 슬퍼하는 아버지를 위로하기도 하고, 무기도 없는 소년이 말 위에 있는 가시를 번쩍 들기도 한다.).

- 경제적으로 서술하려면, 특히 가능하면 나중에 액션 장면을 묘사해야 한다. 그리고 중요하지 않은 보충 설명과 안내는 빼는 게 좋다. 이 점과 관련해서는 영화를 본보기로 삼아라.

- 클라이맥스 이후에 하나의 장면으로 결말을 맺지 못한다면 다음 번 장면과 관련된 짤막한 서술로 장면을 연결할 수 있다. 또, 하나의 장면에서 제기된 모든 문제를 설명해서는 안 되며, 항상 의문을 남겨두고 독자들이 호기심을 가질 수 있게 해야 한다.

대화

소설의 장면을 만들 때 대화는 필수적이다. 독자들의 착각을 일으키는 데 중요한 수단인 대화는 생동감을 줄 뿐 아니라 읽기도 수월하다. 언어적인 논쟁 장면에서 대화는 직접적인 행동일 뿐만 아니라, 비언어적인 행위를 풀어내는 기능이기도 하다. 특히 대화는 말의 내용과 형태를 통해 화자의 성격을 전해준다. 나아가 대화는 정보를 전달할 때 유용하다. 그러나 독자에게 말을 하기 위해 부자연스러운 대화를 만들 수 있다. 따라서 대화를 할 때 자연스러운 상황은 반드시 지켜져야 한다.

물론 자연스러움이란 모든 약속, 모든 문법적인 오류와 "음……"과 같이 무의미한 말까지 모두 표현해야 한다는 뜻은 아니다. 중요한 것은 대화가 진짜처럼 보여야 하지만, 이것 역시 허구이므로 다른 서술 형태와 마찬가지로 작가가 만들어야 한다는 점이다. 대화가 지닌 자연스러움이란 인위적으로 만들어진 것이며, 이 말은 모방하거나 중복하지 않고, 효과를 고려해서 넣어야 한다는 뜻이다.

대화는 쉽게 쓸 수 있을 것(말을 그대로 '인용'하면 될 것으로 생각한다.) 같기 때문에, 대중의 인기를 얻고 있는 작가들조차 소설 구성의 핵심 수단으로 사용하려는 유혹을 떨치지 못한다. 쉽게 효과를 내는 것을 뿌리치기란 힘든 일일 것이다.

소설 쓰기에 대화를 이용하려고 할 때 다음과 같은 점을 고려하라.

- 대화는 특색 있고 유익해야 하며 짤막하고도 함축성이 있어야 한다. 그러므로 대화에 불필요한 내용을 너무 많이 포함하지 말아야 하며, 긴 독백과 가르치려고 하는 어조도 삼가야 한다.
- 소설에 대화가 너무 적으면 거리감과 메마른 느낌을 주며 생명 감이 없다. 그렇지만 소설에 대화가 너무 많이 나오면 이야기가 부풀려지게 된다. 왜냐하면 대화는 아무런 의미 없는 표현이나 인사도 포함하기 때문이다("좋은 아침!" "하이, 자기!" "잘 잤어?" "늘 그렇지."). 모든 말은 필요한 정보를 전달하거나, 줄거리에 활기를 불어넣어야 한다.
- 요하네스 마리오 짐멜이 흔히 하듯이, 자신이 가지고 있는 모

든 배경 지식을 대화로 보여주려고 하면 대화에 부담을 주기 쉽다. 인물들이 갑자기 서로 이야기하지 않고, 화자 혹은 작가가 인물의 입을 통해서 독자에게 뭔가를 전달해준다. 중요하다고 간주하거나 뽐내고 싶은 지식 같은 것들 말이다.(*"우리는 〈아마데우스〉를 봤지요. 그 유명한 영화 말입니다. 오스카상을 여덟 개나 받았지요. 감독은 밀로스 포어맨*Milos Forman*이고, 피터 셰퍼*Peter Levin Shaffer*의 원작이죠. 당신도 잘 알죠? 모차르트가 어떤 사람이었는지."*) 이탤릭체로 된 부분은 서술에 반드시 필요하지 않으며, 독서의 흐름을 방해할 뿐이다. 독자들은 이런 내용을 접하면 빠져들었던 소설의 환상으로부터 쉽게 깨어나고, 이러한 각성은 책을 읽는 재미를 빼앗는다.

- 제대로 기능을 발휘하지 못하는 사실을 늘어놓는 것보다 더 심각한 경우는 상투어와 지나치게 진부한 내용을 퍼뜨리는 것이다. 그러면 대화는 너무 쉽게 무거워진다. 게다가 말하는 방식이 부자연스럽기까지 하면, 이는 대부분 거드름을 피우는 식의 표현이 된다. 거만할 뿐 아니라 바보처럼 보이게 하는 효과가 있다. 이럴 경우에 대화의 강점이라고 할 수 있는 자연스러움과 생동감은 정반대로 돌변하여 종이 위의 수다가 되고 만다.

- 대화는 긴장감이 넘쳐야 한다. 그리고 말하는 사람들의 관계는 대화를 하는 동안 변해야 한다(갈등 → 움직임).

- 언어적 논쟁의 클라이맥스에서는 치고 찌르기, 방어와 반격으

로 이루어지는 빠른 전개 과정이 바람직하다. 드라마 이론에서는 이를 '격행^{隔行}대화'라고 하는데, 말과 응답이 각각 한 줄을 넘지 않는 경우에 그렇게 부른다.

- 가능하다면 화자의 표현법을 구사하라. 어쨌거나 모든 인물들이 당신처럼 얘기하게 해서는 안 된다.
- 중단, 휴식도 직접적인 언급을 통해("그녀는 중지했다.""그는 그녀의 말 중간에 끼어들었다.") 혹은 행동을 묘사함으로써 보여줘야 한다.
- 또한 언어가 아닌 신호와 커뮤니케이션도 대화에 속한다. 얼굴 표정, 제스처와 자세도 말하는 내용을 강조하거나, 빈정거리거나, 모순된 의미를 표현하기도 한다.
- 대화를 장면 안에 넣거나 리듬과 강세의 느낌을 살려 보고와 묘사에 끼워 넣어라. 대화는 넘쳐서도 안 되고 중간에 깨져서도 안 된다.

특별한 문제는 의견을 진술하는 동사, 즉 '말하다, 묻다, 반박하다, 더듬다'를 사용할 때 생길 수 있다. 미국의 글쓰기 책 저자들은 항상 '말했다'라는 표현을 사용해야 할지(왜냐하면 이 표현은 구두점의 역할을 하고 있고, 어차피 독자들은 대충 읽을 것이기 때문에), 아니면 '생각했다', 혹은 '표현했다' 등을 사용해야 할지에 대해 의견이 다르다. 유명한 작가들을 살펴보더라도 가능하면 선별하여 다양한 동사를 사용하는 작가들이 있는가 하면, 생략하거나 항상 '말했다'라는 표현만 쓰는 작가들도 있다.

의견을 진술하는 동사를 쓸 때는 다음 원칙을 고려하라.

- 누가 말하는지 분명하면 '말했다'와 같은 표현은 생략하라. 문장에 포함되어 있지 않은 부수적인 정보("빈정거리는 미소를 지으며 그녀가 말했다.")를 표현해야 하는 경우가 아니라면 말이다.

- 의견을 진술하는 동사가 정보를 전달해주지 않는다면, 적어도 표현을 다르게 해야 한다. 그러나 이때 표현을 너무 고르지는 말라.

- 순전히 중복되거나 스스로 주석을 다는 모든 형태는 피해야 한다("'하하하'라고 그녀는 웃었다." "……라고 그녀는 재치 있게 말했다." 진술이 재치 있는지 어떤지는 독자 스스로 판단해야 한다).

- 인위적인 표현과 의미를 전용轉用할 때 주의해야 한다("……그녀는 끼룩거렸다." "'얼마나 흥미로운지'라고 그녀는 길게 하품을 했다.").

장면이 아닌
형태¶

"살인을 묘사하고 싶어?
그렇다면 마당에 있는 개를 나에게 보여줘.
개의 눈에서 살인 행위의 그림자를
나에게 보여줘."
— 휴고 폰 호프만스탈 Hugo Von Hofmannsthal, 《화자의 기술》

ㄴ 장면이 아닌 글 형태에는 보고, 묘사, 스케치, 성찰, 비평, 판단 등이 있으며, 이런 것들은 장면이 가지고 있는 생동감과 극적인 첨예화를 이뤄낼 수 없다. 그러나 소설에서는 이런 부분을 포기할 수 없으며, 심지어 독일문학에서는 장면이 아닌 글 형태가 지배적인 경우도 드물지 않다. 이와 같은 글 형태는 일반적으로 필요한 배경 정보를 전달해주고, 문맥을 해명하고 연결시켜 주며, 소재들과 소재들이 전개되는 상황을 요약해준다. 또한 시점을 분명하게 해주고, 화자가 자기 묘사를 할 때도 사용되며, 사건을 상징적으로 확대할 때도 사용된다.

보고는 특히 경제적이며, 대부분 객관적이고, 그래서 쉽게 메마른 느낌을 준다. 보고는 주제의 제시부와 장면 전환에서 볼 수 있으며 한 장면에서 다른 장면으로 혹은 한 장에서 다른 장으로 넘어갈 때 이용된다. 보고가 지닌 가장 큰 위험은 언어상의 단조로움이라 할 수 있다. 이와 반대로 묘사하고 스케치하는 형태는 예쁘게 장식하고 채색하기 때문에 훨씬 다채롭고, 주관적이며, 화려할 수 있다. 이런 형태가 있어야 흔히 장면에 배경 그림이 생겨난다.

의미를 표현할 수 있는 다양한 방법을 동원하는 능력 덕분에 (비교, 은유와 그림, 암시, 그밖에 모든 언어적 수단과 묘사법), 묘사하고 스케치하는 글 형태는 소설에 흔히 결정적인 힘과 연상력을 심어줄 수 있다. 또한 이런 글 형태는 화자가 행동하는 인물과 사건에 대하여 필요할 때마다 거리감을 조정하고 독자의 주의를 끌 수 있게 해준다.

물론 장문의 묘사, 특히 긴 비평이나 판단, 화자의 개입과 갑작스러운 거리감의 변경은 독자를 허구적인 꿈에서 쉽게 벗어날 수 있게 한다는 점을 염두에 두어야 한다. 나아가 많은 상투어들을 이미 독자들도 알고 있어야 하며, 묘사는 사진보다 더 많은 의미를 암시해야 한다. 어쨌든 지나치게 많은 묘사도 피해야 하는데, 묘사가 길어지면 독자들은 그 부분을 읽지 않고 넘어가게 된다. 그밖에 특히 주의해야 할 점은, 추상성은 모든 생동적인 서술의 적이라는 것이다.

묘사는 장면에 집어넣거나 감정이 담겨 있는 장면 뒤에 넣어서 독자들이 휴식을 취할 수 있게 하는 것이 좋다. 또한 묘사에 감정을 충분히 담아주고, 그림과 같이 만들어서 서사적 깊이(암시, 이중적 의미, 여러 동기의 연결을 통해)를 부여하는 것 역시 추천할 만하다.

그러나 묘사는 결코 길고 지루해서는 안 되며 단조로워서도 안 된다. 또한 장면의 마지막에 요약을 하거나 비평을 하려는 사람은 엄청난 실수를 할 수 있다. 다시 말해, 이런 사람은 장면이 주는 강렬한 효과를 스스로 파괴할 수 있다는 뜻이다.

성찰도 마땅히 줄거리의 구성 성분이 되어야 한다. 작가의 의견은 항상 시대의 취향에서 벗어나지 못하는데, 이런 의견들은 소설에 속하지 않는다. 비록 작가의 의견이 매우 현명하고 세련되게 표현되더라도 말이다. 독자의 관심을 끄는 것은 인물의 생각이다.

또한 위험한 것은 저자이기도 한 화자의 판단과 평가다. 왜냐하면 화자는 독자들이 직접 결론을 내릴 수 있는 가능성을 앗아가버리고, 후견인 행세를 하고 쉽게 윤리를 가르치려는 태도를 취할 수 있기 때문이다. 특히 훈계조는 독자들을 도망가게 한다.

등장인물의 입을 통해서 사적인 이야기를 하는 작가는, 직접 비평하지 않고 선별한 단어, 야유와 풍자를 통해서 평가를 대신할 수 있다. 이때도 주의해야 할 점이 있다. 작가가 소설에 등장하는 인물에게 방어할 기회도 주지 않고 건방지게 행동하면, 독자들은 인물과 연합하여 작가에게 맞선다(물론 풍자 형태는 각각 다른 원칙을 따른다.).

장면의
전환¶

장면 전환은 '계속 앞으로' 나아가는 단선적인 시간 진행을 중단하고, 과거의 사건이나 사실을 삽입하는 방식으로 계속 장면을 추가해가는 방법이다. 장면 전환은 인물들에게 더 깊이 있는 내면을 제공하고 이야기의 배경을 밝혀주기 위해 이용되기도 한다. 주인공들의 배후에서 일종의 거울이 되어 흔히 유년 시절과 청소년 시절 그리고 그들의 중요한 경험과 특징, 사회적 환경과 지역적인 환경에 관해 보고하고, 동기와 목적에 대한 물음에 대답한다. 그리고 위기가 발생하여 스토리로 발전하게 된 싹이 무엇인지를 보여준다.

장면 전환을 끼워 넣는 기법은 다양하다. 즉, 인물들이 잠시 회상하는 방식이나, 화자의 지시로 넣거나, 단락을 끼워 넣거나, 비교적 긴 문장과 장으로 끼워 넣을 수 있다. 장면 전환을 넣기에 가장 적절한 위치는 도입부가 소개된 다음 바로 이어지는 내용과, 어떤 행동을 촉발하게 된 계기 바로 다음에 이어지는 내용이다. 즉, 글은 과거로 돌아가서 영웅이 지금까지 오게 된 경과를 이야기한다. 그와 같은 장면 전환에 대한 좋은 예는《베니스에서의 죽음》의 두 번째 장이다. 또한 스티븐 킹의《미저리》에서처럼 사용할 수도 있다. 소설을 잘 쓰는 대가들은 이런 장면 전환의 기술을 적재적소에 잘 사용한다.

장면 전환이 인기 있는 두 번째 이유는 긴장감을 유발하려고 할 때 넣을 수 있기 때문이다. 도입부가 시작되고 난 뒤나 도입부를 서술하는 과정에서 결정적인 위기가 일어나게 되는데, 이 위기로 인해 주인공은 행동하게 되고 스토리가 진행된다. 사건들이 극적으로 얽혀 들어가기 전에, 왜 그런 사건이 일어나게 되었는지에 관해 짤막하게 설명하는 내용이 필요하다.

또 다른 위치에서 극적인 효과를 노리고 장면 전환을 끼워 넣을 수 있는데, 이 경우에도 긴장감을 유발한다. 여기에서 다시 클리프 행어를 떠올려보아라. 독자가 걱정하는 인물은 위험한 상황에 있거나 중요한 결정을 해야 하는 순간에 처해 있다. 그러나 화자는 서둘러 해결하지 않고, 오히려 상황의 배경을 밝히기 위해 사건을 중단시킨다. 이 패턴을 이어받아 두 번째 플롯을 만들 때 사용할 수 있다. 즉 장면 전환은 설명하는 기능을 가질 뿐 아니라, 비슷한 극적인 법칙에 따라 서술되는 독자적인 스토리로 발전하는 것이다. 이와 같은 경우에 현재의 스토리뿐 아니라 과거의 스토리도 진행된다(예를 들어 잉그마르 베르히만^{Ingmar Bergman}의 영화 〈산딸기〉처럼).

장면 전환을 줄거리에 체계적으로, 자주 끼워 넣을수록 소설의 구조가 더 확고해진다. 장면의 전환은 특히 영화에서 자주 사용되는데, 정신적 외상을 입은 사건에서 흔히 볼 수 있다. 이때 대부분 억압되고 강제적인 사건들이 짤막하게 계속 들어가며, 이런 사건들이 주인공을 마치 유령처럼 따라다닌다. 이와 같은 방식으로(흔히 예측할 수 없는) 주인공의 행동을 조정한다.

종종 이것은 오직 암시적이고 불분명한 방식으로만 일어나기 때문에, 여기서 '무슨 일이 일어났는가? 이 일로 또 무슨 일이 일어나는가?'라는 이중 비밀 형식이 생긴다. 장면 전환은 수수께끼 대신 미래에 일어나게 될 일을 들추어내려는 목표를 갖는 동시에 이야기가 흘러가면서 나오는 수수께끼의 해답을 암시한다. 특히 사이코 스릴러물은 이 기법을 성공적으로 이용할 수 있다(조너선 드미^{Jonathan Demme} 감독의 영화 〈양들의 침묵〉을 생각해보라.).

분석적이고 회상하는 플롯(《오이디푸스》에서부터 탐정소설까지)의 경우 장면 전환은 지배적인 패턴으로 자리잡을 수도 있다. 현재의 사건은 과거에 일어났지만 해명해야만 하는 하나의 사건 주변을 맴돈다. 가령 하나의 사건이나 탄생의 비밀(온갖 현상과 분규가 동반되는)을 해명해야 하는 작업이 진행되는 가운데, 사건은 점점 더 미궁 속에 빠진다. 결정적으로 그 원인을 알게 되는 지점에 도달하고, 이로써 왜 이런 사건이 생겼는지를 알게 될 때까지 해명 작업은 계속된다.

구조의 패턴은 다양하다. 즉, 고전적 탐정소설에서는 해결되지 않은 범죄(=수수께끼, 비밀)가 생기고, 그러면 형사는 일련의 간접 증거와 논리적인 추론으로 범죄를 밝혀내야 한다.

막스 프리슈의 소설 가운데 가장 성공을 거둔 두 소설《슈틸러》와《호모 파베르》는 이와 같은 구조 패턴을 독자적인 방식으로 이용했다. 두 소설은 앞으로 향해가는 줄거리를 평행으로 진행시키고, 이어 동기와 목표에 적합하게 사건을 해결하는 작업이 뒤따른다. 왜냐하면 두 소설에서 '범인'과 서술하는 '형사'는 동일인이기 때문이다.

《호모 파베르》에서 주인공은 어쩔 수 없이 반복되는 행동에서 벗어나지 못한 채 자신을 무의식적으로 찾아나선다. 달리 표현하면, 그는 자신의 과거를 늘 벗어나지 못하고, 마침내 자신이 사랑하는 여자의 아버지라는 진실을 발견한다. 그는 삶에서 저지른 과오를 더 이상 부인할 수 없으며 그렇게 해서는 안 된다는 지점에 이를 때까지 자신을 무의식적으로 찾아나선다.《슈틸러》*에서는 찾아 헤매는 1인칭 화자와 발견되는 1인칭 화자가 은폐되고 동시에 폭로됨으로써 사건을 해명하려는 지적인 놀이에 매력이 더해진다.

이와 비슷한 패턴을 애거서 크리스티의 《애크로이드 살인사건》에서 볼 수 있는데, 여기에서 화자 셰퍼드 박사는 결국 살인자로 드러난다. 그리고 하이미토 폰 도더러Heimito von Doderer의 《모두가 저지를 수 있는 살인》이라는 작품에서도 같은 패턴을 볼 수 있다.

---

* 《슈틸러》: 이 소설은 정체성 문제를 다루고 있다. 한 남자가 위조된 신분으로 여행을 하다가 스위스 국경에서 체포되는데, 자신은 미국에서 온 화이트라고 주장한다. 하지만 스위스 당국은 그가 6년째 실종 상태인 취리히 출신의 유명한 건축가 아나톨 슈틸러라고 믿고 있다.

장면의
교차¶

특히 지속적이지 않으면서, 장면으로 다뤄지는 서술에서는 하나의 장면에서 다른 장면으로 어떻게 건너가느냐 하는 문제가 발생한다. 두 개의 서술 단위(다양한 세팅, 인물 혹은 인물 그룹, 사건, 시간대) 사이에 틈이 벌어질 수 있다면, 그 틈은 잘 메꿔야 한다. 즉 이와 같은 틈, 비약은 책을 읽을 때 눈에 띄지 않을 경우도 많은데, 우리가 그런 비약에 익숙하기 때문이다. 그러나 당연하게 보이는 것도 생각하는 것처럼 간단하지 않으며, 특히 글을 처음 쓰는 사람이라면 어떻게 독자의 눈에 띄지 않는 비약을 쓰는지 모를 수 있다.

'건너뜀'은 독자가 채워야 할 것을 의식해서 만든 텍스트 상의 빈 공간이 아니다. 이것은 경제적인 서술을 위해 사용한 기법이다. 지극히 자명하거나 중요하지 않은 내용은 삭제해도 무방하다는 의미다. 따라서 여기서 결정적으로 요구되는 것은, 이행은 가능하면 짤막해야 한다는 것이다.

- 표준 공식("다음 날……" "그 사이에……" "몇 년이 지난 후에……")으로 이행하는 문장은 시간적 관계나 공간적 관계를 지시함으로써 두 개의 장면을 연결한다.

- 이보다 좀 더 긴 이행이나 첨가는 흔히 중간에 일어난 사건을 요약하기 위해서나("수년이 흘렀다. 랄프는 수잔네와 결혼을 했고, 그들의 결혼 생활은 행복했다. 곧 아이가 태어났다. 그러나 과거의 그림자는 사라지지 않았다. 어느 날 초인종 소리가 울렸고……"), 자연 묘사를 통해 장면을 분위기 있게 연출하기 위해서다("앙상한 가지가 하늘로 뻗어 있었다. 안개는 마치 시체를 묶은 더러운 천처럼 땅 위에 깔려 있고……").

- 때때로 자연 묘사는 이행의 수단으로써 소설 구성의 기능을 떠맡기도 한다. 특히 자연 묘사가 주요 동기로 투입될 경우다. 그러면 대체로 핵심적인 자연의 상징이 전면에 배치되거나, 항상 반복해서 묘사되는 대상물이 상징의 옷을 입게 된다. 유명한 예는 버지니아 울프의《파도》를 들 수 있다.

해안으로 밀려올 때는 늘 그렇듯 파도는 여러 개의 파도를 올렸다가, 다시 깨어버리고 그러고는 모래 위에 있는 하얀 물줄기 띠를 쓸어가버렸다. 파도는 멈추었다가 다시 돌아갔고, 잠잘 때 무의식적으로 숨을 들이쉬고 내쉬는 사람처럼 한숨을 내쉬면서.(버지니아 울프,《파도》의 도입부)

두 개의 장면이나 두 부분을 구분하기 위해 흔히 빈 줄만 있어도 충분할 경우가 많다. 심하게 편집한 영화로 인해 사람들은 이런 비약에 익숙하다. 만일 연결되는 장면들이 행동하는 논리에서 벗어나지 않으면, 독자들은 비어 있는 틈을 거뜬히 뛰어넘어서 자동적으로 연결되는 부분을 찾는다. 그러나 연결된 부분이 항상 분명하지는 않고, 모든 틈은 원칙적으로 소설 구성상 가능한 빈자리이며, 이 빈틈으로부터 독자는 이야기에서 몰래 빠져나갈 수 있다. 이와 같은 이유로 두 장면 사이에 이행을 준비해야 하며, 독자가 알아차리지 못하게 이행을 확보해두는 것이 유용하고 필요할 때가 많다. 작가는 독자들의 판타지를 자극하고 동시에 조종하는데, 이는 탁월한 능력을 가진 작가만이 할 수 있다.

다음과 같은 테크닉을 사용할 수 있다.
- 장면의 끝부분에 기대하는 컷과 다음 장면에 대한 지시가 있으

면 된다. 예를 들어 이별하기 직전 약속하는 장면 등을 넣는 식이다.

- 한 장면의 끝과 다른 장면의 시작 지점에서 요소를 서로 연결하고 비약하면 된다. 이런 요소는 종류가 다양하다.

  - 동일한 혹은 비슷한 말("희망을 가져보자고!" 컷. "나는 더 이상 희망을 가질 수 없어.")

  - 함께 속하는 사건들(눈보라가 산을 감싼다. 컷. 이 산 기슭에서 꽁꽁 언 여자가 발견되었다.)

  - 세팅한 물건이나 부분이 바뀌어서 이를 통해 시간이 흘러간 것을 보여준다(낙엽이 떨어지는 나무 한 그루. 컷. 앙상한 모습의 동일한 나무.).

  - 서로 연결되었다는 느낌(한 아이가 고양이를 안는다. 컷. 한 남자가 젊은 여자의 머리를 쓰다듬는다.)

  - 행동과(미래나 과거를 지시하는) 해석(한 남자가 눈물을 흘린다. 컷. "너는 감성이 풍부한 바보야!")

  - 이와 같은 모든 요소들은 대조적인 관계로 연결될 수도 있다(섹스 장면. 컷. 부부싸움 장면.).

요하네스 마리오 짐멜의 소설 《눈물은 광대와 함께 왔다》에서 더 많은 예를 보기로 하자.

- 노르마 데스몬드의 아들 피에르는 그녀의 곁에서 자살을 하고,

이 장면은 다음과 같은 문장으로 끝난다. "사이렌이 새로이 울어댄다. 더 많은 응급차와 경찰차들이 오고 있다. 우리는 함부르크에 있다. 때는 1986년 8월 25일, 월요일, 오후 5시 45분이다." 컷. 그다음에 나오는 장은 이렇게 시작한다. "그것은 가장 끔찍한 순간이었다. 그녀가 장례식이 끝난 뒤에 집에 발을 들여놓았을 때" 두 가지 사건은 인과적으로 서로 연결되어 있다. 감정을 희미하게 표현함으로써 암시의 효과는 더 강해졌다.

- 다음 예는 좀 더 간단하기는 하지만 방금 인용한 이행과 관련해서 구성상의 응답이기도 하다. "'더 이상 절대로 안 돼'라고 얼굴이 붉은 남자가 말했다. '내 말 알겠어, 조니? 더 이상 나는 그의 음악을 절대 듣지 않을 거야 절대, 절대, 절대로!'" 빈 줄. "바르스키가 이 장면을 묘사했을 때 노르마는 생각했다. 내가 들어와도 절대, 절대, 절대로 피에르는 존재하지 않을 거야."

- 마지막으로 예를 들어보겠다. "그리고 그의 얼굴은 또다시 절망에 가득 찬 끔찍한 표정으로 변했다." 컷, 다음 장. "산드라는 죽었다."

구성의 기술:
형태와 통일¶

ㄴ 지금까지 언급한 모든 서술 테크닉은 스토리의 요소들이 통일성을 이룰 정도로 충분하지는 않다. 왜냐하면 통일성이란 개별적인 부분들을 합한 것 이상의 것이기 때문이다. 오랫동안 서사문학에서 연속적으로 이어지는 모험이나 감탄을 자아내는 체험들이 인기 있었지만(기사문학이나 악한 소설을 생각해보면 된다.), 구성상의 통일성은 전혀 충족하지 못했다.

구성상의 통일성은 무엇으로 이루어져 있으며, 어떻게 만들어낼 수 있고, 또 어떤 작용을 할까? 이런 질문을 제기하기란 대답하기보다 훨씬 쉽다. 여기에서 한 가지는 생각해야 한다. 레시피는 먹을 만한 음식을 준비하고 읽을 만한 책을 쓰는 데 도움이 되지만, 진정한 의미의 예술은 간편한 영양식품으로 진수성찬을 만들어내는 것이다. 한 편의 소설이 잘 쓰여졌지만, 동시에 구성이 훤히 보인다면, 그것은 틀에 박히고 예측하기 쉬운 것이 되어버린다. 독자는 유기적인 관계를 경험하는 느낌, 말하자면 어렴풋하게나마 일체성과 통일성을 느끼는 것을 무엇보다 중요하게 여긴다. 또한 소설의 구성이란 추후 더욱 좋아진다는 사실도 덧붙여야겠다. 말하자면 소설이 완성되면 과정상에서는 보이지 않던 전체 구성이 다 드러나게 된다. 또한 이 말은, 글을 쓸 때 무의식적인 충동을 통해서 만들어진 맥락들은 통제할 수도 없고, 통제해서도 안 된다는 뜻과 연관이 있다. 형식적인 통제와 비밀스러운 자명함이 혼합된 비율이야말로 한 작품의 질을 결정한다.

하나의 작품이 통일감 있어 보이게 하는 구성상의 테크닉은 어디에서 나오는 것일까? 그 테그닉은 음악에서 '작곡'과 '대위법(독립성이 강한 둘 이상의 멜로디를 동시에 결합하는 작곡 기법)'이 의미하는 것과 유사하다. 이는 하나의 주제 혹은 여러 가지 주제를 함께 다루고 변화시킨다는 뜻이다. 다시 말해 다른 부분에서의 반복, 좌우 반영, 멜로디의 주고받음, (장조에서 단조로의) 조바꿈과 변환 등을 시도해보는 것이다. 또한 다양한 수사학적 방식에 대해서도 생각해볼 수 있다. 거기에는 병행론parallelism과 교차적 배열법(X 모양과 같은 식으로 문장을 교차해서 배열하는 법), 점층법과 확장법 등이 있다. 그밖에 리듬상의 어법과 관현악으로 편곡하는 방법도 있다. 따라서 전반적으로 이런 방법들은 요소들을 조립하는 패턴에 관한 문제로, 그 요소들은 하나의 전체가 되어 독자들에게 편안함을 줘야 한다.

개별 작품에서 구성상의 테크닉은 어떻게 실현할 수 있을까? 전체 플롯에서 각각의 줄거리들은 병행해서 반대 방향으로 혹은 거울처럼 반영해주도록 투입할 수 있다. 고전 드라마들이 좋아했던 방법을 떠올려보면 된다. 예를 들어 레싱의 《민나 폰 바른헬름》에서처럼 중요 등장인물인 하인의 입장에서 병행하는 플롯을 다루거나,《안나 카레니나》에서처럼 안나와 레빈을 둘러싼 플롯들이 다양한 패턴으로 이어질 수도 있다.

그밖에 전형적인 형태로는 3단계법이 있는데, 흔히 동화에서 볼 수 있다. 즉 첫 번째 사건은 아이들이 굶어 죽게 버려지지만, 집으로 다시 돌아온다. 두 번째 사건은 또다시 아이들이 버려지고, 이번에는 훨씬 깊은 숲속으로 버려지지만, 그럼에도 아이들은 집을 찾아 돌아온다. 이와 같은 유사성은 하나의 패턴을 만들어낸다. 세 번째 사건은 아이들이 세 번째로 버려지고 다시는 돌아오지 않지만, 마녀의 집을 찾아서 그곳에서 배불리 먹을 수 있게 된다. 이 단계는 패턴의 반복임과 동시에 이전 단계와는 대조를 이룬다.

캐릭터의 구조는 다양한 가능성을 제공하는데, 대립(주인공·적, 강함·약함, 큰·작은, 남성적·여성적), 병행(영웅과 조력자), 반영

(파르시팔과 거웨인[*]), 반복, 변화와 고조(연이어서 등장하고 점점 강해지는 여러 명의 적들)가 있다. 하나의 인물은 외모, 성격, 사랑과 혐오를 통해서 생동적으로 묘사될 수 있기 때문에, 그야말로 무한한 변화로 자신을 소개할 수 있다.

문학은 음악처럼 시간 속에서 발전한다. 우리도 이미 봤듯이, 스토리는 정적으로 이어지는 사건들이 아니라, 요소들이 변함으로써 발전하는 것이다. 이에 따라 캐릭터들의 발전 패턴도 변할 수 있다. 가장 단순한 패턴은 교차해서 진행된다. 즉, 나약한 주인공은 점점 강해지고 승리를 거둔다. 그런데 처음에는 주인공보다 훨씬 힘이 셌던 적은 시간이 지나면서 더 약해지고 결국 주인공에게 패배한다. 캐릭터를 가지고서도 감정을 서로 엮어낼 수 있다. A와 B는 처음에는 증오하지만 마지막에는 서로 사랑하게 된다. 여기에 세 번째 인물이 등장하면, 구조의 패턴은 더 확장되고 변화무쌍해진다. 인물들이 더 많이 등장하면 할수록 그만큼 더 복잡한 그림이 생겨난다.

캐릭터 및 줄거리의 구조 패턴과 연관해 플롯 구조를 얘기하자면, 플롯 구조는 수용자의 머릿속에 강하게 자리 잡고 있는 모델이다. (표현력이 강해서) 특히 전달력이 있는 것이 특징이다. 글을 쓰는 갖가지 규칙에 따라서 이 모델에 변화를 줄 수 있다.

---

[*]　가웨인(Gawain)：아서 왕의 원탁 기사 중 한 사람이며, 왕의 조카이기도 하다.

물론 큰 단위(줄거리와 캐릭터)만 위의 규칙에 따라 구성해야 하는 것은 아니다. 상황과 사건과 장면도 변화무쌍하게 만들 수 있고(모험소설을 생각해보라.), 반대로 비춰보거나 메아리처럼 나중에 되울리도록 할 수도 있다. 이런 것들은 특정한 리듬을 타고 등장할 수도 있고, 하나의 싹에서 성장하고 확장되고 고조될 수도 있다.

그림, 은유, 낱말, 대상과 상징, 이념(토마스 만이 거의 완벽에 가깝게 보여주었던 '주요 동기 기법*'을 생각해보라.)에도 동일한 규칙이 적용된다. 지금까지 언급한 다양한 패턴에 따르면 여러 가지 서술 형태가 가능하다. 가령 융합, 연루, 암시와 시사, 선행과 에필로그, 과거의 지시와 책의 다른 곳에 대한 지시, 다른 영역으로 위치를 옮기기(행동은 상징적으로 반영되거나 대조를 이루게 된다.)가 있다.

작품을 계획하는 단계에서 이미 작품 구조의 패턴을 설계할 수도 있지만, 줄거리나 캐릭터가 아닌 사소한 것들은 구성을 연결하는 가운데 자연스럽게 만들어진다. 특히 작가가 스토리의 요소와 묘사 형태를 구상하고, 글을 쓸 때 놀이하듯 쓴다면 그런 자연스러운 쓰기가 가능해진다. 중요한 것은 글을 쓰고 수정하

---

* **주요 동기 기법**: 토마스 만의 작품에서 반복적으로 등장하는 주요 동기, 즉 라이트 모티브는 '예술가-평범한 시민'이라 할 수 있다.

는 과정에서 패턴을 인식하고, 이 패턴을 강화하며 서로 연결하고 방해되는 부분을 삭제하는 것이다. 이와 같은 방식으로 무의식적인 것을 의식하고, 작품의 독특함과 맥락의 논리를 인식할 수 있다. 마침내 작가로서의 단순한 의도를 능가하는 이른바 '통일성'이라는 것을 만들어낼 수 있다.

서술의 리듬 ¶

"산문일 경우 호흡은 문장 성분에 따르지 않고,
이보다 좀 더 큰 단위, 그러니까 장면이나 사건들에 따라간다.
많은 소설들은 아프리카의 영양처럼 호흡을 하고,
또 어떤 소설들은
고래나 코끼리처럼 호흡한다.
하모니는 호흡의 길이에 있는 게 아니라,
균형에 있다 ……

위대한 소설은, 작가가 항상,
언제 속도를 내고 언제 제동을 걸어야 하는지 알고 있으며
이런 속도 조절을 어떻게 지속적인 기본 리듬에 따라
하는가를 아는 책이다."
 – 움베르토 에코, 《장미의 이름 작가노트》

작품의 요소들이 정적인 구조로 묶여 있다면, 각 요소들 간의
리듬은 보다 역동적이고 활기 있게 진행해야 한다. 앞에서 이미
긴장의 활을 켜보라고 지적했듯이, 작가는 서술 리듬을 제시해
야 하고, 이 리듬에 따라 독자는 읽어 내려간다.

이때 저자가 사용하는 몇 가지 요소들은 이미 언급했고, 리듬상의 변화는 특히 다음과 같은 것들 사이에서 만들어질 수 있다.

- 짤막하게 보고하는 요약과 상세한 묘사 사이

- 묘사하는 글들과 장면의 스케치 사이

- 액션이 풍부한 연속물과 조용한 연속물 사이(예를 들어, 자연의 분위기로 인해 와해된 전투 분위기 → 긴장감의 고조와 감퇴 사이)

- 대화와 생각의 재현 사이(또한 체험한 말 또는 내적인 독백 사이)

- 감정이 짙은 상황과 감정이 중립적인 상황 사이

- 사랑하는 장면과 갈등으로 인한 다툼 사이

- 웃기는 장면과 진지한 장면 사이

- 주요 플롯과 부수적인 플롯 사이

- 앞으로 나아가는 서술과 장면의 전환 사이

- 수수께끼 같은 위치와 폭로 사이

서술 리듬의 두 가지 결정적인 측면을 여기에서 강조할 필요가 있다. 우리는 '장황한'(대부분 지루한) 소설에 관해서도 얘기할 수 있지만, 화자의 긴 호흡에 관해서도 얘기할 수 있다. 자세한 스케치, 상세한 대화, 옷과 세팅의 꼼꼼한 묘사를 원하는 사람은 긴 연속물로 서술한다. 그러나 생생한 묘사와 요약하는 묘사를 번갈아가며 사용하는 사람은 이와 같은 수단을 통해서, 무엇을 중요하게 생각하고 무엇을 덜 중요하게 생각하는지를 지시한다.

상세한 묘사는 하나의 사건이나 대상에 관심을 집중시키고 그것을 강조한다. 이때 묘사하는 글의 길이가 그 자체로 중요하지는 않으며, 작가의 서술 시점과 소설이 서술되고 있는 시점 사이의 관계가 결정적으로 중요하다. 반 줄짜리 문장 안에서도 몇 년을 훌쩍 지나갈 수 있지만, 단 한순간의 수수께끼에 관한 묘사를 하느라 몇 페이지를 쓸 수도 있다. 이와 같은 경우, 철저하게 조명하는 사건이나 대상은 중요해진다.

이와 정반대는 물론 부분적으로만 맞는 말이다. 가령 하나의 사건을 둘러싸고 있는 주변을 상세하게 기록하지만 그 사건 자체에 관해서는 조금만 묘사하는 경우는 이를 통해서 사건을 강조하는 것이다. 이것은 빈틈에 비밀이 있으며 독자가 직접 판타지를 동원하여 이 비밀을 풀어야 한다는 의미다. 에른스트 곰브리치Ernst Hans Josef Gombrich는 이를 두고 '암시적 은폐'라고 부르고 아래와 같은 뜻이라고 말한다.

문맥상 있어야 하지만, 묘사해서는 안 되는 특징이 중요하면 할수록, 그로 인해 나오게 되는 심리적 과정은 더 강렬하게 보인다.(에른스트 곰브리치,《목마에 관한 명상》)

치밀한 세부 묘사와 광범위한 장면 묘사를 번갈아가며 쓰는 동시에, 뚜렷한 비약과 요약을 적절히 씀으로써 변화무쌍하고 역동적으로 서술할 수 있다.

괴테의《친화력》에서 이와 같은 기법을 잘 공부할 수 있다. 괴테는 언어적 리듬을 번갈아 사용하면서, 매우 중요한 사건이지만 외양상 중요하지 않은 것처럼 짤막하게 스케치하고, 풍부한 자연 묘사와 성찰하는 글귀를 통해서 당시에는 이례적인 다이내믹한 서술에 성공했다.

토마스 만은《마의 산》에서 또 다른 예술작품을 완성했다. 우리 모두는 한 번쯤 이런 경험을 해봤을 것이다. 새로운 상황에 처하면, 가령 체험할 게 많은 여행을 할 때면 시간이 천천히 흘러가는 것처럼 느끼지만, 반대로 익숙해지면 시간은 속도를 내고 마침내 화살처럼 빨리 지나간다. 토마스 만은 서술 시간의 적응과 빨라지는 시간 체험에 대한 정확한 서술을 통해서 점점 빠르게 소설을 이끌어갔고, 이를 알아차리지 못하는 독자는 그 분위기에 끌려가게 된다.

서술의 경제성과
풍부한 허구¶

길고 복잡한 이야기를 마라톤 선수가 달리기하는 리듬으로 제시함으로써 전체 세계를 설계한 많은 소설들이 있다. 이런 소설들은 어느 정도 성공을 거두었다. 호메로스의 서사시도 사람들이 자기 전에 캠프파이어에 둘러앉아 듣던 일화와는 전혀 다르다. 《아라비안나이트》의 세헤라자데도 수많은 날에 걸쳐 밤마다 계속 이야기를 했고, 기사문학도 계속 다음 편으로 이어졌다. 19세기와 20세기에 소설 중에도 그야말로 대단한 작품들이 있다. 몇 가지 예로 《전쟁과 평화》, 《안나 카레니나》, 《카라마조프가의 형제들》, 《잃어버린 시간을 찾아서》, 《율리시즈》, 《마의 산》 등을 들 수 있다. 20세기에 성공을 거둔 작품으로는 마거릿 미첼의《바람과 함께 사라지다》, J. R. R. 톨킨^{J.R.R. Tolkien}의《반지의 제왕》, 보리스 파스테르나크^{Boris Pasternak}의《닥터 지바고》, 움베르토 에코의《장미의 이름》, 톰 울프^{Tom Wolfe}의《허영의 불꽃》이 있다. 모두 굉장히 두꺼운 소설들이다.

많은 독자들은 두꺼운 책을 좋아하고, 판타지 세계로 빠져드는 것도 좋아하며, 풍부한 허구나 언어유희도 반긴다. 그밖에도 독자들은 소설에서 '세속성'을 기대한다. 즉, 소설은 삶 전체를 비춰주어야 한다. 이렇게 하려면 작가는 매우 긴 분량의 글을 써야 한다.

대가들이나 대중적인 오락 책의 저자들처럼 최소한 500쪽은 되는 책을 쓰라고 권장해야 할까? 나는 그렇지 않다고 생각한다. 두꺼운 책을 좋아하는 독자들만 있는 게 아니라, 짤막하고 경제적인 소설을 좋아하는 독자들도 많기 때문이다. 그런 독자들은 이야기가 긴장감 있게 진행되는 것을 원하고 잡담, 요란스러운 장식과 작가의 싹싹한 고백 따위에는 알레르기 반응을 일으킨다.

소설가는 소재를 어느 정도까지 다루며, 어떤 독자들을 위해 글을 쓰는지를 스스로 결정해야 한다. 초보자들은 여기에다 독자들의 요구에 맞춰 작품의 분량도 결정해야 한다. 어쨌거나 자신의 작품을 원하는 출판사를 구해야 하며, 출판사는 재정적인 위험을 감수하지 않을 것이라는 사실도 고려해야 한다. 원고가 두꺼우면 두꺼울수록, 그만큼 제작비도 더 비싸지니까 말이다.

처녀작을 썼지만 아직 시장을 발견하지 못한 작가들이라면 "경제적으로 쓰시오!"라는 조언을 명심해야 한다. 작품의 모든 요소들은 나름대로의 기능을 발휘해야 하고, 장식과 자기만족을 위한 판타지는 피해야 한다. 항상 자신에게 이렇게 물어봐야 한다. '나는 다른 사람들이 관심을 가질 수 있는 것을 말하는 걸까?' 글을 쓸 때 자신의 언어가 수단이 되도록 의식적으로 노력해야지, 그것 자체가 목적이 되어서는 안 된다. 불필요한 묘사와 비평을 넣지 않도록 하고, 고백하지 마라. 자신이 다루는 소재를 잘 통제하라. 이야기를 하나의 주제로 한정하고 인물도 쉽게 개관할 수 있는 숫자만큼만 등장시켜라. 그리고 독자는 꿈을 꿀 시간은 있지만, 꿈을 낭비할 시간은 없다는 사실을 항상 생각하라. 텔레비전과 그밖에 재미있는 여가활동이 독서와 쟁쟁한 경쟁을 펼치고 있다는 사실을 잊지 말기 바란다.

명료함과
복잡함

"명료함은 작가가 보여주는 친절함이다."
– 쥘 르나르 Jules Renard

소설과 소설이 되기 전의 이야기들은 복잡하게 구성되어 있었다. 스토리를 쓰는 사람은, 소설이라는 장르가 지난 수백 년 동안 얼마나 발전했으며, 형태도 얼마나 복잡하게 변화했는지를 파악할 수 있다. 전통적인 서술 법칙을 극단적으로 실험해보기도 했다. 그 결과 대작들이 나오기도 했지만, 반면 독자들로부터 외면당한 작품들도 많이 나왔다. 작가들에게는 얼마나 혁신적인 글을 쓰고 싶은지에 대한 고민과 별도로, 어느 정도의 복잡성을 지배할 수 있으며, 독자들에게 어느 정도의 복잡성을 요구하느냐에 대한 문제가 제기된다. 마침내 이는 어떤 독자들에게 호소하고 있는가라는 의문으로 연결된다.

나는 게슈탈트^{Gestlat*} 심리학으로 법칙을 만들어보고 싶다. 형태의 요소나 부분을 복잡한 형태로 만들수록, 나머지는 더 단순하고 분명해진다. 또 이렇게도 말할 수 있다. 가능하면 다르게 쓰고, 가능하면 단순하게 써라! 소설은 투명해야 한다. 독자에게 항상 저자가 자신의 소재를 잘 다루고 있으며, 서술적인 가능성을 충분히 통제하고 있다는 느낌을 주어야 한다. 구성이 명료하면 명료할수록 다른 것을 결합시킬 수 있는 가능성 역시 더 높아지고, 그렇게 변조한 내용이 분명하게 보이면 보일수록 큰 범위에서도 단조로울 수 있는 위험이 그만큼 줄어든다.

독자가 소설의 내용을 명료하게 인식하고 전체적으로 개관할 수 있도록 하려면 장으로 구분하는 것이 좋다. 장마다 제목을 붙일지의 여부는 취향의 문제다. 하지만 그런 장의 제목들이 책의 내용을 미리 말해줘서는 안 되고, 매력적인 단어로 독자들을 유혹해야 한다. 즉 독자들의 구미를 당길 수 있는 암시적이고, 매혹적이며, 수수께끼 같은 제목이면 된다.

---

* 게슈탈트(Gestlat) : 형태주의라고 번역한다. 형태주의는 부분 혹은 요소의 의미가 고정되어 있다고 보지 않고, 부분들이 모여 이룬 전체에 따라 달라진다고 본다.

모순 제거,
다의성, 비밀¶

"잔여물 없이 관찰하고 생각하는 예술품은 예술품이 아니다.
모든 예술품과 예술은 수수께끼다."
— 테오도르 W. 아도르노 Theodor Wiesengrund Adorno, 《미학이론》

발자크나 포크너처럼 유명한 작가들의 작품에서조차 사소한
오류를 발견할 수 있다. 그럼에도 하나의 작품에는 모순이 없어
야 한다는 점은 지극히 당연한 말이다. 어쨌거나 주의해야 할 것
은 물질적인 디테일에 모순이 없어야 할 뿐만 아니라(집이 나무
로 만들어졌다고 하다가, 돌로 만들어졌다고 하는 식), 줄거리의 논리
가 내적으로 일치해야 한다는 점이다.

모순이 없는 것을 상반된 감정이 병존하지 않는 것과 혼동해
서는 안 된다. 상반된 감정의 병존은 모든 살아 있는 것, 특히 모
든 인간적인 것에서 전형적으로 볼 수 있는 특징이다. 이것은 하
나의 사물이 가진 두 가지 측면이다. 감정의 혼합과 흔히 도덕적

평가의 혼합을 강조한다. 상반된 감정의 병존이 없으면 설득력 있는 인물을 만들어내지 못하고, 작품의 비밀도 없다.

훌륭한 글이라면 무엇이든 환상적인 인물과 흥미롭고 긴장감이 넘치며 동적이고 새로운 이야기가 필요하고, 더 확고한 구성과 설득력 있는 언어도 필요하다. 이것으로 끝이 아니다. 훌륭한 글에는 한 가지가 더 필요한데, 바로 비밀이다. 원래 공공연한 것으로 보이더라도 해결할 수 없는 비밀이 필요하다. 작품의 비밀은 암시와 연상의 테크닉으로부터, 나아가 무의식적 충동과 작품에 집어넣어 둔 갈등이라는 더 광범위한 영역으로부터 나온다. 비밀의 통일성은 물론 거의 통일적이지 않은 세계를 기반으로 해서 나오는 것이지만, 어쨌든 그것이 유효하게 작동하려면, 애매모호하거나 대충 뭉뚱그려서 제시해서는 안 된다. 이와 관련하여 노발리스는 다음과 같이 표현했다. "무질서는 모든 문학에서 규칙적인 질서가 번성함으로써 어슴푸레 드러나야 한다."

작품의 구성과 언어의 애매함을 통해, 그리고 개별 문장과 장면의 풀 수 없는 압축을 통해, 동일한 글이지만 항상 새로운 해석이 나올 수 있다. 바로 이 시점에서 손을 통한 노동은 예술이 되고 예술은 비밀이 된다.

6장

공간:
신탁, 메아리,
함께 연기하는 자¶

∟
∟ 주제는 작품의 잘 보이지 않는 설계도이자 조직자라면, 공간은 잘 보이는 작품의 배경이자 틀이다. 공간이 없으면 어떤 이야기도 나올 수 없으며, 어떤 캐릭터도 발전할 수 없다. 공간은 캐릭터에게 움직일 수 있는 가능성과 깊이를 제공하고 작품이 무한한 다양성을 가질 수 있도록 결정적인 기여를 한다.#

Kreativ Schreiben

신탁, 메아리,
함께 연기하는 자

문학에서 '공간은 중요한 역할을 한다.'는 말을 좀 더 분명하게 밝힐 필요가 있다. 문학에서 공간은 단지 장식적인 무대 역할만 하지 않는다. 공간은 신탁이고, 함께 연기하는 자이며, 메아리이 기도 하다. 공간은 뭔가를 알리고, 하나의 사건을 지시하거나 거부하고, 분위기와 인물의 기분을 분명하게 하고, 폭력이나 장애물로 사건에 능동적으로 관여한다.

또 다른 게 있다. 작가는 종이 앞에서 마치 우주 만물에 영혼이 있다고 믿는 애니미즘의 신봉자처럼 보이는데, 독자들도 마찬가지다. 다시 말해, 우리는 작품의 주변 세상을 활기 있게 만들고, 감정으로 채운다. 마치 맞은편에 있는 것처럼 작품의 주변 세상을 관찰하고 상징적으로 충전한다.

주제는 작품의 잘 보이지 않는 설계도이자 조직자라면, 공간은 작품의 잘 보이는 배경이자 틀이다. 공간이 없으면 어떤 이야기도 나올 수 없으며, 어떤 캐릭터도 발전할 수 없다. 공간은 캐릭터에게 움직일 수 있는 가능성과 깊이를 제공하고, 작품이 무한한 다양성을 가질 수 있도록 결정적인 기여를 한다.

개별적인 공간을 어떻게 이해해야 할까?

- 시간, 날씨, 분위기 등을 동반하여 지리적이고 물리적인 무대 (자연 풍경, 도시, 실내) 만들기.

- 사회적 장소로서의 환경(가족, 사회적인 망)은 대체로 조연들을 통해 구체화된다. 이것은 주인공들이 움직이는 인간적인 공간이며, 이로써 행동이 이루어지는 조건들 가운데 하나다.

- 사회적 환경, 문화와 역사적 장소로서의 (잘 알려진) 사회와 시대는 해당 사회와 시대의 규범과 행동 방식, 물질적 현상과 전형적인 문제들을 통해서 등장인물의 행동을 결정한다. 또한 그것은 적어도 배경으로 불가피한 만큼, 작가가 이를 배제하면, 간접적으로(독자의 판타지를 통해서) 다시 나타난다.

- 잘 모르는 장소, 약속 그리고 동시에 위협적인 존재로서의 낯선 사람들을 탐색하기 위해서는 공간을 가로질러 가야 한다. 이것은 바로 여행을 의미하며, 여행은 상상의 나래를 펼치기에

충분한 계기가 된다.

위의 네 가지 측면 가운데 각각은 소설의 전면에 나서거나 적어도 중요한 역할을 할 수 있다. 그러면 극적인 스토리의 구조적인 요소는 배경으로 등장한다. 네 가지 요소가 비중 있는 역할을 하면 할수록, 소설은 더 많은 '세속성'을 받아들이게 된다(이 책은 기본 과정에 속하므로 여기에서 '환경'과 '사회'라는 측면은 제외한다.).

소설에서 공간이 차지하는 다양한 특징을 구체화하기 위해, 개별 모델을 이야기할 것인데, 이는 전형적인 플롯과 비교할 때 독자의 머릿속에 고정되어 있는 모델들이다. 무한한 다양성 때문에 나는 여기에서 이런 모델을 대략적으로 다룰 수밖에 없다.

에덴 동산

소설에 자주 등장하는 공간 중에는 에덴 동산이나 환상의 낙원처럼 목가적인 풍경으로서의 '사랑스러운' 경치가 있다. 많은 소설에서 사랑스럽고 조용하지만 마치 술에 취한 듯 몽롱하게 보이는 자연 속에서 나누는 사랑의 밀회 장면을 볼 수 있다. 괴테의 베르테르와 같은 '영웅들'은 '어머니 자연'의 가슴에서 술을 즐겨 마시거나 그녀의 가슴에 안겨 상처를 치유한다. 에덴 동산은 순결한 숫처녀처럼 아무도 건드리지 않았거나 남자들의 인기를 한몸에 받는 애인처럼 쾌적하다. 헨리 데이비드 소로^{Henry David Thoreau}의 《월든》이나 베르너 코흐^{Werner Koch}의 《바다에서》를 떠올려보라. 이곳에서 '손이 닿지 않은', 그러나 항상 위협받는 자연은 지극히 바쁘게 돌아가는 도시 문명이 귀환해야 할 곳이자, 그런 문명의 적수다. 자연은 흔히 정원과 문화적 경관으로서 인간의 고통과 운명을 반영할 때가 많다. 괴테의 《친화력》에서 그런 경우를 잘 볼 수 있다.

저항과 위험으로서의 자연

자연은 신성하고도 목가적인 풍경일 뿐 아니라, 통합의 장소이자 저항의 대상이며 위험하기도 하다. 정원뿐 아니라 정글, 사막과 빙하도 마찬가지다. 우리 몸을 지탱해주는 땅뿐 아니라 모든 것을 삼켜버리는 물도 그렇다. 인간이 완전히 파악할 수 없는 법칙에 따라 움직이는 자연은 인간의 삶처럼 이중적인 면이 있다. 따라서 상징적인 형상으로 적합하다.

항해자를 다루는 문학은 그처럼 위험한 측면과 위험하지 않더라도 쉼 없이 요동치는 자연 덕분에 독자들에게 곧잘 읽힌다. 이와 같은 자연은 소외된 배가 처해 있는 환경을 정해주는 틀일 경우가 많은데, 이런 틀은 인간의 행동과 그들의 투쟁을 이야기하기 위해 필요하다(잭 런던의 《바다의 이리》). 그러나 자연은 그 자체가 적이 되는 경우도 많다. 예를 들어, 조지프 콘래드의《태풍》, 모든 것을 삼켜버린 에드거 앨런 포의《소용돌이》혹은 흰 고래 '모비 딕'에게 팔을 잃은 선장 에이해브가 있다. 이로부터 100년이 지난 뒤에 어니스트 헤밍웨이는 한 노인으로 하여금 물고기와 싸움을 벌이게 한다. 사막과 빙하는 바다만큼이나 황량하다. 최근 추위와 얼음에 맞서 싸우는 주제를 담고 있는 일련의 소설들이 출간되었다. 예를 들어 스텐 나돌니의《느림의 발견》과 크리스토프 란스마이어Christoph Ransmayr의《빙하와 어둠의 공포》가 있다.

공격적인 힘으로서의 자연

사막과 빙하, 물과 정글이 가로지르거나 극복하기에 적합하지 않은 넓디넓은 장소로서의 장애물이라면, 불과 홍수, 폭풍우와 지진은 곧장 대재난으로 이끄는 공격적인 힘이다. 이런 것들이 스토리의 소재로 이용될 경우는 죽음을 가리키는 메시지나, 엄밀한 시험 그리고 영웅이 탄생하는 순간을 묘사할 때다. 할리우드에서 만든 대중적인 영화는 이런 패턴을 늘 보여준다. '활활 타는 불길'이 등장하는 영화는 태곳적 공포심을 불러일으키지만, 동시에 안심을 시켜주기도 한다. 왜냐하면 "위험이 있는 곳에 구출도 있기" 때문이다.

난파와 섬

난파와 섬에 관한 이야기는 인간의 상반되는 본성을 엄밀하게
시험해보는 또 다른 소재다. 조난당하고 좌초를 겪게 되었지만,
인간 문명의 도움 없이 생존하게 된 한 개인과 그 일행들은 서로
의지하며 믿음을 형성하게 된다. 이와 같은 위기에서 인간의 본
성이 무엇인지가 결정된다.(예를 들면 생존을 위한 예술가, 발명가,
사회적 존재, 식인종과 자제력을 상실한 야생동물) 우리는 호메로스
의《오디세이아》부터 대니얼 디포의《로빈슨 크루소》와 요한 G.
슈나벨Johann G. Schnabel의《펠젠부르크 섬》을 거쳐 윌리엄 골딩
의《파리대왕》에 이르기까지 매우 급박하고 낙관적이지 못한 상
황에 처할 때도 흔히 있지만, 귀양과 고립의 상태에 관한 문학적
인 실험을 체험할 수 있다.

고립된 장소

섬에서는 구출되기도 하고 심지어 행복의 땅 아르카디아의 자유
로운 자연을 기억하기도 한다. 하지만 고통의 세계가 모든 것을
지배하는 폐쇄된 장소도 있다. 지하 땅굴(막스 프리슈의《슈틸러》

에서 짐이 살아남기 위해 싸움을 펼치는 장소), 방(장 폴 사르트르^{Jean} Paul Sartre의 《알토나의 유폐자들》, 스티븐 킹의 《미저리》), 유형지(프란츠 카프카의 《유형지에서》), 점령당한 도시(안제이 슈치피오르스키 Andrzej Szczypiorski 의 《아름다운 자이데만 부인》), 유대인 거주 지역(유레크 베커^{Jurek Becker}의 《거짓말쟁이 야콥》), 강제수용소(타데우시 보로프스키^{Tadeusz Borowski}의 《돌의 세계》), 수용소(알렉산드르 솔제니친 Aleksandr Solzhenitsyn의 《수용소 군도》)가 있다. 이런 모델에서 중요한 것은, 문명화된 공동체의 법칙이 더는 통용되지 않는 한계적 상황이다. 인간의 본성은 무엇인지, 달리 표현하면, 인간은 인간에게 무슨 일을 저지를 수 있는지를 극단적으로 힘든 환경에서 시험하게 되는 것이다.

지식과 믿음의 해석적인 세계

해석적인 세계의 무대는 이보다 훨씬 넓게 뻗어 있어서, 기숙학교(로베르트 무질의 《생도 퇴를레스의 혼란》)와 수도원(움베르토 에코의 《장미의 이름》)에 이른다. 인간은 억압받고 외부 세계와 차단되면, 이런 소설들이 전하듯이, 평화롭게 행동하는 경우가 드물다. 지식과 믿음의 세계에서도 사람들은 상대를 괴롭히고 파괴한다. 분명 이렇듯 제한되고 폐쇄된 장소는 인간 내면에 숨어 있는 것을 드러나게 한다.

넓은 곳으로 떠나는 제한된 여행

인간의 판타지는 넓은 바다나 사막을 횡단하고 제압하는 것으로 충분하지 않다. 일반적으로 인간이 배제된 공간, 예컨대 심해, 성층권, 우주 등과 같은 공간은 매력적이다. 이런 공간으로의 여행에 성공하려면, 외부와 차단되는 도구들이 필요하다. 예를 들어 U보트(독일 잠수함), 비행기, 우주선이 그것이다.

사람들이 거주하는 공간을 떠나고자 하는 자는 진공 상태와 고압, 추락, 휩쓸림 등 두 배로 위험한 상황에 처할 수 있다. 등장인물은 탄탄한 방어복을 입고, 한 번도 보지 못한 것을 탐색해 나간다. 이는 결국 폐쇄적 공간에 대한 우리의 공포심과 두려움을 즐기고자 하는 욕망의 표현이다.

이미 1870년에 쥘 베른의 노틸러스 호가 《해저 2만 리》를 횡단했고, 서술 요소를 많이 모아 책으로 나왔다(남태평양 여행, 괴물과의 싸움, 자연이나 기술의 신화화 등). 이런 요소들은 모험소설의 철칙에 속한다. 또한 쥘 베른은 대원들을 《지구에서 달까지》와 《달나라 탐험》을 통해 우주를 여행시켰으며, 이로써 그는 현대 SF문학의 아버지가 되었다. 이런 종류의 공간 문학은 이미 언급한 많은 요소들을 포함한다. 즉, 낯선 것에 대한 추구, 기술의 매혹과 저주, 넓은 면적과 허공(우주)으로서의 자연, U보트 신드롬, 사람과 낯선 존재 사이의 최종 결투(동물이 외계인이 된다.), 사람과 사람의 결투(책임감 강한 과학자와 범죄자나 미친 사람과 대결), 대재난과의 싸움 등이다.

도시라는 정글과 미로

위험하고도 넓은 공간과 이런 공간에 못지않게 위험한 좁은 곳(이 둘은 이중 가치를 담고 있다는 점을 잊어서는 안 된다. 넓은 곳은 자유롭게 해주고, 좁은 곳은 보호해준다.) 외에 세 번째 기본 모델이 있는데, 바로 두 가지 위험을 하나로 만든 미로다. 쉽게 길을 찾을 수 없고 그래서 인간을 불안하게 만드는 미로는 다들 떠나고 혼자 남겨질지도 모른다는 두려움에 호소한다. 등장인물은 길을 찾을 수 없는 세계에 갇혀서 목적지도 없이 길을 찾아 이리저리 헤맨다. 자신이 어디에 있는지 알 수 없고, 흔히 비인간적인 위험에 노출된 채 출구를 찾는다. 그 출구는 그를 자유롭게 해주거나, 그를 위협할 괴물이 기다리고 있는 곳이다. 결국 괴물은 그를 잡아먹거나, 그가 괴물과 싸워서 이긴다.

다양한 특색을 가진 미로 모델들을 발견할 수 있다. 우선 두려움과 소름 끼치는 공포를 느끼게 하는 장소다. 예를 들자면 반원형 천장이 있는 지하실과 좁고 구불구불한 통로가 있는 오래된 성, 비밀 통로와 어두운 지하 감옥이 있는 집, 유령들과 죽은 자들이 돌아다니는 곳이 있다. 이런 장소가 등장하는 괴기 소설은 아주 오래전부터 대중문학을 지탱하는 주요 모델이었다. 헨리 제임스의 《나사의 회전》처럼 이런 소설은 상당히 수준 높은 작품이 될 수 있다.

또 다른 모델로 도시가 행위의 주체이거나(존 더스패서스의 《맨해튼 역》) 미로와도 같은 삶의 터전으로서 중심인물의 상대역으로 제시되기도 한다(제임스 조이스의 《율리시즈》에서 더블린, 알프레드 되블린의 《베를린 알렉산더 광장》). 토마스 만의 단편 《베니스에서의 죽음》도 마찬가지다. 콜레라가 창궐하는 원시림이라는 은유와 연관된 수상도시에서, 예술가는 마침내 자신을 죽음으로 이끄는 괴물(절반은 짐승, 절반은 신의 형태인 존재)과 만날 때까지 길을 헤매고 다닌다.

약속의 장소와 지옥의 장소로의 여행

지금까지 언급했던 예들을 상호 연결(예를 들어 항해소설과 SF의 연결)하는 경우도 한 부류의 모델로 분류되는데, 이 책들은 여행과 낯선 문화의 발견을 내용으로 한다. 조너선 스위프트의 《걸리버 여행기》나 중세시대에 동양을 다녀온 기행 보고서인 《에른스트 공작》이 그런 예인데, 이 작품은 노아 고든의 《메디쿠스》에까지 영향을 주었다. 사람들은 낯선 약속의 세계로 여행을 떠날 수있을 뿐 아니라, 지하세계(오르페우스)로 여행갈 수도 있고, 단테가 그의 《신곡》에서 보여주었듯이 지옥으로 여행을 갈 수도 있다. 조지프 콘래드는 《암흑의 핵심》에서 아프리카 정글을 다루었고, 이 소설을 베트남전쟁에 맞게 각색한 영화 〈지옥의 묵시록〉은 현대의 전쟁을 더 추가했다. 이 소설에서보다 더 심한 '지옥'을 체험하기란 현실적으로 힘들다.

현대 소설들도 지옥이라는 상징과 미로라는 상징이 있는 전쟁 경험을 연결하고는 한다. 아놀드 츠바이크Arnold Zweig의 《베르됭 앞에서의 교육》, 에리히 마리아 레마르크Erich Maria Remarque의 《서부전선 이상 없다》, 테오도어 플리비어Theodor Plievier의 《스탈린그라드》, 노먼 메일러Norman Mailer의 《나자와 사자》, 커트 보네커트Kurt Vonnegut의 《제5도살장》, 조지프 헬러의 《캐치 22》와 그밖에 1·2차 세계대전과 베트남전을 다룬 소설과 영화들이 있다.

위에 언급한 모델들은 단 하나를 보여준다. 즉, 이야기가 발전하는 공간적인 틀은 흔히 적극적으로 함께 연기하는 자이자 상징적인 좌표라는 이중적인 역할을 한다는 것이다.

장소가 동반자와 적대자일 경우에는 넓은 곳과 장애물(빙하, 바다, 사막)로 등장하고, 비밀과 혼돈(미로, 원시림, 도시, 성, 도서관이 있는 탑)으로 등장하기도 한다. 유혹('음탕한' 베니스)으로, 보호 관찰의 장소(섬)와 제한된 장소(잠수함, 비행기)로, 지옥(굴, 유대인 거주 지역, 벙커, 전쟁터)으로, 좋아하고 사랑하는 장소로(사랑스러운 경치, 정원, 호수), 구원의 장소(자연의 낙원, 아르카디아)로, 호기심과 약속의 장소(우주, 동양)로 등장한다. 특수한 공간에서는 인간과 비슷하게 생긴 적들(괴물, 동물), 대 재난(불, 홍수)과 무시무시한 유령들이 우리를 위협한다.

이 모든 장소들은 서로 얽혀서 작품의 바탕에 깔린 기본적인 여러 가지 의미와 상반된 가치를 지시한다(이는 인간 캐릭터의 구조를 떠오르게 한다). 즉 한편으로는 낯선 약속의 땅이, 다른 한편으로는 물리쳐야 할 끔찍한 괴물로 보인다. 여기에서는 기적과 신성함이, 저기에서는 죽음과 부패가 있다. 지하로의 여행은 완전히 달라질 수 있다.

쥘 베른은 자신의 판타지 속에서 달뿐만 아니라 지구의 중심까지도 여행을 했다. 또한 높은 곳에 위치한 마의 산은 지하의 장소이기도 하며(추밀 고문관인 베렌스가 의아해하는 방문자 한스 카스트로프에게 설명하듯), 비너스의 산이고, 입문의 섬이며, 상아탑, 바보들이 탄 배이자 죽음에 직면한 사람들이 춤추는 화산이다. 맨해튼(대부분의 대도시처럼)은 죄악의 구렁텅이지만, 가슴 설레는 삶과 자유를 약속한다. 섬은 사람의 생명을 구해주고, 그런 뒤에 시험하고 고생시켜 죽게 할 수도 있다. 고래는 먹을거리기도 하지만, 비운을 가져다줄 수 있다.

여행은 항상 놀라운 일, 위험, 만남, 귀향과 같은 몰락을 동반한다. 지하에 있는 공간과 탑들은 폐쇄되기도 하고 열려 있기도 한다. 어디에서든 빛과 그림자가 있다. 굴로 내려가면 죽음으로 인도되지만, 귀환도 가능하다. 《슈틸러》에 있는 굴이라는 장은 이와 같은 다의성을 보여준다. 즉, 지하 세계는 미지의 것에 대한 매력으로 우리를 이끌지만, 죽음을 불러오는 미로가 되기도 하고, 최후의 결투가 일어나는 장소이기도 하며, 재탄생과 부활의 장소이기도 하다.

물론 공간은 항상 작품을 지원하는 역할만 하는 게 아니고, 우수한 작품에서 핵심적인 상징으로서의 역할도 한다. 그리고 장소는 잠재적으로 늘 자신을 능가하여 뭔가를 지시한다. 공간의 조합(위에·밑에, 숨겨진·공개된, 밖·안, 멀리·가까이, 야생의·인공의, 쉽게 들여다보이는·쉽게 들여다볼 수 없는, 어두운·밝은 등)은 이미 문학작품에 등장하기 전부터 상징을 포함하고 있으며, 따라서 글을 쓸 때는 그런 점을 고려해야 한다. 장소가 가진 이런 상징적 의미는 뭔가를 전달하기에 적합하다. 즉, 상승과 하강, 고양되고 고상한, 낮고 비열한, 가까움과 멂, 왼쪽과 오른쪽, 원과 선, 정신적인 고양과 무의식 같은 것을 전달할 수 있다. 이렇듯 우리의 언어와 사고는 공간이라는 은유 안에서 움직인다.

소설의 무대를 세밀하게 묘사함으로써 줄거리와 그것을 이끌어가는 인물들의 멜로디는 아름다운 오케스트라로 연주된다. 자연의 광경에서 사건과 주인공의 마음 상태가 드러나고, 여운을 남기며, 상대적으로 여겨지거나 대조를 이룬다. 게오르크 뷔히

너의 《렌츠》 도입부에 이런 말이 나온다. "자연의 분위기는 주
인공의 결함 있는 성격에 빛을 던져주고 그의 삶에 대하여 미리
그림자를 던져준다." 심지어 암시, 예견과 반사라는 기법을 사용
해서 줄거리와 캐릭터가 빠지고 공간과 날씨가 이를 대체하기
도 한다. 이는 암시적으로 일어날 수 있는데, 예를 들어 천둥과
번개는 사랑하는 연인들의 열정적인 결합(혹은 열정적인 싸움)을
보여주고(그러나 이제는 이런 유형을 작가들은 잘 쓰지 않는다.), 비
는 우울한 기분을 지시하며(이 역시 더 이상 유행하지 않는다.), 이
보다 더 냉담하게 흘러갈 수도 있다. 예를 들어 《보바리 부인》을
살펴보면 마차에 쳐진 커튼 뒤에서 간통이 벌어지는 동안 화자
는 마차가 가는 길과 거리의 이름만 묘사하는 데 그친다.

묘사를 할 때는 다음 몇 가지 원칙들을 고려하라.

- 세팅을 묘사할 때는, 경제적인 서술이라는 이유 때문에라도,
  세팅 묘사라는 자체 목적에 충실해서는 절대 안 된다. 세팅 묘
  사는 항상 사건과 연결되어야 하고 자신의 서술 기능에 근접해
  야 한다. 즉, 세팅 묘사가 분위기, 인물의 감정을 강조하고, 대
  조시키고, 지시하거나 환기시킬 경우에 그렇다는 말이다. 이렇
  듯 세팅은 감정에 관여하므로 사진처럼 정확하게 묘사할 필요
  는 없다.

- 혹시 월터 스콧의 상세한 묘사나, 아달베르트 슈티프터Adalbert

Stifter가 소개하는 자연 묘사를 읽어본 적이 있는가? 그림이 부족했던 시대에 살았던 독자들에게는 미지의 세계에 대해 오늘날보다 더 상세한 묘사가 필요했다. 오늘날에는 온갖 언론 매체가 정보를 넘치게 제공하고 있다. 따라서 우리 머릿속에는 세계에 관한 무한한 그림들로 가득 차 있다. 어떤 도시에 관한 낱말 하나만 들어도, 우리 눈앞에는 그곳의 경치나 광경이 떠오른다. 때문에 작가는 항상 자신의 책에 등장하는 공간을 어느 정도 알려진 곳으로 해야 할지 고민해야 한다(이는 반드시 장소뿐만 아니라 건축, 의복, 기술적인 발전 상태 등 모든 시각적 정보에도 해당된다.). 독자들이 잘 아는 장소나 정보라면 작가는 묘사할 필요가 없고, 시각화시키고 나아가 암시해야 한다. 이 말은 하나의 디테일을 대표로 내세워서, 그것과 묘사 방식을 통해 분위기를 만들어내라는 말이다.

- 모든 감각을 동원하여 자신의 주변을 받아들이고 있다는 점을 생각하라(그러니까 주변을 볼 뿐만 아니라, 냄새 맡고, 느끼고, 심지어 맛을 본다.).

- 독자들이 알아차리지 못하게 공간을 상징적으로 묘사하라. 항상 공간은 화자와 주인공을 대변해주며, 이런 식으로 공간은 환기되어야 한다.

- 신체에 관한 구체적 사항이나 상징적 사물도 마찬가지다. 그것은 다양하게 흩어져 있는 것들을 연결하는 하나의 끈이 될 수

있을 뿐만 아니라, 주요 동기 및 나아가 상징적인 중심 사물이 된다. 예를 들어 아네테 폰 드로스테 휠스호프Annette von Droste-Hülshoff의 《유대인의 너도 밤나무》나 알렉상드르 뒤마 피스 Alexandre Dumas fils*의 《춘희》에서 빨간색 동백꽃과 흰색 동백꽃 처럼 말이다.

- 세팅을 선별하고 묘사할 때는 변화의 법칙이 적용된다. 사건이 일어나는 장소, 시간, 날씨를 번갈아가며 바꿔라. 한 장면이 실 내에서 진행되었다면, 다른 장면은 길거리, 공원, 바닷가에서 진행된다. 그리고 세 번째 장면은 커피숍, 술집, 자동차 안에 서 진행된다. 물론 스토리에서 필요한 대로 하면 된다. 동일한 것의 단조로움을 피하려 할 때를 제외한다면, 줄거리나 작품의 구성상 반복은 당연하다.

- 짧더라도 언제든 서술 상황을 기능적으로 잘 지적함으로써 대 화를 보다 부드럽게 풀어내라. 분위기가 밀도 있게 응축되어 있는 순간을 포착해서 삽입하고, 간접적이고 드러나지 않는 방 식으로 주인공과 그의 행동이 지닌 감정선을 마련하라.

- 자연 묘사나 일반적인 경치 묘사는 흔히 한 작품에서 언어 묘 사의 최고봉일 때가 많다. 작가라면 자신의 능력을 총동원해야

---

* **알렉상드르 뒤마 피스** : 알렉상드르 뒤마의 아들로, fils는 부자가 동명일 때 구별하기 위해 아들에게 붙이는 칭호다.

한다. 특히 자연이나 경치가 핵심적인 상징일 경우에는 반드시 그렇게 해야 한다. 이때 자기 멋에 빠진 달필은 삭막한 효과를 주기 십상이며, 상징적으로 훈계하는 묘사도 독자에게 부담을 준다. 구체적이며 정교한 묘사, 풍부하게 연상할 수 있는 묘사와 환상적인 리듬과 소리들, 여기에 깜짝 놀랄 만한 것이나 약간의 자극을 준다면 경치에 관한 묘사이지만 암시적인 힘을 발휘할 수 있다.

7장

언어¶

ㄴ
ㄴ 언어는 의미를 담고 있고 그 의미를 전달한다. 따라서 언어는 작가가 표현하고자 하는 것과, 독자가 받아들이는 그림을 접합해주는 봉합선이다. 예술적인 잠재력은 언어 안에서 발전한다.#

Kreativ Schreiben

언어는 소리가
나는 경계다

언어는 문학작품의 결정적인 겉모습이다. 막스 프리슈는 이에 대해 이렇게 말했다. "언어는 소리가 나는 경계다." 언어는 의미를 담고 있고 그 의미를 전달한다. 따라서 언어는 작가가 표현하고자 하는 것과, 독자가 받아들이는 그림을 접합해주는 봉합선이다. 예술적인 잠재력은 언어 안에서 발전한다. 작가가 스토리를 구상하는 능력이 탁월해도, 만일 그 스토리를 언어상으로 전달할 수 없다면, 그의 재능은 아무런 빛을 못 본다. 따라서 언어상으로 대가가 되려고 노력하는 것은 매우 중요하다.

언어 능력을 어떻게
키울 수 있을까?¶

자신의 언어 능력을 향상시키고 더 명확하고, 세련되며, 다양하게 표현하려면 어떻게 해야 할까?

언어 능력을 키우기 위해서는 다음의 몇 가지 원칙들을 기억하라.

- 문학 선배들이 사용하는 테크닉을 공부하고, 그것을 모방해보고, 흉내도 내보라. 이때 언어 리듬, 문장 구조, 단어 선택과 그림 선택, 은유법에 특히 주의를 기울여라. 당신과 당신이 사용하는 언어가 되도록 노력하라. 이론적인 지식은 그다지 도움이 되지 않으며 행동으로 옮기는 것이 중요하다.

- 좋아하는 문학작품뿐만 아니라, 독특하거나 혁신적인 언어를

구사한 고전들도 공부하라.

- 어휘와 모든 종류의 독서를 체계적으로 확장하라. 처음 보는 단어들과 관용구, 성공적인 비유법과 그림들을 기록하라. 확신할 수 없거나 재차 표현상의 변조가 필요한 대목에는 동의어, 반의어와 의미가 비슷한 단어들을 나열해둬라. 더 정교한 개념은 사전을 통해서 획득하도록 하라. 또한 전문어에 관해서도 지식을 넓혀야 한다. 물론 이때 전문가들만이 이해하는 전문 용어가 중요한 게 아니며, 자연스럽게 이해할 수 있거나 일반인들도 사용하는 개념들이 중요하다. 특히 추상적인 단어나 외국에서 들어온 낱말이 아니라, 구체적인 표현들을 찾아야 한다.

- 특정 전문 언어를 복사하거나 우습게 흉내 내는 시도를 해보면 좋은데, 예를 들어 법조인과 관청에서 사용하는 언어가 있다. 멋진 모국어가 어떻게 왜곡될 수 있는지 파악하려면 단어를 명사화, 추상화하거나 낱말을 엉뚱하게 조합해보면 된다.

- 특정 그룹을 대상으로 한 인터뷰 잡지에서 내용을 읽고, 꾸밈없거나 과시적으로 사용하고 있는 은어를 공부하라. 광고 종사자와 사진작가들은 경제학자와는 다르게 말하고, 자연주의자는 컴퓨터광과는 다르게 말한다. 토크쇼를 보는 것도 유용하다.

- 술집, 지하철, 슈퍼마켓에서 사람들이 무슨 말을 하는지 귀를 기울여라. 청소년, 문화에 심취한 지식인, 무대 체질의 사람, 술주정꾼, 멋쟁이, 아이들, 외국인, 정치가들의 언어와 특징을

주의 깊게 관찰하라. 그들의 대화, 빈정대는 어투, 몸짓과 표정 등을 공부해야 한다. 자신이 잘 모르거나 다채롭고 이례적으로 여겨지는 표현법을 기록해둬라.

자신의 문체를 다듬는 것도 중요하지만, 자신이 가진 언어의 약점을 인지하고 이를 향상시키는 것도 중요하다. 어떤 작가는 명사화를 좋아하는 경향이 있고, 어떤 작가는 불필요한 정보를 중복하는 것을 좋아한다. 또한 자신이 쓴 내용을 간과하는 작가도 있다. 그러므로 자신이 가지고 있는 전형적인 약점을 파악하고, 글을 쓸 때는 물론 수정할 때도 그 점을 주의하라.

피아노 연주의 대가나 테니스 선수처럼 작가에게도 적용되는 당연한 진리가 있다. 즉, 늘 연습하기! 매일 글쓰기를 연습해야 한다는 사실을 잊으면 안 된다.

양식화와 양식은 다르다:
언어 능력 향상을 위한 충고 ¶

"잘못 표현하는 것은 엉터리 틀니와 같은 작용을 한다."
– 토마스 베른하르트 Thomas Bernhard

⌐ 물론 언어적인 형상은 항상 어떤 효과를 의도하고 있는지에 달려 있다. 중요한 것은, 작가가 말하고 싶은 것을 어떻게 독자에게 성공적으로 전달하느냐다. 다시 말해 정보와 갈등을 제대로 유지하면서, 문장을 비틀어 꼬거나 잘못된 자세를 취하지 않고, 독자에게 내용을 전달하려면 어떻게 해야 할까? 이때 주제와 전달하고자 하는 내용이 전면에 드러나야 하며, 작가 자신을 내세우는 말은 삼가해야 한다.

그런데 오늘날에는 수준 높은 많은 작가들이 정반대의 전략을 사용하고 있다. 즉, 그들은 낯선 언어를 사용하고, 눈에 띌 정도로 거칠게 표현하며, 더 오랫동안 관심을 끌기 위해 기교적인 언어를 사용한다. 그들은 철저하게 능숙하고 매끄러운 표현을 불신하고 자신만이 다룰 수 있는 고유한 서술 전략을 연마한다.

그러나 양식(혹은 문체나 스타일)은 작가 그 자체다. 이 말은 하나의 과제를 극복하기 위해 시도하고, 온 힘을 다해 언어적으로 표현하려고 노력하면, 양식이 저절로 탄생한다는 뜻이다. 양식이란 의도적으로 낯설게 하고, 개별적인 언어 사용을 통해 생겨나는 것이 아니다. 우리는 개인의 양식을 양식화와 혼동해서는 절대 안 되는데, 흔히 초보자들이 이런 실수를 범할 수 있다. 잔뜩 거드름을 피우는 자세와 비틀거나 꼰 표현들은 훌륭한 작품을 만들지 못한다. 유감스럽게도 책에 일가견이 있는 독자들, 편집자들, 비평가들과 심사위원들이 이처럼 언어적 농담과 매너리즘에 빠져서 심지어 그것을 요구하기도 한다. 그러나 그런 잔꾀와 같은 표현 뒤에 본질적인 것이 숨어 있지 않으면, 효과는 금세 사라진다. 양식상의 잔꾀를 부린 글만큼 김빠지는 것은 없다.

그래서 나는 다음과 같은 충고를 진심으로 해주고 싶다.
- 낱말과 문장 구성을 반복함으로써 독자를 지루하게 하는 경우는 피해야 한다.
- 경제적으로 글을 쓰라. 모든 반복과 중복을 지워라. 작품의 인상들이 계속 쌓여가면서 과도하게 도취되거나 감상주의로 흐르는 것은 종종 지나친 낭만적 서정이나 키치(저속하고 천박한

것)로 이어지기 쉽다.

- 풍부한 언어와 다양한 표현 방식을 추구해야 한다. 그때그때 적합한 표현을 할 수 있도록 노력하라. 무슨 낱말이든 동의어는 정말 몇 개 안된다.

- 거드름을 피우는 모든 표현과 부자연스러운 모든 표현은 고물상자에 들어갈 것들이다. 인위적인 산문은, 비록 설득력이 있다 하더라도, 소수에게는 시간 낭비다.

- 마침표가 없고, 종속문이 많은 복잡한 문장들은 법학자들이나 사용하는 것이다.

- 스테레오 타입stereotype, 졸렬한 모방과 진부함은 다채로운 표현과 설득력 있는 양식을 죽이는 무덤이다.

- 형식과 내용이 일치하도록 주의를 기울여라. 서술의 속도가 빠르면 여유 있게 서술할 때와 다른 문장론이 필요하다(더 짧은 문장, 경우에 따라 중단이나 생략). 화자는 다른 화자와 구분되어야 한다. 1인칭 화자는 역할산문이 필요하다.

- 현재 유행하고 있는 단어를 선택해서 사용할 경우에 주의를 요한다. 이런 단어들은 금세 시대에 뒤떨어질 수 있다. 속어와 유행하는 암시가 특히 그렇다.

- 그림을 떠올릴 수 있게 서술하고, 추상이나 비전문적인 표현은 가능하면 사용하지 않도록 하라. 분명한 비교와 해명해주는 은유는 산문에 깊이와 색채감을 준다.

- 늘 "Show, don't tell!(주장만 하지 말고 보여주라!)"이라는 구호를 기억하라. 너무 상세하게 묘사하기보다는 무엇인가를 환기시키도록 하라. 즉, 독자의 기억과 경험에 제대로 호소함으로써 독자와 저자 사이에 '시각적인' 공동 작업이 생겨난다. 디테일을 정확하게 선별하면, 독자는 서술된 내용보다 더 많이 볼 수 있다.

- 시각화나 환기보다 더 강력한 작용을 하는 것은 암시인데, 이는 망각한 그림과 잠재되어 있는 감정을 간접적으로 불러일으킨다. 이런 예술을 능수능란하게 잘 다루는 사람이야말로 대가라고 할 수 있다. 이미 언급했듯《보바리 부인》에서 마차가 달리는 장면을 살펴보고, 토마스 만이 하노 부덴브로크가 장티푸스로 죽는 모습을 묘사한 글도 한번 읽어보아라. 즉, 그는 사전에서 이 질병이 어떻게 진행되는지를 '인용'하기만 한다. 간접적인 설명은 등장인물이 눈물을 흘리게 하는 것보다 훨씬 더 강렬하다.

- 오늘날 비평을 하면서 사건에 개입하는 화자는 드물다. 어떠한 경우에도 화자는 어떤 형태로든 자신의 의견을 제시함으로써 개인적인 주장을 해서는 안 된다. 저자의 경우에는 더욱 엄격하게 그렇게 해서는 안 된다. 귀스타브 플로베르는 이렇게 말했다. "내 생각에 소설가란, 세상사에 관해 자신의 의견을 말할 권리가 없다. 소설가는 창작을 할 때 신처럼 해야 하는데, 즉

창조하고 침묵해야 한다."

- 일상적인 지혜는 졸렬한 모방과 다르지 않다. 그런 지혜가 비록 옳다고 할지라도 말이다. 즉, 당신이 보여주는 진리란 이미 많이 사용해서 낡을 대로 낡은 것이다. 따라서 이런 공식도 맞는 말이다. '추상화＋졸렬한 모방＝심각한 실수'

- 성찰, 지적인 논쟁, 비평은 이례적인 측면을 보여줘야 한다. 극단적인 입장, 격언조의 과장, 새로운 종류의 생각들은 경청하게 만들 수 있고, 반박하게 할 수 있고, 한 사람의 특징을 보여줄 수 있다. 그러나 일반적으로 골치 아픈 산문은 대부분 독자들의 반발을 불러일으키고 지루하게 만든다.

- 특히 소설을 처음 쓰는 초보자들은 인물을 묘사할 때 빈정거리면서 서술하기를 좋아한다. 그러나 이런 서술은 의외로 쉽게 읽히지 않는다. 많은 사람들은 아이러니에 적응하지 못할 뿐 아니라, 알레르기 반응을 일으키기도 한다는 점을 항상 유념해야 한다. 그밖에도 아이러니는 주제넘다는 인상을 주기 쉽다. 그러니 조심하기를!

- 언어적 과장과 왜곡, 의도적으로 언어 형식을 파괴한 경우에는 이런 것들의 기능이 무엇인지 밝혀야 하며, 설득력이 있어야 한다. 이런 것들이 독자들에게 부담을 주거나 인위적으로 비쳐서는 안 되며, 그 자체가 목적이어서도 안 된다.

- 언어적 효과는 무엇보다 리듬과 울림에 있다. 토마스 만은 이

렇게 말했다. "나는, 산문이 가진 가장 비밀스럽고도 강력한 매력은 리듬에 있다는 점을 확신한다." 긴 문장을 느린 스윙 리듬으로 서술하면, 빠르게 끊어지는 리듬이나 비트적거리는 리듬과는 전혀 다른 느낌으로 읽힌다. 또한 낱말의 길이, 어둡거나 밝은 모음이 다수를 차지할 경우 두운법頭韻法, 모음만의 압운, 눈에 띄지 않는 압운 등은 마법과 같은 암시적인 힘을 발휘하는데 예민한 독자들은 그런 마법에서 빠져나오지 못한다.

- 언어적 형상들로 인해 독자들이 허구적인 꿈에서 깨어나면 안된다. 독자들을 계속 꿈꾸게 하려면 언어적 형상은 정확해야 하고, 놀라우면서도 매혹적이어야 한다. 성공하지 못한 그림, 깨진 리듬과 서툰 문장 구조들은 수법상의 실수일 뿐 아니라, 글과 독자 사이를 이어주는 끈을 쉽게 망가뜨린다. 독자들이 낯선 세계로 자유롭게 환상을 펼칠 수 있는 토대를 망가뜨린다.

- 언어적인 덕목이라는 것이 있다. 즉, 투명함, 정교함, 활력, 직접성, 풍부한 변화, 색채와 우아함이다. 많은 작가들에게 어쩌면 구식으로 보일지 모르지만, 그래도 우리는 이런 것들을 믿고 신뢰할 수 있다.

한 작품을 비판할 때 언어가 대상이 될 경우가 많다. 스토리가 약하면 약할수록, 언어는 더 강해야 한다. 만일 좋은 스토리를 가지고 있고 자신이 화자로서 완전히 배후에 있는 사람은, 언어적인 수작업만 하면 된다. 그러나 탄탄한 스토리도 제공하지 못하면서 자신이 전면에 나서는 사람은, 정말 매력적으로 잘 써야 한다. 그러면 그에게 부족한 많은 단점들이 용서되고 허영도 눈감아 줄 수 있다. 무엇보다 자신의 언어와 독특한 서술 전략으로 승리의 월계관을 쓰고 싶은 자는, 언어적으로 탁월해야만 한다. 그러나 이런 작가는 비평가와 문학가들 같은 소수에게만 호소력이 있고, 일반적인 독자들을 놓칠 수 있는 위험성이 있다.

그러나 모든 규칙과 충고를 떠나서, 스토리와 캐릭터에 유효한 말은 언어에도 유효하다. 즉, 스토리, 캐릭터와 마찬가지로 언어 역시 제대로 작동이 되면 그대로 두면 되고, 독자가 읽었을 때 설득력이 있으면 굳이 정당화할 필요가 없다.

희극적으로 표현하려면, 다음과 같은 가능성을 이용하면 된다.
- 본래의 것이 아니라 비유적인 말(아이러니)
- 과장된 모방(패러디)과 왜곡
- 언어상의 암시와 익살스러운 표현(낱말 놀이, 깜짝 놀랄 만한 어법, 정곡)
- 양식의 차원을 놀랍게 바꾸기
- 금기에 대한 암시, 금기의 한계를 위반
- 언어로 윙크하기(화자는 인물의 등 뒤에서 독자와 연대한다.)

좋은 희곡은 태어날 때부터 재능을 가졌거나 글을 쓴 경험이 많은 사람들이 쓸 수 있다. 이럴 수 밖에 없는 이유는 여러 가지가 있지만, 가장 큰 이유는 일반적으로 통용되는 많은 서술 규칙들이 익살스러운 글에서는 유효하지 않기 때문이다.

그밖에도 웃기는 글귀들은 글의 긴장을 풀어주고, 독자들에게 재미를 준다. 웃기는 글을 잘 쓰고 웃기는 상황이 어떤 것인지에 대한 감각이 있다고 믿는 사람은 이 능력을 충분히 연습하고 또 거리낌 없이 시험해봐야 한다. 그러나 유머나 익살은 결코 강요해서는 안 되며, 싸구려 수단을 동원해서도 안 된다. 그럴 만한 능력이 되지도 않으면서 의도적으로 웃기게 만드려는 시도는 오히려 괴로운 결과를 낳는다.

상징과
은유¶

"감각과 열정은 그림으로만 말하고 이해한다.
그림에는 인간의 모든 인식과 은총이라는 보물이 있다."
— 요한 게오르크 하만 Johann Georg Hamann

인간의 경험에 대한 해석은 상징 속에서 구체적인 의미의 그림들로 흘러 들어간다. 이런 그림들은 자체에 머물지 않고 보편적인 진리를 표현하며, 많은 사람들이 특별한 생각이나 개념을 전해 듣지 않아도 이해할 수 있다. 예술가들은 상징적 자기해석과 자기묘사라는 집단적인 과정에 적극적으로 참여한다.

괴테는 자신의 작품은 주제뿐만 아니라 물론 구상에 있어서도 세계의 상징적 변형을 추구한다고 표현했다. 한 작품이 추구하는 최상의 목표는 전체의 상징이 될지도 모른다. 전체의 상징이란 지상에서 인간이라는 위치에 대한 상징, 인간의 상태에 대한 상징, 혹은 그 시대의 상징을 가리킨다. 이런 점에서 문학은 신화와 연결되고, 신화의 후계자로서 위대한 것을 창조해냈다. 예를 들어 오디세우스, 오이디푸스, 파르시팔, 돈키호테, 햄릿, 로빈슨 크루소, 파우스트와 메피스토, 안나 카레니나, 카프카적 세계,《잃어버린 시간을 찾아서》,《율리시즈》,《마의 산》,《고도를 기다리며》등과 그밖에 많은 것들이 있다.

전체의 상징이 되고자 하는 비교적 요원한 목표와는 별개로 개별 작품은 작지만 세상을 상징적으로 표현하려고 노력한다. 문제는 어떤 방법을 사용하느냐다. 내가 여기에서 강조하고 싶은 점은, 상징 테크닉을 잘 다루는 능력은 서술하는 능력보다 훨씬 더 일찍부터 갖추어야 한다는 것이다. 기본적으로 상징이란 결코 의도적으로 보이면 안 되고, 부담을 주어서도 안 된다. 상징은 독자들에게 자연스럽고 당연하게 받아들여져야 하고, 단어적 의미는 물론 숨겨진 의미도 쉽게 이해될 수 있어야 한다.

그렇다면 상징에는 어떤 테크닉들이 있을까?

가장 흔히 사용되지만 효과는 적은 상징은 전통적으로 사용하던 상징과, 언어적 부속물이다. 그리고 우리 문화에서 흔히 쓰이고, 언론이나 정치에서 주고받는 익숙한 은유가 있다. 수난자를 일컬어 십자가를 지고 있는 사람이라고 표현하고, 불은 지옥의 연옥을 의미하고, 경제적 후퇴란 힘들게 극복해야만 하는 경기 침체를 말한다. 어쨌거나 거기에는 상징들이 있고, 어느 정도 낡은 은유를 사용해서 말하는 것은 아주 흔한 일이다.

의미를 전달하기 위해 낡은 상징을 사용하는 작가는, 자신의 주인공들, 배경 혹은 다른 요소에 은유적으로 "저속한 딱지"(움베르토 에코)를 부칠 위험이 있다는 사실을 의식해야만 한다. 낡은 상징은 밋밋한 표현처럼 부담스러울 뿐 아니라 공허한 결과를 낳는다.

게다가 전통적인 상징과 은유를 사용하지 않는 작가는 아무도 없다. 사용하지 않으려고 노력해도 그런 상징과 은유는 도처에 깔려 있기 때문이다. 그리고 작가가 이것들을 숨기고자 해도 독자들은 알아볼 수 있다.

이와 같은 딜레마에서 다음과 같은 결론이 나온다.

- 잘 알려진 신화적 상징이나 문학적 상징을 직접 인용하지 말고, 암시적으로 혹은 함축적으로 넣도록 한다. 상징적으로 교훈을 주려는 태도는 내적인 공허함의 의미를 다른 곳에서 빌려와야 하는 독자들에게 넘겨주어라.

- 진부한 은유와 낡은 비유는 삼가라. 예를 들자면 '사자 같은 남자', '그녀의 사슴과 같은 눈이 반짝였다', '천사 같은 모습' 등이 있다.

- 현실적이어야 한다. 다양한 사물들과 과정을 본래대로 서술하라. 더 깊은 의미를 찾으려 한눈팔지 않고, 그저 그것을 묘사하는 것만으로도 충분히 효과를 내는 상징 표현에 의지해보라.

그리고 삶에서 더 고양된 순간에 몰두하고, 이때 중요하게 보이는 것이 무엇인지를 서술하라. 진부한 경험 따위는 인기 연속극에서나 다뤄지는 것들이다.

간단한 '현실적' 모방은 하나의 사물이나 사건 그 자체로 어떤 상징적인 깊이나 의미를 주지는 않는다. 그러나 공간에 관한 장에서 이미 보았듯이 특정 공간과 장소, 신체 부위는 고유한 상징성 없이는 생각할 수 없다. 글은 오랜 문학적 전통이 있다. 예를 들어, 베니스를 방문하는 것은 곧장 텍스트들 사이의 연관이 작동한다. 아름다움, 붕괴, 몰락, 죽음, 비애, 미로, (금지된) 사랑, 신혼여행, 사업 감각과 사랑 놀이, 곤돌라, 관광객, 비둘기, 〈오 솔레 미오〉 등이 있다. 모든 연상은 새롭고 매우 개인적인 기억을 불러일으킨다. 즉, 곤돌라는 관과 죽음뿐만 아니라 아내나 애인과의 아름다운 시간도 기억나게 한다.

장소 묘사, 뭔가 장식하거나 특징을 묘사하는 모든 디테일에서 항상 고유한 상징적 연상력을 가진 것이 무엇인지 생각하고, 이를 목적에 합당하게 넣어야 한다. 물론 지나치게 드러내지 말고, 암시, 지시와 같은 형태로 말이다.

서술한 내용이 그 이상을 지시하지는 않지만 의미를 가진 그림의 역할을 해야 한다면, 텍스트가 상징적 아우라를 만들어낼 수 있도록 전략을 개발해야 한다. 텍스트 요소를 '현실적인' 차원에서 '상징적인' 차원으로 변형시키려면 어떻게 해야 할까? 움베르토 에코는 두 가지 전략을 얘기해준다.

- 다량의 의미 부여 혹은 글 흐름 방해하기
- 안개에 싸인 내용

다른 말로 하면, 글의 요소들은 눈에 띄는 한편으로 동시에 불확실해야 하며 다의적으로 해석될 수 있어야 한다. 하나의 힌트나 암시는 독자들의 눈에 띄어야 하지만 다의적인 차원에서 주의하라는 신호여야만 한다.

예를 한 번 들어보기로 하자. 어떤 소설의 주인공은 성공을 거둔 작가인데, 그는 평상시처럼 하루를 보낸 다음 피곤해서 산책을 간다. 그는 공원을 지나서 걷다가 마침내 집으로 돌아온다. 이런 행동은 지극히 현실적이며 정상적이어서, 다른 것을 생각할 수 없다. 반면 주인공인 작가가 근처에 있는 묘지를 산책한다면, 이는 벌써 뭔가를 얘기해주고 있다. 독자는 '죽음의 근처'라는 연상을 할 수도 있고, 왜 작가가 이 장소를 찾게 되었는지 의문을 품을 수도 있다. 그다음에 아무 일이 일어나지 않으면, 독자들은 아마 그런 의문을 잊을 것이고, 적어도 작가가 얼마 후에 다시 그 묘지를 산책할 때(어떤 행동의 반복=구조 패턴→특별한 의미)까지 잊어버릴 수 있다.

이제 다음과 같은 장면을 상상해보자. 작가는 묘비명을 뚫어지게 바라본다(그러면 독자는 의문을 품는다.). 작가의 시선은 돌에 새겨진 두 마리의 '묵시록에 나오는 동물'에 꽂히고, 그러면서 꿈속에 빠지더니 갑자기 꿈에서 깨어난 듯 묘지의 입구에 서 있는 한 남자를 발견한다. 이 남자는 독특하게 생긴 데다 비쩍 마르고 납작코이기도 하다. 이 이방인은 거만하게 밑을 내려다보고 있고, 작가가 깜짝 놀라서 주변에 누가 없는지 둘러본 다음 다시 묘지 입구를 보자 이방인은 유령처럼 사라져버린다. 불안한 마음에 집으로 돌아가는 도중 작가는 원시림, 질병의 징후 등 평소 보지 못했던 기이한 모습들을 본다. 그리고 갑자기 그에게 '여행을 떠나고 싶은 욕구'라고 해석되는, 강력하지만 뭐라고 정확하게 표현할 수 없는 심경의 변화가 일어난다.

우리는 방금 무엇을 글로 만들 수 있는지를 보았다. 즉, 매일 묘지에 산책 가는 일을 눈에 띄게 만들고(=다량의 의미 부여), 이와 동시에 불분명하게 이끌어간다(=안개에 싸인 내용).

소설의 저자는 어떤 수단을 투입했는가? 그는 전용된 의미를 지시하기 위해, 주인공을 잠시 우리에게 익숙한 의식의 차원으로 들어가게 한다. 꿈속에서 세상은 기괴하고, 병적이며, 이해할 수 없다. 만일 우리가 융이나 프로이트의 글을 읽었다면 꿈을 해석하기도 한다. 그렇지 않으면 이렇게 말할지도 모른다. "바보

같으니!" 그러나 우리는 문학적인 꿈들을 바보 같다고 가볍게 처리할 수 없는데, 다음과 같은 허구적인 기본 원칙이 통하기 때문이다. 다시 말해, 글의 모든 요소들은 비록 의미가 그 즉시 밝혀지지 않더라도(=글 흐름 방해하기) 하나의 의미를 가져야 한다. 독자들은 놀란 반응을 보인다. '하나의 비밀, 하나의 상징인가?' '묘지에서 재빨리 사라져버린 남자를 어떻게 해석해야 하지?' 작가와 스토리의 종류에 따라 이런 상징을 보고 도망치는 살인자일지도 모른다고 추측하거나(범죄소설) 죽음의 예고라고 해석할 수도 있다. 문학적인 전통에서 비슷한 모델을 발견할 수 있다. 즉 죽음을 낯선 사람의 등장으로, 혹은 최초의 경고("나는 다시 올 거야." 혹은 "너는 더 이상 시간이 없어.")로 언급하는 문학적 전통 말이다.

우리는 계속해서 연상을 만들어낼 수 있지만, 연상의 테크닉을 쫓아가는 게 훨씬 더 흥미롭다. 다시 말해, 작가는 하나의 과정을 눈에 띄게 만들고, 충분히 연상할 수 있는 특별한 차원으로 승격시키고, 이때 다의적인 애매함을 많이 깔아둔다.

앞의 예로 다시 돌아가서 이렇게 말할 수도 있다. "모든 것은 자연스럽게 설명이 돼. 작가는 글을 쓰다가 지쳤어. 집 근처에는 묘지가 있고, 작가는 예술을 사랑하는 사람이라 산책을 나갔다가 묘지 비석에 새겨진 형상들을 관찰하게 되었어. 그리고 우연히 거기에 묵시록의 동물들이 새겨져 있는 것을 발견하지. 그리고 작가가 낯선 사람을 만나지 않을 이유라도 있는 건가? 도처에서 볼 수 있는 게 낯선 사람들인데."

그러나 스토리가 진행되면서 작가가 처음 만났던 남자와 외모가 비슷한 남자들을 여러 번 만나게 되면, 상징을 좋아하지 않는 독자들도 얼마 후에 반복을 알아차릴 수밖에 없다. 독자들은 반복 속에 의도적인 구조가 있다는 것을 알기 때문에 이상한 남자들에게 관심을 가질 수밖에 없다. 그리고 계속해서 지하 세계, 죽음, 악마, 노인, 관과 같은 암시를 읽고 그것을 생각하게 되면 하나의 그림을 분명하게 의식하게 된다. 이 그림은 암시하는 특징으로 인해 의미를 갖는다. 작가는 자신을 급히 데려가게 되는 죽음과 만나는 것이다.

따라서 상징을 성공적으로 집어넣으려면 다음의 원칙을 기억하라.

- 애매성을 이용하여, 글에 다의적인 의미를 갖게 한다(안개에 싸인 내용 : 이 낯선 남자는 도대체 뭐지?).
- 상징적인 암시와 비슷한 요소를 이용한다(묵시록의 동물들).
- 은유를 이용한다(관처럼 새까만 곤돌라 = 글 흐름 방해, 왜냐하면 이례적이기 때문이다. 다량의 의미 부여 : 곤돌라는 항상 새까맣다.).
- 구성상의 패턴을 이용한다(다량의 의미 부여 : 반복을 통해 또는 특별한 위치에 둠으로써, 예를 들어 글의 초반이나 마지막 부분 또한 글의 다른 부분과 연결할 수도 있다. 《베니스에서의 죽음》의 주인공 구

스타프 폰 아센바흐는 "우"라는 고함을 지르며 디오니소스 신을 숭배하는 무리가 절벽으로 떨어지는 장면을 보는데, 우리는 폰 아센바흐가 열망하는 소년의 이름 "타치오"를 부를 때 "우"라는 소리가 연장되는 음이 난다는 것을 알 수 있다. 이런 텍스트끼리의 연결은, 소년은 "비웃는 조물주의 도구"라는 해석을 내릴 수 있게 한다.).

- 흔히 '현실감 상실'이라는 형태를 이용한다(우리가 든 예에서 작가의 몽상은 항상 자주 사용되는 테크닉이다. 스티븐 킹을 생각해보면 알 수 있다.).

여러 모로 해석을 하는 시대인 오늘날에는 부담이 없고 성공적인 상징을 집어넣기란 힘들다. 토마스 만의 단편소설에서처럼 분명하고 그림 같은 상징을 더 이상 사용할 수 없다. 그동안 상징들이 엄청나게 쌓였기 때문이다. 따라서 묘사 테크닉을 통해서 상징을 만들어내야 하며 유명한 작품을 단순히 모방만 해서는 안 된다. 또한 텍스트 내에서 자체적으로 해석해서는 절대 안 된다.

마지막으로 '현실감 상실'의 극단적인 형태에 관해서 언급하고자 한다. 앞에 든 예에서 작가는 잠시 몽상에 잠기며 '현실' 세계에서 '현실감을 상실'한 세계로 미끄러져 들어간다. 만일 이런 대립을 강조하면서도 일반적으로 '현실적'이지 않은 글을 쓴다면, 현실과는 동떨어진 특별한 글(판타지, SF)을 선택하거나, 아니면 원칙적으로 우화적이거나 상징적 방식을 선택해야 한다. 두 번째 경우에 독자는 글을 '전용된 의미'로 읽을 수 있을 때만, 다시 말해 글을 상징적인 방식으로 해석할 수 있을 때만 글에 의미를 부여할 수 있다.

프란츠 카프카는 어떻게 그런 종류의 글이 가능한지를 보여주었다. 카프카의 후계자는 거의 없다고 봐야 한다. 카프카의 작품과 세계는 문학계에서도 너무나 유일무이해서, 그의 방법을 모방한 모든 사람들을 아류로 보이게 할 정도다. 카프카는 해석이 자유로운 리얼리즘을 상징적인 공간으로 옮겨놓는 데 성공했다. 거꾸로 상징성을 '현실적으로' 보이게 하는 데도 성공했다. 그의 작품은 늘 해석하려는 모든 시도를 좌절시키고, 이를 통해서 상징적인 형식에서 해체되지 않고 그대로 남아 있다. 그는 뭔가 의미를 부여하는 전용轉用을 요구하면서도 동시에 거절한다. 작품은 잘 알려진 상징(예를 들어 성)을 인용하지만, 이 상징을 풀지도 않고 되찾지도 않는다. 작품은 우리의 실제 세계로부터 멀리 떨어져 있고(사람이 벌레가 된다.), 마치 아무 일도 일어나지 않은 것처럼 그 실제 세계에 머물러 있다.

카프카의 묘사 형태와 상징을 사용하는 테크닉은 유일무이하며 유명해서, 이를 본보기로 삼을 수는 없다. 따라서 카프카처럼 쓰는 방식을 가능하면 피해야 한다. 그렇지 않으면 글은 피상적

인 모방작으로 보이거나, 혹은 살아 있는 문학과는 아무런 상관
이 없어 보인다. 다시 말해 작품은 지나치게 비유적인 형태에 머
물게 된다.

8장
—
수정과
퇴고¶

↳
↳ 원고를 다시 한 번 첫 페이지부터 끝까지 읽어보아라. 읽어 내려가는 흐름을 체크하고, 교정으로 인해 서로 맞지 않는 부분이 생겼는지 살펴보라. 불필요한 단어를 삭제하고, 원고를 마지막으로 매끄럽게 다듬어라. 매끄럽게! 원고는 나무랄 데 없이 빛나야 한다.#

Kreativ Schreiben

작품과의 거리 유지와
작품의 독자적 논리 ¶

"사람들은 불길을 들고 작품을 고안하고 냉담하게 완성해내야 한다."
– 요한 요하힘 빙켈만 J. J. Winckelmann

"이미 기록한 내용을 검정하려면 시간이 필요하다."
– 블라디미르 마야콥스키 Vladimir Majakowski

"다 써놓은 글을 새롭게 다듬고 고치는 일은 글쓰기의 비밀 그 자체이다."

이렇듯 핵심을 지적한 마리오 푸조의 말은 대부분의 작가들이 인정하는 중요한 인식을 담고 있다. 즉, 가필과 수정은 작품이 성공하는 데 결정적인 기여를 한다는 것이다.

그러면 수정 작업은 어떻게 해야 하며, 어떤 점을 주의해야 할까? 중요한 것은 초고와 가필 사이에 어느 정도 시간 간격을 두어야 한다는 점이다. 강점과 약점을 좀 더 잘 알아차리고, 전체와 부분 사이의 비율을 제대로 평가하고, 목표의 방향을 보고, 작가와 독자의 역할을 교환하기 위해 우리는 작품과 거리를 둬야 할 필요가 있다. 따라서 초고를 힘들게 완성한 뒤에는 휴가를 떠나든지 여행을 감으로써 한동안 작품을 그대로 내버려두어라.

그런 뒤에 작품을 큰 소리로 낭독하면서 자신의 글에 귀를 기울여라. 글이 자신에게 어떤 효과를 주는지 한번 알아보아라. 이보다 더 나은 테스트는 없다. 단어 반복, 리듬 파괴, 부문장이 많은 복잡한 복합문, 지나치게 긴 명사구는 금세 귀에 들어온다. 거드름을 피우는 대화와 추상적인 표현, 호흡이 긴 묘사와 맥 빠진 표현도 마찬가지다. 낭독할 때 어떤 감정이 일어나는지 주의 깊게 관찰해야 한다. 지루함 혹은 단순하게 좋지 않은 느낌(그러면 글은 내적인 긴장감과 조밀함을 상실한 것이다.)일 수도 있고, 아니면 텍스트 안에 들어가 글에 완전히 사로잡혀 장면을 입체적으로 떠올릴 수도 있다(그러면 이 글은 성공적인 것이다.).

글을 읽을 때와 전체를 수정하는 단계에서는 이런 질문을 해보아야 한다.

- 서술 시각이 분명하고 적합한가?
- 주요 캐릭터들은 생동적이고, 믿을 수 있으며, 다차원적인가?
- 스토리는 활력이 넘치고 독자를 매료시키는가?
- 작품에 나오는 허구 세계는 자체적으로 모순이 없으며, 고유한 논리를 따르는가?
- 최후의 비밀은 노출시키지 않되 잘 들여다볼 수 있는 복잡한 이야기를 만드는 데 성공했는가?

- 하나의 스토리를 서술하는가, 여러 가지 스토리를 화제로 삼는가?

글쓰는 과정에서 자체의 법칙을 개발하고, 작가의 의도와는 반대로 발전해서 마침내 자신만의 길을 가는 경우도 있다. 프리드리히 뒤렌마트는 이렇게 말했다. "작품을 쓰는 일은 마치 서양 장기를 둘 때와 같다. 시작할 때는 자유롭다. 그러나 그 이후부터 장기는 자신만의 논리를 따르게 된다."

이와 같은 이유로 항상 자신에게 이렇게 물어보는 게 중요하다.
- 나는 무엇을 쓰고 싶어했는가? 이로부터 무엇이 되었는가?
- 작품의 핵심은 무엇이며 작품의 목표는 무엇인가? 실제로 이 작품에는 무엇이 중요한가? 어떤 '가정'하에 이 작품을 할리우드에 팔 수 있을까? 나의 주제는 무엇인가?

글의 핵심이 명료할수록 작품에서 불필요한 내용을 삭제하고 장면, 사건, 자연 묘사를 그 핵심에 맞추어 잘 엮을 수 있다.

핵심을 추구한다는 것은 주제를 두드러지게 강조하고 독자들에게 이 주제를 드러내는 것이 아니라, 오히려 그와 정반대다. 주제란 작품을 구성하는 전략의 지도이자 내밀한 힘으로 작품을 살리는 중심과도 같은 것이다. 글에서 표면적으로 언급되지는 않더라도 모든 것은 주제에 따라 전개되고 연결된다.

수정을 위한 체크리스트:
자기도취부터 표절까지

자신의 작품을 수정·보완하는 것은 체계적으로 약점을 제거한다는 뜻이다. 비판적이어야 하지만 그렇다고 해서 너무 지나치지는 말아야 한다. 더 쉽게 탐색할 수 있도록, 전형적인 실수를 바로 잡을 수 있는 일련의 표제어를 소개하고자 한다. 이것들은 앞에서 언급했던 의문들, 즉 3장에서 소개한 '스토리 구성과 관리를 위한 체크리스트'(197~199쪽), 이번 장에서 소개할 작품의 도입부에서 살펴볼 체크리스트 (385~386쪽)를 보완해 준다. 2장에서 소개한 '인물 묘사와 성격 묘사를 위한 체크리스트'(117~118쪽)도 한 번 더 살펴보기 바란다.

자기도취: 일기나 심리 분석의 대상처럼 오로지 저자 자신만을 위해 소설이 작성되지는 않았는가?

심약함: 우는 소리처럼 들릴 수 있는 모든 부분을 지웠는가?

인물 스케치: 자신의 삶에서 너무 쉽게 찾아볼 수 있는가? 특히 본보기로 삼은 삶에서 쉽게 찾아볼 수 있는가? 만일 그렇다면 그 흔적을 지워라.

도덕적인 태도: 스토리 안에 캐릭터의 표현이 아닌 개인적인 평가가 숨어들어가 있는가?

관심: 인물에 정말 관심이 있는가? 인물을 좋아하는가?

정의: '서사적 정의'라는 기본 규칙을 지켰는가?

독자와의 관계: 스토리의 '현실성'과 독자의 삶 사이의 관계는 항상 분별이 있는가?

*

제목: 제목은 표현력이 있고 암시적인가? 교체할 수 있는 다른 제목들도 찾아보라. 리듬과 소리에도 귀를 기울여라.

첫머리글: 슬로건을 앞에 내세울 경우, 이는 글에 이례적인 측면을 부가하는가?

주제: 주제는 일반적으로 관심을 가지는 것인가?

발단: 스토리의 발단은 무엇이었는가? 주제와 내적인 연관성이 있는가? 만일 없다면, 왜 없는가? 소설은 어느 정도로 통일되어 있는가?

저자·화자: 자신이 때때로 스토리에 개입하는가?

화자: 화자의 시각과 목소리가 일치하는가? 화자는 자주 과장하거나 떠벌리는가? 그는 편파적인가?

서술상의 거리 두기: (너무) 자주 인물들과의 거리를 바꾸지는 않았는가?

3인칭 화자: 가끔 3인칭으로 서술하지는 않았는가? 인물과 사건을 비평하는가? 체계 없이 그리고 너무 자주 시각을 바꾸지는 않았는가?

1인칭 화자: 1인칭 화자는 변하지 않는 목소리로 말하고 있는가? 어느 정도의 거리를 두고 서술하는가? 화자는 자신의 시각을 더 이상 모르는가?

이름: 이름과 캐릭터가 서로 떨어질 수 없을 정도로 연관되었는가?

공감을 얻는 인물: 공감을 충분히 얻을 수 있는 캐릭터는 있는가? 주인공의 체험은 공감을 불러일으키는가?

완성된 캐릭터: 주인공들은 충분히 양면성을 갖춘 것으로 보이는가? 당신은 독자를 깜짝 놀라게 할 수 있는가? 캐릭터 설정은 모순이 없으며 디테일하게 들어맞는가?

성격 묘사: 성격 묘사는 구체적이며 충분히 다양한? 행동하는

인물을 보여주었는가? 주장에 의거하도록 내버려두었는가?

흑백 화법: 주인공의 적을 너무 악의적으로 묘사하지는 않았는가? 악한에게도 나름대로 정당화시킬 수 있는 것이 있는가? 적어도 사악하게 행동하는 동기를 이해할 수 있는가?

균형 잡힌 힘: 적도 대략 주인공과 비슷한 수준으로 강한가?

동기: 독자는 캐릭터의 동기를 받아들일 수 있는가? 동기는 의심하는 사람을 설득할 수 있는가? 동기들은 서로 일치하는가?

대조: 캐릭터들은 충분히 대조적인가?

적극성: 중심인물들이 주제적으로 이야기를 끌고 나가는가, 아니면 꼭두각시처럼 움직이는가? 그들은 명예롭게 추구하는 분명한 목표가 있는가, 아니면 소극적인 태도를 취하는가?

성격의 변화: 성격이 너무 빠르게 변하지 않고, 단계별로 그려졌는가? 충분히 이해할 수 있게 변하는가?

수수께끼: 성격 묘사와 스토리에 뭔가 수수께끼 같은 순간이 있는가? '수수께끼'란 물론 의도적으로 정보를 불충분하게 주는 것을 의미하지는 않는다!

조연: 조연들은 특징이 있고 살아 있는가?

관계 구조: 인간관계가 너무 복잡하게 얽혀 있는가? 없어도 좋을 인물이 있는가? 모든 관계 패턴이 충분히 서술되었는가 또는 적어도 암시했는가? 아니면 인간관계 패턴이 너무 단순하지 않는가?

구조 패턴 : 당신의 소설은 어떤 전형적인 구조 패턴에 따랐는가?

플롯 모델 : 당신의 소설은 어떤 플롯 모델 혹은 대작의 플롯과 가장 가까운가? 어떤 모델들을 서로 연관시켰는가? 새로운 변화를 모색해봤는가?

스토리의 가능성 : 모든 좋은 착상을 고려하고 시험해보았는가?

개연성 : 이야기는 믿을 수 있고 개연성은 있는가?

과장 : 그밖에도 멜로드라마적이고 통속소설 같은 요소가 있는가?

감정 : 정말 뭔가 중요한 일이 벌어지는가? 사소한 일을 둘러싼 갈등은 소설거리가 되지 않는다!

위기와 갈등 : 위기는 명백한 것인가? 충분히 납득할 수 있는가? 강제적인가? 갈등이 이야기를 앞으로 진행시키는가? 갈등이 결국 싸움이 될 수밖에 없을 때까지 증폭될 수 있는가?

해결책 : 갈등의 해결책은 갈등 안에 놓여 있는가, 아니면 신과 같은 초자연적인 힘을 빌려서 해결되는가?

*

도입부 : 반박의 여지가 없는가? 스토리 안으로 독자를 사로잡을 만큼 매혹적인가? 너무 느리지는 않은가? 또 스토리 안으로 무리 없이 진입하는가?

공격 개시 지점: 한 장면에서 원래의 줄거리가 발전하게 되어 있는가? 이 장면은 도입부와 충분히 연관되어 있는가?

줄거리의 구조: 줄거리 구조를 그림 한 장으로 그려보도록 하라. 장면들과 리듬이 서로 맞물리는지 검사하라. 정적인 부분을 삭제하거나 동적으로 만들어보라.

긴장감을 주는 연출: 긴장의 활이 톱니 모양(236쪽 그림 참조)을 따라가는가? 긴장은 리듬을 유지하며 마지막 클라이맥스까지 이어지는가? 의도하지는 않았으나 긴장감이 없는 부분이나, 움직임이 전혀 없는 그런 문장들이 있는가?

놀람: 예기치 않은 반전과 놀랄 일은 있는가? 아니면 사건은 너무 분명하게 예견할 수 있는 게 아닌가?

집중도: 알아차리지 못하게 독자의 시선을 원하는 곳으로 따라오도록 조종했는가? 서술의 강약을 제대로 넣었는가? 중요하지 않은 것을 장황하게 서술하지 않도록 하고, 중요한 내용으로 바로 넘어가라.

서스펜스: 너무 일찍 많은 것의 비밀을 밝히지는 않았는가? 독자도 수수께끼를 풀 수 있어야 하고, 비밀이 필요하며, 따라서 비밀은 긴장감 넘치는 균형을 유지해야 한다.

클라이맥스: 클라이맥스가 너무 일찍 등장하지는 않았는가? 준비되어 있지만 미리 볼 수는 없는가?

결말: 스토리의 결말은 줄거리 흐름과 캐릭터 및 주인공으로

부터 직접 나오는가? 결말은 분명하고 납득하기 쉬운가? 너무 일찍 결말을 내놓은 것은 아닌가? 결말이 너무 느슨하지는 않은가? 대답해야 할 질문들 가운데 대답하지 않은 질문이 있는가?

열린 결말 : 이와 같은 해결책을 많이 고민했는가? 이 해결책이 정말 유일하게 가능하며 설득력이 있는 것인가? 해결책은 현명한가? 독자는 스스로 답을 찾게 될 것인가?

*

서술 방식 : 장면 묘사와 장면이 아닌 묘사의 비율은 어떠한가? 서술하는 문장이 너무 많지는 않은가? 너무 길고 무미건조한 보고는 없는가?

장면 : 장면은 촘촘한가? 너무 일찍 장면이 시작되지는 않았는가? 장면들은 클라이맥스로 구성되어 있는가? 장면 안에서 뭔가 움직이고 있는가? 갈등이 많은 사건을 다루는가? 줄거리는 어떤 지점에서 깊은 내용 없이 흘러가는가? 장면이 클리프행어로 끝나는가?

대화 : 대화는 짤막하고, 정보를 전달해주고, 생동적이며, 함축성이 있는가? 대화 상대방들은 정말 서로서로 이야기를 나누는가? 혹시 독자를 향해 말하지는 않는가? 대화는 화자나 작가가 메가폰을 들고 하는 말은 아닌가? "그녀는 말했다." "그는 말했다."와 같은 불필요한 말은 삭제했는가?

이동: 장면들은 서로 설득력 있게 연결되어 있는가? 비약도 가능한가?

장면 전환(커트 백): 커트 백이 너무 길지는 않은가? 자체적으로 구조가 잡혀 있는가?

끼워 넣기(페이드 인): 너무 자주 끼워 넣어서 글의 흐름을 방해하지 않았는가? 지금까지 끼워 넣기와 장면 전환으로 다루었던 정보들을 줄거리와 대화를 통해 전달해줄 수는 없는가?

성찰: 생각이 너무 많거나, 심지어 스스로 비평도 하고 결론까지 내리고 있지는 않은가? 독자에게 스스로 결론을 내릴 수 있는 가능성을 주도록 하라.

구성: 당신은 개별적인 서술 요소들과 모티브들을 충분히 서로 잘 엮어두었는가? 예시, 지시, 암시, 텍스트 간의 연계, 에필로그는 충분히 제공했는가? 병행 사건, 반영, 반대 요소와 반영되는 요소는 충분한가? 반대되는 것도 제대로 강조했는가?

서술 리듬: 서술하는 리듬은 변화가 많고 매끄러운가?

객관적인 실수: 모든 사실을 조사했는가?

모순이 없음: 모든 분야에서 모순이 있지는 않은지 소설을 조사해보았는가? 어떤 불분명함도 그대로 방치해서는 안 된다. 독자는 책에서 불합리한 점을 만나지 않을 것이라고 기대할 수 있어야 한다.

경제성: 모든 불필요한 내용을 지웠는가? 항상 중복되거나 넘

치는 내용이 있는지를 조사해야 하고, 맹목적인 모티브가 있는지 찾아보라.

세속성: 소설에 '세계'가 충분히 들어 있는가?

복잡함: 분명한 것과 복잡한 것을 제대로 혼합했는가? 줄거리가 불필요하게 복잡하거나 불투명하지는 않은가? 아니면 너무 단순하고 예견하기 쉽지는 않은가?

시간: 시간은 특별히 충분한가? 시간의 흐름은 논리적인가?

세팅: 공간과 분위기를 짤막하게 서술하되, 인상 깊고 암시적으로 만드는 데 성공했는가? 독자는 자신의 판타지를 동원할 수 있는가? 시각화와 상상을 할 계기가 충분한가? 세팅은 사건을 부담 없이 편성했는가?

분위기: 분위기가 강제로 방해받는 경우가 자주 있는가?

*

언어: 7장에서 소개한 언어 능력과 관련된 일반적인 규칙들(340~342쪽)을 주의해야 한다. 언어는 소설의 수준을 판단하는 결정적인 기준이라는 사실을 항상 생각해야 한다.

유머: 유머러스한 표현, 놀라게 하는 반전, 코믹한 상황, 적재적소의 반어적 표현 등은 글의 긴장감을 풀어주고 독서의 즐거움을 높여준다. 그러니 너무 진지하게 접근하지 말아야 하고, 너무 많은 의미를 부여하지도 말아야 하며, 김빠진 글을 써서도 안 된다. 또한 억지로 농담을 하는 것도 바람직하지 않

다. 농담은 완벽해야 한다.

아이러니 : 가끔 자발적이지 않으면서도 비꼬는 표현을 사용하는가?

상징 : 부담스러운 상징을 너무 많이 사용하지는 않았는가? 상징 더미와 진부한 것은 삭제해야 한다. 상징을 위한 인용들을 암시로 탈바꿈시켜라. 경우에 따라 적합한 전략을 이용하여 상징적인 깊이를 만들어라.

틀에 박힌 유형 : 바꿔야 할 단락이 아직 있는가? 진부한 내용은 삭제하라.

표절 : 실수로 뭔가를 훔쳤는가? 그럴 필요는 없다!

최초의 독자와
그의 과제 ¶

ㄴ 최종적인 마무리를 하기 전에 원고를 손에서 놓아야 한다면, 언제 다른 사람에게 자신의 계획에 대해서 얘기하고 사람들에게 초안을 읽어보게 할 수 있을까?

이에 관해서는 다양한 의견이 있다. 어니스트 헤밍웨이는 이렇게 충고해준다. "당신이 지금 쓰고 있는 스토리에 관해서는 절대 얘기하지 마십시오!"

마리오 푸조도 비슷한 말을 했다. 두 작가는, 계획과 초안에 대한 비판적인 반응이나 미적지근한 반응은 방해가 되고 파괴적인 효과를 줄 수 있다고 두려워했다. 이런 두려움은 근거가 있는데, 스토리가 익어가는 단계에서 흠을 잡는 비판보다 더 방해가 되는 것은 없다. 다른 한편, 쓰느라고 혼자 끙끙대다가 진부한 표현에 빠지는 것도 권장할 만한 일은 아니다. 소설은 나중에 읽혀야 한다. 이 말은 소설은 처음부터 하나의 상호 소통적 맥락을 형성하고 있으며, 소수의 몇몇 작가들만이 소설이 완성되기 전에 비판을 받아도 흐름을 방해받지 않고 충분히 창의적이고 동시에 자기비판적일 수 있다는 것을 의미한다.

만일 매우 쉽게 불안해진다면, 이제 손에서 놓아도 되겠다는 확신이 충분히 들 때까지 원고 작업을 하도록 하라. 그러나 원고에 확신을 가질 수 있으면, 마음씨가 좋고 호기심이 많은 친구들에게 당신의 설계도를 펼쳐 보여주는 것이 좋다. 그들에게 서술하게 된 의도, 주인공들, 줄거리 등을 생생하게 묘사해줘라. 이 때 당신의 소개가 자신에게도 설득력이 있는지 그리고 친구들은 어떻게 반응하는지를 주의 깊게 살펴보라. 가령 친구들이 미적지근하게 반응하는지, 관심을 가지는지, 긍정하는지, 열광하는지를 살펴야 한다. 유연하게 행동하고 자극이 되는 것은 받아들이되, 누군가 이의를 제기한다고 해서 전체 줄거리를 내동댕이치지는 말아야 한다. 그와 같은 대화, 진부함 혹은 지극히 건설적인 해결책이 당신에게 도움이 될 경우도 많으며, 새로운 아이디어가 떠오르게 해주기도 한다.

작품이 거의 완성 단계에 있으면, 다시 말해 최종 교정을 앞두고 있으면, 당신이 잘 알고 신뢰하는 친구 한 명 혹은 여러 명에게 최초로 소설을 읽게 하라. 독서 경험이 있는 독자여야 하는데, 그렇다고 해서 반드시 문학 전문가일 필요는 없다. 아주 사소한 수정과 삭제를 통해서 형편없는 글귀가 훨씬 좋게 개선될 수 있다는 사실만은 확실하게 아는 게 좋다.

어느 정도까지 자신의 배우자에게 맡길 수 있는지에 관해서는 의견이 분분하다. 배우자는 작가와 너무 가까운 관계이고, 그래서 편견 없이 원고를 접하기가 어렵다. 어쩌면 배우자는 당신에게 상처를 주지 않으려고 어떻게 생각하는지에 관해 아무런 말을 하지 않을 수도 있다. 또 어쩌면 배우자는 주인공 뒤에 너무나 선명하게 서 있는 당신을 개인적으로 보게 되어, 중립적으로 관찰하는 게 불가능할지도 모른다. 그러므로 원고를 배우자에게 읽도록 줘야 하고, 원고에 관해 얘기도 나눠야 하지만, 오직 배우자에게만 원고를 읽게 해서는 안 된다. 작가는 대체로 얼마간의 시간이 지난 후에야, 최초로 책을 읽은 사람들의 판단이 얼마나 도움이 되고 정확한지 깨달을 수 있다.

최초로 원고를 읽는 사람들은 어떤 과제를 안게 되는가?

- 우선 그들은 완성된 작품을 칭찬해야 한다. 거의 모든 작가들, 그러니까 특히 성공하지 못한 작가들은 원고를 완성한 뒤에 과대망상과 자기 자신에 대한 의구심 사이에서 동요한다. 이와 같은 의심은 매우 파괴적이므로 누그러뜨려야 한다. 그밖에도

오랫동안 외롭게 원고를 완성했으니 당연히 '긍정적인 피드백'이 필요하다. 비록 이런 격려가 절반은 예약된 것이며, 격려는 선의의 뜻에서 나온 것이라는 점을 작가가 알더라도, 격려는 사기를 북돋워준다.

- 원고를 처음 읽는 사람들은 작품의 좋은 측면을 끄집어내야 한다. 이는 매우 중요해 보인다. 아마도 당신의 원고 안에는 절반만 완성된 것들이 무수히 많겠지만, 잘된 부분도 있을 것이다. 다른 사람들이 이런 점을 당신에게 인정해주고 얘기해준다면, 무엇이 당신의 강점인지를 알 수 있다.

- 원고를 처음 읽는 사람들은 실수를 발견해야 하고, 불분명함, 모순, 언어적 졸렬함과 중복된 부분을 찾을 수 있도록 도와줘야 한다. 작가는 흔히 자신의 작품과 너무 가까운 까닭에, 모순적인 내용도 알아볼 수 없을 때가 많다. 이때 처음 원고를 읽는 사람들이 정확하게 읽는다면 아주 중요한 도움을 줄 수 있다. 당신은 그들의 지적에 상처받을 필요가 없는데, 누구나 작은 실수를 하기 때문이다.

- 최초로 원고를 읽는 사람들은 작품에 대한 질문을 해야 하고, 책의 주제가 무엇인지 고민한 다음 작가와 이 부분에 대하여 얘기를 나눠야 한다. 그런 대화를 통해서 비로소 당신은 자신이 말하고자 했던 것이 실제로 전달되었는지 확인해볼 수 있다. 그들은 다양한 반응을 보여주고, 그들과 논쟁하는 가운데

당신도 작품의 새로운 측면을 발견할 때가 많을 것이다. 또한 주제상의 기본 구조도 더 분명해질 것이다.

- 만일 작가가 원하면, 최초로 원고를 읽는 사람들은 특정 문제점을 중심으로 작품을 읽어야 한다. 원고를 예상보다 일찍 끝냈다면, 작가는 많은 부분에서 막연한 불안을 감지하게 된다. 작가는 글이 성공적인지 아닌지 확신하지 못한다. 그러므로 처음으로 원고를 읽는 사람들에게 바로 이 점을 강조해야 한다. 대체로 그들은 당신의 막연한 감정이 근거가 있다는 점을 인정하게 된다. 처음으로 원고를 읽는 사람들에게 그와 같은 과제를 부여함으로써 생길 수 있는 위험도 있다. 그들에게 주의할 점을 미리 인지해주고 읽는 방식을 정해주면 그들은 편견을 갖고 작품에 접근하게 된다. 그러면 그들은 작품의 강점이 아니라 약점을 위주로 읽게 되는데, 이는 항상 문제가 된다.

- 최초로 원고를 읽는 사람들은 필요할 경우에 건설적인 비판과 수정을 요구해야 한다. 특히 경험이 부족한 작가가 쓴 원고는 수정 보완을 거치기 전에는 오점투성이다. 심지어 상당한 결함을 가지고 있는 경우도 많다. 최초로 원고를 읽는 사람들이 건설적인 비판을 해야 한다는 말은, 항상 구체적인 예를 들어 얘기하고, 수정해야 할 점을 말할 때도 가능하면 어떤 식으로 수정하면 좋을지 제안하는 것을 뜻한다. "언어가 구식이야", "캐릭터들이 설득력이 부족한 것 같아", "이건 너무 영향력이 없

는 책이야", "이런 건 순전히 소망일 뿐인 판타지야!"라는 식의 두루뭉술한 비판은 누구에게도 쓸모없고, 적중하지도 않는다. 따라서 작가는 책을 출간하기 전에 그런 비판은 멀리해야 한다. 그런 비판은 한마디로 파괴적인 작용을 할 따름이다. 최초로 원고를 읽는 사람들이 어떤 부분의 언어가 구식인지 그리고 왜 그런지 보여주고, 이런 문체가 왜 적합하지 않은지 설명하고, 어떻게 수정하는 게 좋겠다고 추천까지 한다면, 당신은 그와 같은 비판을 고민해보고, 뭔가 수정을 해야겠다고 깨닫거나, 아니면 그렇게 깨닫지 않고 일상으로 넘어갈 수도 있다.

만일 다수의 최초 독자들이 원고는 그야말로 실패한 것이라고 믿으면, 특별한 문제가 발생한다. 그들은 얼마나 솔직해도 될까? 당신은 그런 솔직한 의견을 어느 정도로 받아들일 수 있는가? 기본적으로 나는 원고에 대한 구체적이며 정당한 비판은 작가라면 참고 받아들여야 한다고 생각한다. 파괴적인 비판은 굳이 수용할 필요는 없다. 하지만 원고를 출판사에 보내기 전에 그리고 출판사에서 원고를 돌려보내기 전에, 결정적인 말은 약이 되고 중요한 것을 배울 수 있게 해준다.

문학사를 살펴보면 그야말로 혹평이 내려진 사건이 있었다. 귀스타브 플로베르는 《성 앙투안의 유혹》을 가까운 친구 두 명 앞에서 낭독했는데, 이틀에 걸쳐 낭독이 끝나자 두 명의 친구들은 같은 의견을 내놓았다. 그들은 플로베르의 원고가 과장되었으며 애매모호하고 긴장감도 없다고 얘기했다. 한마디로 완전히 실패한 작품이니 원고를 당장 불속으로 집어던져 버리라고 말했다. 이 원고를 쓰기 위해 3년을 바친 플로베르가 이런 말을 들었을 때 기뻐하지 않았으리라고 충분히 짐작할 수 있다. 그러나 그는 비판을 가슴 깊이 담아두고, 주제와 문체를 완전히 바꿔서 새로운 작품으로 만들어냈다. 그것이 바로 《보바리 부인》이다. 그는 장식이 없지만 지극히 정교한 산문을 써냈고, 온갖 방식으로 작가가 작품에 개입함으로써 소설에 혁명을 일으켰다. 비평을 받아들이는 사람이 강하고 재능이 있다면, 비판은 기적을 일으킬 수 있다.

비판적인 의견을 고려하기는 하되, 납득할 수 있는 점만 수용해야 한다. 최초의 독자들은 완전히 서로 다른 의견을 제시할 수 있어서, 누구의 말을 들어야 할지 모를 수 있다. 원고를 쓴 사람이 당신이고, 따라서 마지막으로 결정하는 사람도 당신이어야 한다.

개선할 점
검토하기

"아무것도 소홀히 하지 말고, 일하고, 새롭게 쓰고.
당신에게 가능한 만큼 완전하게 원고를 썼다는 확신이 들 때,
그때 원고를 손에서 놓아도 된다."
— 귀스타브 플로베르가 루이즈 콜레 Louise Colet에게 보낸 편지에서

이제 자신의 작품과 충분한 거리를 두게 되었을 것이다. 최초로 원고를 읽은 사람들과의 대화를 통해서 어떤 부분을 고치고, 어떤 문맥을 삭제할 것인지, 또 어떻게 모순적인 내용을 설명하고 몇 가지 디테일을 덧붙여야 할지 알게 됐을 것이다. 깨진 부분은 납땜을 하고, 빈틈은 채워야 하며, 의식적으로 보충하고, 새로 등장한 모순은 제거해야 한다. 그 사이 자신이 쓴 작품의 원래 주제가 무엇인지도 예전보다 더 분명해졌을 것이다.

다시 한 번 작품의 도입부를 살펴보자.
- 도입부는 독자들을 스토리 안으로 이끄는가?

- 도입부에서 이미 결정적으로 중요한 주제를 제시하는가? 중요 캐릭터를 소개하거나 더 효과적으로 목표에 도달하기 위해, 의도적으로 우회로를 선택하는가?
- 소설은 초반의 약속을 정말 지키는가, 아니면 독자들을 붙들어 두기 위해 지키지 못할 약속을 한 것은 아닌가?
- 모든 중요한 사항을 언급했는가?
- 소설이 너무 일찍 전력을 다하는 것은 아닌가?
- 소설의 도입부에 아무 일도 일어나지 않고 내용이 길기만 한 것은 아닌가? 이런 부분은 잘라버리고, 나중에 필요한 정보를 첨가하라.

알다시피, 소설의 도입부는 어떤 비판도 받아서는 안 된다. 그러니 만일 뭔가 좋지 않은 느낌이 들면, 반드시 수정·보완하라!

다시 한 번 중복되는 것이 없는지 그리고 불필요한 단어는 없는지 원고 전체를 철저하게 살펴봐야 한다. 매번 그런 부분을 아주 많이 발견할 수 있을 것이다. 뉘앙스를 주는 표현들, 가령 '그래, 그러나, 대략, 거의' 등은 사실 반드시 필요하지는 않다. 또한 지루하거나 실패한 문구는 어떤 것이 있는지 주의해서 살펴봐야 한다. 만일 이런 문구들이 불필요하다면, 당연히 삭제해야 한다! 지운 내용은 아마 독자가 읽었더라도 호응을 얻지 못했을 것이다. 그러나 의미가 빠진 부분이 생겨서는 안 된다. 만일 그렇다면 장면을 다르게 묘사해야 한다. 내용을 끼워넣을 때 전체 문맥이 매끄러워지도록 주의하라. 그렇지 않으면 서로 뒤얽힌 사건들이 뒤죽박죽 섞여서 수정을 해야 한다.

이제 준비가 다 되었다. 아니, 준비가 거의 다 되었다. 원고를 다시 한 번 첫 페이지부터 끝까지 읽어보아라. 읽어 내려가는 흐름을 체크하고, 교정으로 인해 서로 맞지 않는 부분이 생겼는지 살펴보라. 불필요한 단어를 삭제하고, 원고를 마지막으로 매끄럽게 다듬어라. 매끄럽게! 원고는 나무랄 데 없이 빛나야 한다.

이 모든 일은 매우 힘들지만, 특히 경험이 없는 작가는 어떤 것도 소홀히 해서는 안 된다. 가능하면 전문가처럼 완벽주의를 추구해야 한다. 만일 편집자가 심각한 약점을 발견해서 원고가 잘 읽히지 않으면, 원고는 금세 손으로 돌아온다.

작품의
탄생¶

이제 원고가 정말 완성되었다. 마침내 프린터로 깨끗하게 인쇄해서 보낼 준비를 해두었다. 그런데 당신의 이 첫 소설이 출판사를 찾지 못했다면, 앞으로 가시밭길을 가게 될 것이다. 그러나 천부적인 재능이 있는 작가라도 아무런 문제없이 금방 성공하는 경우는 없으니, 쉽게 실망하지 말라. 알다시피 재능을 타고난 사람은 많다.

어떻게 출판사를 찾는지는 여기에서 간단히 대답해줄 수는 없다. 또한 그렇게 할 수 있는 확실한 방법도 없다. 어쨌거나 당신은 좌절이 깔린 머나먼 길을 가야만 한다. 수많은 출판사로부터 거절당하는 것은 당연지사고, 당신의 작품이 어느 정도 수준

인지에 대해서조차 알려주지 않을 수 있다.

마지막으로 몇 마디만 해주고 싶다. 글을 쓰는 사람들은 흔히 원고를 끝내고 나면 우울한 상태에 빠지는 경우가 많다. 자신과 자신의 글에 대해 상당히 불만을 느낀다. 그러다가 갑자기 자신이 엄청나게 위대한 작품을 썼다는 상상을 한다. 이런 행동은 이상한 게 아니라 지극히 정상이다.

우선 당신이 자식처럼 키웠던 원고와 떨어지도록 노력하라. 완성한 다음에 등산을 가든지, 여행을 가는 것도 좋다. 책을 읽고 새로운 것으로 채워라. 생각과 상상력에 자유를 주고, 열린 마음으로 새로운 아이디어와 계획을 받아들여라.

늘 잊어서는 안 되는 게 있다. 원고란, 일단 출간되었을 때에야 비로소 목표를 달성한다는 사실이다. 그러나 좋은 원고일지라도 늘 출판사를 발견할 수 있는 것은 아니다. 인정받지 못한 천재들도 많으며, 인정받지 못한 원고는 더 많다. 오늘날 인정받지 못하는 천재들이 얼마나 있는지는 모르지만, 분명 인정받지 못한 작품도 매우 많을 것이다. 게다가 출간된 모든 책들이 가치 있는 것은 아니며, 종이 값만 나가는 책도 있다.

포기하지 마라. 원고를 제대로 된 출판사와 문학 관련 에이전시에 보내고, 언론에 접촉할 수 있는 기회가 있는지 알아보라. 흔히 아무런 비평도 없이 원고만 되돌려 받을 경우도 많을 것이다. 이런 거절을 사적으로 받아들이지 않도록 하라. 다른 사람들도 당신과 별반 다르지 않으니까 말이다. 단념하지 말고 계속 시도해야 한다. 끈기가 없으면 당신은 언젠가 실패하고 말 것이다. 장거리 달리기 선수들이 얼마나 집요한지 잊으면 안 된다!

그러나 너무 고집을 부릴 필요는 없다. 만일 당신의 원고가 채택되지 않고 결점이 체크되어 돌려받았다면, 원고를 수정하고 보완하는 작업을 하라. 혹은 좀 오랫동안 원고를 내버려두고, 만일 그런 뒤에도 원고에 대한 관심이 있으면 그보다 나은 새로운 글을 써라. 이것이 돌파구가 되지 않으면, 세 번째 글을 써라.

아무리 좋은 충고를 듣고 결심을 하더라도 우울증은 사라지지 않을 수 있다. 자신에 대해 의심하고, 더 이상 글을 쓰고 싶지 않을지도 모른다. 이런 이유 때문에, 거절을 당하면 완전히 새로운 작품을 쓰기 시작하는 것이 좋다. 이렇게 하면 타격을 훨씬 덜 입는다. 희망을 품고 기다리고 기다리다가 마침내 거절하는 답장만 여러 장 받은 사람은 쉽게 절망에 빠질 수 있으니 위의 조언을 새겨두라.

당신의 책이 마침내 시장에 소개되었다면? 아마 당신은 다음 책을 쓰고 있을 것이다. 마지막으로 현명한 두 작가의 말을 기억해두어라!

└ "작품이 입을 열면 작가는 입을 다물어야 한다."
 — 프리드리히 니체 Friedrich Nietzsche

└ "만약 비평가들의 의견이 서로 엇갈린다면,
  예술가 자신은 작품에서 조화를 이룬 것이다."
 — 오스카 와일드 Oscar Wilde

└ "대중은 어부지리로 얻어걸린 것과 깊은 곳에서
  창조한 것을 쉽게 혼동한다."
 — 프리드리히 니체

행운을 빈다!

부록

자극과 과제:
연습이
대가를 만든다¶

ㄴ

ㄴ 의심할 바 없이 분명한 것은, 대가가 되려면 연습
을 해야 한다는 것이다. 손수 쓰지 않으면 예술도
탄생하지 않는다.#

Kreativ Schreiben

연습이
대가를 만든다

다음에 소개하는 자극과 과제는 글쓰기 연습을 하고, 테크닉을 배우고 확실하게 대가다운 실력을 갖추는 데 도움이 될 것이다. 일부는 '제임스 본드' 시리즈로 유명한 스릴러 작가 존 가드너John Gardner를 참고했다(The Art of Fiction : Notes on craft for young writers, 1985). 과제는 혼자서 해도 되지만, 글쓰기 세미나와 워크숍에서 함께 해도 좋다. 많은 과제들은 개인이 아니라 그룹을 지어 해결하는 게 가장 좋다.

중요한 것은 이런 과제들을 통해 자극을 받고 앞에 소개한 글쓰기 도구들을 잘 연마하는 것이다. 의심할 바 없이 분명한 것은, 대가가 되려면 연습을 해야 한다는 것이다. 손수 쓰지 않으면 예술도 탄생하지 않는다.

워밍업을 위한 과제

- '어린 시절의 하루'를 생각하라.
- 여러 개의 이름을 고안해내고, 이런 이름을 들을 때 어떤 게 떠오르는지 기록하라.
- 어떤 잡지든 처음에 나오는 문장을 단편소설에 이용해보라. 어떤 글의 마지막 문장으로 스토리를 끝내보라.
- 사전이나 책에서 가장 마음에 드는 단어를 찾아 쓴다.
- 30개의 낱말로 완성된 글을 써본다(주제는 상관없지만, 추상적이어서는 안 된다.).
- 어떤 기억을 떠올리게 하는 냄새(정원에서, 양념이나 약품을 넣어두는 장 혹은 그 밖에 다른 곳에서)를 찾아보라. 그 기억을 적어보고, 선입견을 갖지 말고 자신의 감정을 살려보라.
- 무엇이든 1인칭으로 그것에 관해 글을 써보라. 마치 그것이 살아 있는 것처럼 써보라(책상 서랍의 내부, 귀걸이, 정원의 돌, 창틀, 과자, 깃털, 시계, 배 등).
- 책이나 잡지에서 당신에게 뭔가 말하는 얼굴 하나를 찾는다. 그리고 이 얼굴과 함께 인물 한 사람을 독자가 생생하게 느끼도록 기록해보라. 그 인물의 모든 것, 삶의 이야기, 대화, 느낌, 꿈, 두려움을 기록하라. 이와 같은 방식으로 캐릭터의 초상화

를 설계해보라.

도입, 결말, 클라이맥스

- 소설이나 단편의 도입부를 써보라(첫 문장 – 첫 단락 – 첫 페이지 – 첫 번째 절·장면 순으로 써보라).
- 도입부에서 1인칭 인물이 자신을 소개하게 하라.
- 전지적 시점에서 화자가 자신을 소개하고, 소설의 주인공을 소개하는 도입부를 써보라(예를 들어 낯선 사람의 여행이나 도착).
- 현실의 규범을 파괴하거나, 잘 모르는 세계로 인도하는 스토리의 도입부를 써보라. 이때 새로운 규칙을 정립해보라(판타지, SF도 마찬가지다.).
- 개인적인 시각에서(카메라 눈으로) 소설을 시작해보라.
- 단편소설의 마지막 단락을 써보라. 놀라운 내용으로 마지막 단락을 써보라.
- 주인공이 최고의 위기에 처해 있는 상황을 보여주도록 하라(다양한 시각에서, 다양한 서술 행동에서).
- 긴 소설과 짧은 단편을 쓸 때의 리듬으로 여행, 경치, 성관계에 대하여 짤막한 글을 연속적으로 써보라.

성격 묘사

- 한 인물에 대한 성격을 한 페이지 분량으로 묘사해보라.

- 양면성을 지닌 인물의 성격을 묘사하라.

- 한 명의 캐릭터를 여러 페이지에 걸쳐서 스케치해보라. 이때 독자가 이 인물의 성격에 강렬한 감정을 느낄 수 있도록 경치, 날씨, 대상물 등을 이용하라("그녀는 묘지에 있는 실측백나무처럼 경직된 채 서 있었다."라는 식의 비교는 사용하지 마라.).

- 갈등이 표출되는 장면의 단편을 설계하거나 써라. 이런 장면에는 두 인물과 그들의 관계가 장면상의 배경(대상, 경치, 날씨)을 통해 성격이 나타난다. 신파적이고 진부한 것들(가령 뇌우)은 피하고, 오히려 식사 시간과 같은 일상을 선택하라.

스토리의 전개

- 특별한 장르 문학(유령 이야기, 호러소설, 탐정소설, SF, 모험소설 등)의 전형적인 요소와 동기를 찾아보라.

- 20개의 주요 플롯을 보완하고 변화시켜서 전형적인 줄거리 패턴을 발전시켜 보라.

- 멋진 클라이맥스에서부터 시작해서 스토리의 도입부와 결말을 전개시켜 보라.

- 브레인스토밍을 통해서 전형적인 '주제'를 찾아보고, 이들 주제로부터 스토리를 개발하라.

- 고전적인 상징(예를 들어 바다, 화산, 도끼, 오래된 나무 등)에서부터 출발하여 스토리를 개발해보라.

- 다음의 패턴에 따라 스토리를 개발해보라.
  - 최초로 떠오르는 묘안들을 수집하기(브레인스토밍)
  - 무슨 이야기여야 할까?
  - 주인공과 적
  - 갈등, 위기
  - 줄거리의 진행
  - 환경, 세팅
  - 제목
- 기존의 스토리를 변경시켜 보라(전형적인 예를 들자면 최악의 상황으로 이야기를 전개해보아라.).
- 단편을 써보라.
  - 어떤 동물에 관해
  - 성경, 신화, 동화나 전설에 등장하는 인물에 대해
  - 개인적으로 잘 아는 사람에 대하여

묘사

- 다음을 묘사해보라.
  - 부모님에 대하여
  - 신화적인 동물에 대하여
  - 동화에 등장하는 인물에 대하여
- 화려한 치장 없이 묘사해보라.

- 화장실에 가는 사람에 대하여

- 토하는 사람에 대하여

- 한 명의 아이를 살해한 사람에 대하여

- 분위기를 묘사하라(감정적인 색채가 중요하다.).

- 어떤 경치를 다양한 버전으로 묘사해보라.

- 간단한 행동을 묘사하라(예를 들어 연필을 뾰족하게 하다, 꽃을 심다, 지하실에서 쥐 한 마리를 잡다.).

- 시체를 발견하기 전의 일련의 과정을 묘사해보라. 이때 앞으로 발견하게 될 것과 현재 사건에 대한 관심을 불러일으켜야 한다. 독자들이 긴장감을 계속 유지하도록 만들어라.

분위기 전달

- 역겨움의 대상이었던 남편이 방금 죽고 난 뒤 할머니의 시각에서 경치를 묘사해보라(남편과 죽음에 대해서는 언급하면 안 된다.).

- 방금 살인을 저지른 젊은 남자의 눈으로 호수를 묘사해보라(살인에 관해서는 언급하면 안 된다.).

- 새의 시각에서 경치를 묘사해보라(새에 관해서는 언급하면 안 된다.).

- 방금 전쟁에서 아들이 죽은 남자의 시선으로 건물 하나를 묘사해보라. 이 건물은 행복하게 연애를 하던 시기에 보았던 건물이며, 그때와 동일한 날씨와 시간대라고 가정하고 말이다(건물

에 관해서만 묘사한다.).

독백과 대화

- 최소한 세 페이지에 달하는 긴 독백을 써보라. 중단되는 부분
(휴식, 몸짓, 겉모습 그리고 시선이나 접촉 등으로 인한 세팅의 암시)
은 말하는 사람의 성격을 묘사해줘야 하고 독백의 리듬을 따라
야 한다. 내용이 지루해서는 안 된다. 그러한 입장을 상대적으
로 보여줄 수 있는 인물을 통해서나, 아니면 그것을 맥락 속에
묻어두는 방식으로 전개해보라.

- 한 인물이 감동적으로 자신을 변화하게 해보라. 이때 아이러니
는 사용하지 말아라.

- 두 사람이 각각 비밀을 가진 채 대화를 나누는 내용을 써보라.
비밀이 누설되어서는 안 되지만, 독자는 그것을 예감해야 한
다(예를 들어 어떤 회사의 팀장이었던 여성이 직장을 잃었다거나, 그
녀의 남편은 실직한 교사로 아내의 포르셰 자동차를 완전히 망가뜨렸
다.). 두 사람이 다르게 이야기하도록 하라. 대화는 직접적으로
말하지 않는 감정을 표현해야만 한다.

주제와 변화

- 일상적인 사건에 대하여 묘사하라(예를 들어 한 남자가 전철에서
내리고, 비틀거리고, 주위를 돌아보다가 곤란하게 누군가와 부딪치고

서 한 여자가 미소를 짓는 것을 본다.). 그리고 캐릭터와 세팅의 요소를 바꾸지 않고 묘사한 것을 변화시켜 보라. 어투, 어조, 서술거리, 관점, 문장 구조 등을 변조하라.

언어와 리듬

- 상당히 날카롭고 인위적인 산문 쓰기를 시도하라. 우스꽝스러운 패러디로써 산문을 쓴 다음에, 대상을 통해서 그 내용을 합리적으로 전개해보라.
- 다양한 소리의 강약(긴 모음과 부드러운 자음, 혹은 짧은 모음과 딱딱한 자음)을 이용하여 캐릭터를 묘사해보라.
- 산문의 리듬을 감지할 수 있는 연속적인 글을 써보라.
- 최소한 한 페이지가 되는 아주 긴 문장을 써보라. 각각의 문장은 감정을 표현하거나 주제를 가지고 있어야 한다.
- 문학작품 중에 한 권을 집어서 아무 곳이나 펴고 여기에 있는 내용을 관점, 어투, 서술 방식 등에 따라 바꾸어보라.
- 통속적인 서술에서 전형적인 예를 찾아보고 이것을 바꿔 써보라. 이때 진부한 것은 삭제하라.

참고문헌 ✎

소설의 테크닉, 언어적인 완성과 문체를 공부하고 문학사를 어느 정도 관망하려면, 나는 기꺼이 다음에 나오는 책들을 추천하고 싶다.

성경

조반니 보카치오, 《데카메론》

미구엘 드 세르반테스Miguel de Cervantes, 《돈키호테》

한스 야콥 크리스토프 폰 그리멜스하우젠Hans Jacob Christoph von Grimmelshausen, 《짐플리치시무스의 모험》

로렌스 스턴, 《신사 트리스텀 섄디의 생애와 의견》

칼 필립 모리츠Karl Philipp Moritz, 《안톤 라이저》

요한 볼프강 폰 괴테, 《젊은 베르테르의 슬픔》, 《친화력》

장 파울Jean Paul, 《거인》

프리드리히 횔덜린, 《히페리온》

하인리히 폰 클라이스트의 단편들

노발리스, 《하인리히 폰 오프터딩겐》

에른스트 호프만, 《모래 사나이》, 《황금단지》, 《수고양이 무어의 인생관》

게오르크 뷔히너, 《렌츠》

알레산드로 만초니, 《약혼자들》

에드거 앨런 포의 단편들

스탕달, 《적과 흑》

루이스 캐럴Lewis Carroll, 《이상한 나라의 앨리스》

오노레 드 발자크, 《고리오 영감》

찰스 디킨스, 《데이비드 코퍼필드》

귀스타브 플로베르, 《보바리 부인》, 《감정교육》

레오 톨스토이, 《안나 카레니나》, 《전쟁과 평화》

표도르 도스토옙스키, 《카라마조프 가의 형제들》

프리드리히 니체, 《차라투스트라는 이렇게 말했다》

안톤 체호프의 단편들

테오도어 폰타네, 《에피 브리스트》

라이너 마리아 릴케, 《말테의 수기》

토마스 만, 《부덴브로크 가의 사람들》, 《마의 산》, 《파우스트 박사》, 《사기꾼 펠릭스 크룰의 고백》, 단편들 가운데 특히 《베니스에서의 죽음》

프란츠 카프카의 단편 가운데 특히 《소송》

하인리히 만, 《신하》

마르셀 프루스트, 《잃어버린 시간을 찾아서》

제임스 조이스, 《율리시즈》

로베르트 무질, 《특징 없는 남자》

존 더스패서스, 《맨해튼 역》

알프레트 되블린, 《베를린 알렉산더 광장》

버지니아 울프, 《등대》, 《파도》

윌리엄 포크너, 《소리와 분노》

장 폴 사르트르, 《구토》

고트프리트 벤의 산문

헤르만 브로흐, 《몽유병자들》, 《베르길리우스의 죽음》

어니스트 헤밍웨이, 《누구를 위하여 종은 울리나》, 《노인과 바다》

블라디미르 나보코프, 《롤리타》

알베르 카뮈, 《이방인》

막스 프리슈, 《슈틸러》, 《호모 파베르》, 《나를 간텐바인이라고 하자》

알프레트 안더슈, 《잔지바르 또는 마지막 이유》

귄터 그라스, 《양철북》, 《고양이와 쥐》

마르틴 발저, 《중간기》, 《백조의 집》

스타니슬라프 렘Stanislaw Lem, 《솔라리스》

가브리엘 가르시아 마르케스, 《백년 동안의 고독》

살만 루슈디, 《한밤의 아이들》

밀란 쿤데라, 《참을 수 없는 존재의 가벼움》

파트리크 쥐스킨트, 《향수》

움베르토 에코, 《장미의 이름》

헤롤드 브로드키Harold Brodskey, 《무죄》, 《천사》

이언 매큐언Ian McEwan, 《속죄》

조너선 프랜즌Jonathan Franzen, 《인생 수정》

줄리언 반스Julian Barnes, 《레몬 테이블》, 단편들

T. C. 보일T. C. Boyle, 《아메리카》, 《토크 토크》

마르틴 주터Martin Suter, 《작은 세상》, 《달의 어두운 측면》

내 개인적인 취향에 따라, 다음의 베스트셀러를 추가한다.

에리히 마리아 레마르크, 《서부전선 이상 없다》

마거릿 미첼, 《바람과 함께 사라지다》

노먼 메일러, 《나자와 사자》

보리스 파스테르나크, 《닥터 지바고》

트루먼 카포티Truman Capote, 《인 콜드 블러드》

J. R. R. 톨킨, 《반지의 제왕》

마리오 푸조, 《대부》

윌리엄 스타이런, 《소피의 선택》

미하엘 엔데, 《끝없는 이야기》

이사벨 아옌데Isabel Allende, 《영혼의 집》

톰 울프, 《허영의 불꽃》

노아 고든, 《메디쿠스》

닉 혼비Nick Hornby, 《어바웃 어 보이》

J. K. 롤링, 《해리포터 시리즈》

댄 브라운, 《다빈치코드》

인명사전 ✎

너새니얼 호손 Nathaniel Hawthorne, 1804~1864

미국의 소설가이다. 주요 작품으로는《주홍글씨》(1850),《일곱 박공의 집》(1851) 등이 있다.
-186p

노먼 메일러 Norman Mailer, 1923~2007

미국의 소설가이다. 주요 작품으로는《나자와 사자》(1948),《밤의 군대》(1968) 등이 있다.
-329p

노발리스 Novalis 본명 Friedrich von Hardenberg, 1772~1801

독일의 시인이자 소설가이다. 주요 작품으로는《밤의 찬가》(1800),《하인리히 폰 오프
터딩겐》(1802),《성가》(1799) 등이 있다.
-177p, 194p, 315p

노아 고든 Noah Gordon, 1926~

미국의 소설가이자 전직 의학 담당 기자이다. 주요 작품으로는《메디쿠스》(1986),《위
대한 영혼의 주술사》(1992) 등이 있다.
-24p, 174p, 328p

니코스 카잔차키스 Níkos Kazantzakis, 1883~1957

그리스의 시인·소설가·극작가이다. 주요 작품으로는《오디세이아》(1938),《그리스인
조르바》(1947),《최후의 유혹》(1960) 등이 있다.
-188p

니콜라이 고골 Nikolai Gogol, 1809~1852

러시아의 작가이자 극작가이다. 주요 작품으로는《아라베스크》(단편《광인일기》,《초상
화》포함, 1835),《죽은 혼》(1842) 등이 있다.
-184p, 207p

타데우시 보로프스키 Tadeusz Borowski, 1922~1951

폴란드의 작가이다. 주요 작품으로는《돌의 세계》(1948),《신사 숙녀 여러분, 가스실로》
(1967) 등이 있다.
-325p

대니얼 디포 Daniel Defoe, 1660~1731

영국의 저널리스트 겸 소설가이다. 주요 작품으로는《로빈슨 크루소》(1719),《해적 싱
글턴》(1720) 등이 있다.
-178p, 324p

대실 해밋 Dashiell Hammett 1894~1961

미국의 추리작가이다. 주요 작품으로는 《붉은 수확》(1929),《데인가의 저주》(1929),
《몰타의 매》(1930),《유리열쇠》(1931),《그림자 없는 남자》(1931) 등이 있다.

데이비드 H. 로렌스 David Herbert Lawrence, 1885~1930

영국의 소설가·시인·비평가이다. 주요 작품으로는 《아들과 연인》(1913),《채털리 부인
의 사랑》(1928) 등이 있다.

디터 벨러스호프 Dieter Wellershoff, 1925~

독일의 문학가이다. 주요 작품으로는 《지각과 환상》(1987),《문학 속의 에로스》(1973),
《세이렌》(1980),《사랑의 욕망》(2000) 등이 있다.

ㄹ

라르스 구스타프손 Lars Gustafsson, 1936~2016

스웨덴의 소설가이자 시인이다. 주요 작품으로는 《양봉가의 죽음》(1981),《구스타프손
씨가 개인적으로》(1972) 등이 있다.

라이너 마리아 릴케 Rainer Maria Rilke, 1875~1926

독일의 시인이다. 주요 작품으로는 《말테의 수기》(1910),《두이노의 비가》,《오르페우스
에게 부치는 소네트》(1922) 등이 있다.

레오 톨스토이 Lev Nikolayevich Tolstoy, 1828~1910

러시아의 문호이자 사상가이다. 주요 작품으로는 《전쟁과 평화》(1864~1869),《안나 카
레니나》(1873~1876),《부활》(1899) 등이 있다.

레온 유리스 Leon Uris, 1924~2003

미국의 소설가이다. 주요 작품으로는 《배틀 크라이》(1953),《영광의 탈출》(1958),《토
파즈》(1967),《트리니티》(1976) 등이 있다.

렌 데이튼 Len Deighton 본명 Leonard Cyril Deighton, 1929~

영국의 작가·저널리스트·영화제작자이다. 주요 작품으로는 《이프크레스 파일》(1962),
《베를린의 장례식》(1964),《어제의 스파이》(1975),《겨울:1899~1945년의 어느 베를
린 가족》(1987) 등이 있다.

-134p, 240p

로렌스 스턴 Laurence Sterne, 1713~1768

영국의 작가이다. 주요 작품으로는 《신사 트리스트럼 섄디의 생애와 의견》(1760~
1767), 《풍류여정기》(1768) 등이 있다.

-246p

로버트 노이만 Robert Neumann, 1897~1975

오스트리아 출신의 영국 소설가이다. 주요 작품으로는 《남의 붓을 빌려서》(1927), 《독
일인의 좋은 신앙》(1965) 등이 있다.

-46p

로버트 루이스 스티븐슨 Robert Louis Stevenson, 1850~1894

영국의 소설가이자 시인이다. 주요 작품으로는 《보물섬》(1883), 《지킬 박사와 하이드
씨》(1886), 《발란트래경》(1889) 등이 있다.

-180p

로베르트 무질 Robert Musil 1880~1942

오스트리아의 작가이다. 주요 작품으로는 《생도 퇴를레스의 혼란》(1906), 《열광자들》
(1921), 《특성 없는 남자》(1930~1933, 미완성) 등이 있다.

-325p

루이스 윌리스 Lewis Wallace, 1827~1905

미국의 소설가이자 정치가이다. 주요 작품으로는 《벤허》(1880), 《백색의 신》(1873),
《인도의 왕자》(1893) 등이 있다.

-152p

루트비히 하리히 Ludwig Harig, 1927~

독일의 작가이자 번역가이다. 주요 작품으로는 《질서는 절반의 삶이다》(1986)가 있다.

-45p

루트 클뤼거 Ruth Klüger, 1931~

미국의 홀로코스트의 생존 작가이다. 주요 작품으로는 《삶은 계속된다》(1992)가 있다.

-143p

마거릿 미첼 Margaret Mitchell, 1900~1949

미국의 소설가이다. 주요 작품으로는 《바람과 함께 사라지다》(1936)가 있다.

-309p

마르셀 프루스트 Marcel Proust, 1871~1922

프랑스의 소설가이다. 주요 작품으로는《잃어버린 시간을 찾아서》(1913~1928)가 있다.
-31~34p, 95p

마르틴 발저 Martin Walser, 1927~
독일의 소설가이자 극작가이다. 주요 작품으로는《중간기》(1960),《백조의 집》(1980),《유년 시절의 정체성》(1993),《어느 비평가의 죽음》(2000),《불안의 꽃》(2006) 등이 있다.
-59p, 83p, 261p

마리오 바르가스 요사 Mario Vargas Llosa, 1936~
페루의 작가이자 저널리스트이다. 주요 작품으로는《도시와 개들》(1963),《녹색의 집》(1966),《새엄마 찬양》(1988) 등이 있다.
-57p, 86p

마리오 푸조 Mario Puzo, 1920~1999
미국의 작가이다. 주요 작품으로는《행운의 순례자》(1964),《대부》(1966),《오메르타》(1999) 등이 있다.
-87p, 183p, 365p, 378p

마크 트웨인 Mark Twain, 1835~1910
미국의 작가이다. 주요 작품으로는《톰 소여의 모험》(1876),《미시시피강의 생활》(1883),《허클베리 핀의 모험》(1884) 등이 있다.
-179p

막스 프리슈 Max Rudolf Frisch, 1911~1991
스위스의 극작가 겸 소설가이다. 주요 작품으로는 소설《슈틸러》(1954),《호모 파베르》(1957),《나를 간텐바인이라고 하자》(1964) 등이 있다.
-27p, 34p, 75p, 88p, 91p, 107p, 108p, 121p, 143p, 144p, 146p, 165p, 167p, 194p, 196p, 243p, 248p, 292p, 324p, 339p

만프레트 빌러 Manfred Bieler, 1934~2002
독일의 소설가이자 방송작가이다. 주요 작품으로는《밤처럼 고요한 : 한 어린 아이의 고백》(1989)이 있다.
-37p

미셸 뷔토르 Michel Butor, 1926~
프랑스의 소설가이다. 주요 작품으로는《시간의 사용》(1956),《변모》(1957) 등이 있다.
-204p

미하엘 엔데 Michael Ende, 1929~1995
독일의 청소년문학가·배우··극작가이다. 주요 작품으로는《짐크노프와 기관사 루카스》(1960),《모모》(1973),《끝없는 이야기》(1979) 등이 있다.

아일랜드 태생의 프랑스 소설가이자 극작가이다. 주요 작품으로는《몰로이》(1951),《명명(命名)하기 어려운 것》(1953),《고도를 기다리며》(1953) 등이 있다.

-95p

살만 루슈디 Salman Rushdie, 1947~

인도 태생의 영국 소설가이자 수필가이다. 주요 작품으로《한밤의 아이들》(1981),《악마의 시》(1988) 등이 있다.

-244p

새뮤얼 리처드슨 Samuel Richardson, 1689~1761

영국의 소설가이다. 주요 작품으로《파멜라》(1740),《클라리사 할로》(1747~1748) 등이 있다.

-143p

새뮤얼 테일러 콜리지 Samuel Taylor Coleridge, 1772~1834

영국의 시인이자 비평가이다. 주요 작품으로《실의의 노래》(1802),《쿠빌라이 칸》(1816),《문학평전》(1817) 등이 있다.

-70p

샬럿 브론테 Charlotte Bronte, 1816~1855

영국의 소설가이다. 주요 작품으로《제인 에어》(1847),《셜리》(1849) 등이 있다.

-185p

소포클레스 Sophocles, BC 496~BC 406

고대 그리스 3대 비극시인 중 한 명이다. 주요 작품으로《아이아스》,《안티고네》,《오이디푸스 왕》등이 있다.

-183p, 194p

수 타운센드 Sue Townsend, 1946~2014

영국의 소설가이다. 주요 작품으로《에이드리언 몰의 비밀일기》(1982~2009),《여왕과 나》(1992),《유령 아이들》(1997) 등이 있다.

-123p

슈테판 츠바이크 Stefan Zweig, 1881~1942

오스트리아의 소설가·저널리스트·극작가·전기작가이다. 주요 작품으로《낯선 여인의 편지》(1922),《광기와 우연의 역사》(1927),《세 사람의 거장 – 발자크, 디킨스, 도스토옙스키》(1920), 자서전《어제의 세계》(1941) 등이 있다.

-65p

스탕달 Stendhal 본명 Marie Henri Beyle, 1783~1842

프랑스의 소설가이다. 주요 작품으로《적과 흑》(1830),《파르므의 수도원》(1839) 등이 있다.

스텐 나돌니 Sten Nadolny, 1942~
독일의 소설가이다. 주요 작품으로《느림의 발견》(1983),《무례의 신》(1994),《그와 나》
(1999) 등이 있다.

스티븐 킹 Stephen Edwin King, 1947~
미국의 작가이다. 주요 작품으로《캐리》(1974),《샤이닝》(1977),《늑대인간》(1983),
《미저리》(1987),《돌로레스 클레이본》(1992) 등이 있다.

시몬 드 보부아르 Simone de Beauvoir, 1908~1986
프랑스의 소설가이자 사상가이다. 주요 작품으로《타인의 피》(1944),《제2의 성》
(1949),《여자의 한창때》(1960),《아주 편안한 죽음》(1977) 등이 있다.

◼ O

아네테 폰 드로스테 휠스호프 Annette von Droste-Hülshoff, 1797~1848
독일의 시인이자 소설가이다. 주요 작품으로《시집》(1838), 단편 소설《유대인의 너도
밤나무》(1842) 등이 있다.

아리스토텔레스 Aristoteles, BC 384~BC 322
고대 그리스의 철학자이다. 주요 작품으로《형이상학》,《니코마코스 윤리학》,《정치학》,
《변론술》,《시학》등이 있다.

아우구스트 스트린드베리 August Strindberg, 1849~1912
스웨덴의 극작가이자 소설가이다. 주요 작품으로《죽음의 춤》(1903),《유령 소나타》
(1907),《고독》(1903),《검은 기》(1907) 등이 있다.

아우구스트 퀸 August Kühn, 1936~1996
독일의 작가이다. 주요 작품으로《붉은 얼음》(1974),《일어설 때》(1975) 등이 있다.

아이스킬로스 Aeschylus, BC 525?~BC 456
고대 그리스의 3대 비극시인 중 한명이다. 주요 작품으로《오레스테이아》,《페르시아

인》, 《포박된 프로메테우스》 등이 있다.
-51p, 183p

아키프 피린치 Akif Pirinçci, 1959~
터키 태생의 독일 작가이다. 주요 작품으로 《펠리데》(1989), 《아키프 피린치의 고양이 대백과》(1994), 《그루터기》(1992), 《추억의 문》(2001) 등이 있다.
-244p

안나 제거스 Anna Seghers, 1900~1983
독일의 작가이다. 주요 작품으로 《성바르바라의 어민봉기》(1928), 《제7의 십자가》(1942) 등이 있다.
-191p

안제이 슈치피오르스키 Andrzej Szczypiorski, 1928~2000
폴란드의 작가이자 정치가이다. 주요 작품으로 《아름다운 자이데만 부인》(1986)이 있다.
-325p

안톤 체호프 Anton Pavlovic Chekhov, 1860~1904
러시아의 소설가이자 극작가이다. 주요 작품으로 《결투》(1892), 《갈매기》(1896), 《사할린섬》(1895), 《유형지에서》(1892), 《6호실》(1892) 등이 있다.
-180p, 263p

알랭 르 사주 Alain-René Le Sage, 1668~1747
프랑스의 소설가이자 극작가이다. 주요 작품으로 《주인과 맞서는 크리스팽》(1707), 《절름발이 악마》(1707), 《질 블라스 이야기》(1715~1735) 등이 있다.
-178p

알레산드로 만초니 Alessandro Manzoni, 1785~1873
이탈리아의 시인·소설가·극작가이다. 주요 작품으로 《성가》(1812~1815), 《약혼자들》(1827) 등이 있다.
-106p

알렉상드르 뒤마 피스 Alexandre Dumas fils, 1824~1895
프랑스의 소설가이자 극작가이다. (《삼총사의 작가 알렉상드르 뒤마 페르의 아들) 주요 작품으로 《춘희》(1848), 《화류계》(1855), 《사생아》(1858), 《르랑시옹》(1887) 등이 있다.
-334p

알렉산드르 솔제니친 Aleksandr Solzhenitsyn, 1918~2008
러시아의 소설가이다. 주요 작품으로 《이반 데니소비치의 하루》(1963), 《암병동》(1966~1967), 《수용소 군도》(1973) 등이 있다.
-325p

알베르 카뮈 Albert Camus, 1913~1960

프랑스의 소설가이자 극작가이다. 주요 작품으로 소설 《이방인》(1942), 《페스트》 (1947)가 있고 희곡 《칼리굴라》(1945)가 있다.

알프레트 안더슈 Alfred Andersch, 1914~1980

독일의 작가이다. 주요 작품으로 《자유의 벚꽃나무》(1952), 《잔지바르 또는 마지막 이유》(1957), 《프로비던스에서 나의 실종》(1971) 등이 있다.

애거서 크리스티 Agatha Mary Clarissa Christie, 1890~1976

영국의 추리소설가이다. 주요 작품으로 《스타일즈 저택의 죽음》(1920), 《오리엔트특급 살인사건》(1934), 《그리고 아무도 없었다》(1939) 등이 있다.

앤서니 트롤럽 Anthony Trollope, 1815~1882

영국의 소설가이다. 주요 작품으로 《구빈원장》(1855), 《바체스터 교회》(1857)등이 있고 연작소설 《바셋주 이야기》(1855~1867)가 있다.

어니스트 헤밍웨이 Ernest Miller Hemingway, 1899~1961

미국의 작가이다. 주요 작품으로 《무기여 잘 있거라》(1929), 《누구를 위하여 종은 울리나》(1940), 《노인과 바다》(1952) 등이 있다.

에드거 앨런 포 Edgar Allan Poe, 1809~1849

미국의 시인·소설가·비평가이다. 주요 작품으로 《어셔 가(家)의 몰락》(1839), 《모르그 가(街)의 살인사건》(1841), 《검은 고양이》(1845), 《도난당한 편지》(1845), 《아몬틸라도의 술통》(1846) 등이 있다.

에드몽 로스탕 Edmond Rostand, 1868~1918

프랑스의 극작가이자 시인이다. 주요 작품으로 《로마네스크》(1894), 《사마리아 여인》 (1897), 《시라노 드 베르주라크》(1897) 등이 있다.

에드워드 모건 포스터 Edward Morgan Forster, 1879~1970

영국의 소설가이다. 주요 작품으로 《기나긴 여행》(1907), 《전망 좋은 방》(1909), 《인도로 가는 길》(1927), 《소설의 이해》(1927) 등이 있다.

에드워드 올비 Edward Albee, 1928~

미국의 극작가이다. 주요 작품으로 《누가 버지니아 울프를 두려워하랴?》(1962), 《작은 앨리스》(1965), 《미묘한 균형》(1966) 등이 있다.

-185p

에른스트 호프만 Ernst Theodor Wilhelm Hoffmann, 1776~1822

독일의 소설가이다. 주요 작품으로 《황금단지》(1814), 《모래 사나이》(1816), 《호두까기 인형과 생쥐 대왕》(1819), 《수고양이 무어의 인생관》(1820~1822) 등이 있다.

-147p, 193p, 240p, 249~250p

에리히 마리아 레마르크 Erich Maria Remarque, 1898~1970

독일의 소설가이다. 주요 작품으로 《서부전선 이상없다》(1929), 《개선문》(1946), 《사랑할 때와 죽을 때》(1954) 등이 있다.

-329p

에릭 시걸 Erich Segal, 1937~2010

미국의 시나리오 작가이다. 주요 작품으로 《러브 스토리》(1970), 《올리버 스토리》(1978), 《7일간의 사랑》(1983), 《닥터스》(1988) 등이 있다.

-185p

에밀리 브론테 Emily Bronte, 1818~1848

영국의 소설가 겸 시인이다. 주요 작품으로 《내 영혼은 비겁하지 않노라》(1846), 《폭풍의 언덕》(1847) 등이 있다.

-185p

에우리피데스 Euripides, BC 484?~BC 406?

고대 그리스의 3대 비극시인 중 한 명이다. 주요 작품으로 《알케스티스》, 《메데이아》, 《트로이의 여인》 등이 있다.

-51p, 189p, 190p

에우젠 이오네스코 Eugène Ionesco, 1909~1994

프랑스의 시인·소설가·극작가이다. 주요 작품으로 《대머리 여가수》(1950), 《수업》(1951), 《왕이 죽다》(1962), 《논평과 반론》(1962) 등이 있다.

-72p

엘리자베트 플레센 Elisabeth Plessen, 1944~

독일의 작가이자 번역가이다. 주요 작품으로 《귀족에게 전하는 소식》(1976)이 있다.

-44p

엘프리데 옐리네크 Elfriede Jelinek, 1946~

오스트리아의 작가이다. 주요 작품으로 《연인들》(1975), 《내쫓긴 자들》(1980), 《피아노

치는 여자》(1983) 등이 있다.
-72p

오노레 드 발자크 Honoré de Balzac, 1799~1850
프랑스의 소설가이다. 주요 작품으로 연작소설《인간희극》(1848) 중《잃어버린 환상》,
《인생의 첫출발》,《고리오 영감》등이 있다.
-95p, 180p

오스카 마리아 그라프 Oskar Maria Graf, 1894~1967
독일의 작가이다. 주요 작품으로《내 어머니의 죽음》(1940)이 있다.
-45p

요제프 마르틴 바우어 Josef Martin Bauer, 1901~1970
독일의 소설가이자 시나리오 작가이다. 주요 작품으로《심장, 한 우정에 대한 이야기》
(1960),《벽에 기댄 사람》(1932) 등이 있다.
-191p

요제프 폰 아이헨도르프 Joseph von Eichendorff, 1788~1857
독일의 시인이자 소설가이다. 주요 작품으로《방랑아 이야기》(1826),《시인들과 그 제
자들》(1834) 등이 있다.
-143p, 145p, 179p, 242p

요하네스 마리오 짐멜 Johannes Mario Simmel, 1924~2009
오스트리아의 작가이다. 주요 작품으로《그리고 지미는 무지개에게 갔다》(1970),《눈물
은 광대와 함께 왔다》(1987) 등이 있다.
-48p, 71p, 255p, 281p, 297p

요한 G. 슈나벨 Johann Gottfried Schnabel, 1692~1758
독일의 작가이다. 주요 작품으로《펠젠부르크 섬》(1731)이 있다.
-324p

요한 볼프강 폰 괴테 Johann Wolfgang von Goethe, 1749~1832
독일의 시인·극작가·정치가·과학자이다. 주요 작품으로《젊은 베르테르의 슬픔》
(1774),《친화력》(1809),《색채론》(1810),《파우스트》(1831) 등이 있다.
-81p, 165p

요한 프리드리히 실러 Johann Christoph Friedrich von Schiller, 1759~1805
독일의 시인이자 극작가이다. 주요 작품으로《군도》(1781),《간계와 사랑》(1784),《돈
카를로스》(1787),《발렌슈타인》(1799) 등이 있다.
-182p

우베 비트스토크 Uwe Wittstock, 1955~

독일의 문학비평가이자 작가이다. 주요 작품으로 《프란츠》(1988), 《마르셀 라이히》(2005) 등이 있다.

-90p, 92p

움베르토 에코 Umberto Eco, 1932~2016

이탈리아의 기호학자·철학자·역사학자·미학자이다. 주요 작품으로 《기호학이론》(1976), 《장미의 이름》(1980), 《푸코의 진자》(1988) 등이 있다.

-5p, 24p, 57p, 66p, 142p, 165p, 203p, 242p, 244p, 305p, 325p, 355p

윌리엄 골딩 William Golding, 1911~1993

영국의 소설가이다. 주요 작품으로 《파리대왕》(1954), 《첨탑》(1964), 《구리 나비》(1958), 《열문》(1965) 등이 있다.

-187p

윌리엄 새커리 William Makepeace Thackeray, 1811~1863

영국의 소설가이다. 주요 작품으로 《허영의 시장》(1847~1848), 《헨리 에즈먼드》(1852), 《펜더니스 이야기》(1848~1850), 《뉴컴 일가》(1853~1855) 등이 있다.

-207p

윌리엄 셰익스피어 William Shakespeare, 1564~1616

영국의 극작가이다. 주요 작품으로 《로미오와 줄리엣》(1594), 《베니스의 상인》(1596), 《햄릿》(1600), 《맥베스》(1605) 등이 있다.

-24p, 183p, 185p

윌리엄 스타이런 William Clark Styron, 1925~2006

미국의 소설가이다. 주요 작품으로 《냇 터너의 고백》(1967), 《소피의 선택》(1979) 등이 있다.

-72p, 189p, 193p, 235p

윌리엄 윌키 콜린스 Wilkie Collins, 1824~1889

영국의 소설가이다. 주요 작품으로 《흰옷을 입은 여자》(1860), 《문스톤》(1868) 등이 있다.

-193p

윌리엄 포크너 William Cuthbert Faulkner, 1897~1962

미국의 작가이다. 주요 작품으로 《소리와 분노》(1929), 《우화》(1954), 《자동차 도둑》(1962) 등이 있다.

-53p, 66p, 95p, 186p, 250p

유레크 베커 Jurek Becker, 1937~1997

폴란드 태생의 독일 작가이다. 주요 작품으로 《거짓말쟁이 야콥》(1969), 《권투 선수》

(1976),《당국의 오류》(1973) 등이 있다.

-325p

이언 플레밍 Ian Fleming, 1908~1964

영국의 추리작가이다. 주요 작품으로 《카지노 로열》(1953),《황금 손가락》(1959),《나를 사랑한 스파이》(1962) 등이 있다.

-179p

이탈로 칼비노 Italo Calvino, 1923~1985

이탈리아의 작가이다. 주요 작품으로 《우리의 선조들》 3부작(1959),《우주 만화》(1965),《보이지 않는 도시들》(1972),《어느 겨울밤 한 여행자가》(1979) 등이 있다.

-94p

ㅈ

자코모 카사노바 Giacomo Girolamo Casanova, 1725~1798

이탈리아의 모험가이자 작가이다. 주요 작품으로 《나의 편력》이 있다.

-142p

장 바티스트 라신 Jean Baptiste Racine, 1639~1699

프랑스의 작가이다. 주요 작품으로 《베레니스》(1670),《이피제니》(1674),《페드르》(1677) 등이 있다.

-95p

장 자크 루소 Jean Jacques Rousseau, 1712~1778

프랑스의 사상가이자 소설가이다. 주요 작품으로 《신 엘로이즈》(1761),《에밀》(1762),《고백록》(1770) 등이 있다.

-213p

장 폴 사르트르 Jean Paul Sartre, 1905~1980

프랑스의 작가이자 사상가이다. 주요 작품으로 《구토》(1938),《더럽혀진 손》(1948),《악마와 신》(1951),《알토나의 유폐자들》(1959) 등이 있다.

-325p

잭 런던 Jack London 본명 John Griffith Chane, 1876~1916

미국의 소설가이다. 주요 작품으로 《야성의 부름》(1903),《바다의 이리》(1904),《존 발리콘》(1913) 등이 있다.

-179p, 323p

제롬 샐린저 Jerome David Salinger, 1919~2010

미국의 작가이다. 주요 작품으로 《호밀밭의 파수꾼》(1951),《목수들아, 대들보를 높이

올려라》(1963) 등이 있다.

-179p

제임스 엘로이 James Ellroy 본명 Lee Earle Ellroy, 1948~
미국의 범죄소설가이다. 주요 작품으로 《고요한 테러》(1986), 《검은 달리아》(1987),
《L.A.컨피덴셜》(1990) 등이 있다.

-184p

제인 오스틴 Jane Austen, 1775~1817
영국의 소설가이다. 주요 작품으로 《오만과 편견》(1813), 《맨스필드 공원》(1814), 《에
마》(1815) 등이 있다.

-241p

제임스 볼드윈 James Baldwin, 1861~1934
미국의 사회심리학자이다. 주요 작품으로 《사고와 사물 – 발생적 논리학》(1906~1911)
이 있다.

-21p, 73p

제임스 조이스 James Joyce, 1882~1941
아일랜드의 소설가이자 시인이다. 주요 작품으로 《율리시스》(1922), 《더블린 사람들》
(1914), 《피네간의 경야》(1939) 등이 있다.

-219p, 261p, 328p

제프리 초서 Geoffrey Chaucer, 1343~1400
중세 영국의 최대 시인이다. 주요 작품으로 《새들의 의회》(1380), 《캔터베리 이야기》
(1393~1400) 등이 있다.

-106p

조너선 스위프트 Jonathan Swift, 1667~1745
영국 풍자작가·성직자·정치평론가이다. 주요 작품으로 《통 이야기》(1704), 《책의 전
쟁》(1704), 《걸리버 여행기》(1726) 등이 있다.

-178p, 328p

조르주 심농 Georges Joseph Christian Simenon, 1903~1989
벨기에 태생의 프랑스 작가이다. 주요 작품으로 《죽은 갸레씨》, 《남자의 머리》, 《누런
개》(1931), 《창녀의 시간》(1951), 《눈은 더럽혀져 있었다》(1948) 등이 있다.

-71p, 193p

조지 버나드 쇼 George Bernard Shaw, 1856~1950
영국의 극작가·소설가·비평가이다. 주요 작품으로 《시저와 클레오파트라》(1898), 《악
마의 제자》(1898), 《인간과 초인》(1903), 《피그말리온》(1912) 등이 있다.

ㅊ

영국의 소설가이다. 주요 작품으로 《올리버 트위스트》(1838), 《크리스마스 캐럴》(1843), 《데이비드 코퍼필드》(1849~1950) 등이 있다.

-179p

친기스 아이트마토프 Chinghiz Aitmatov, 1928~2008
키르기스스탄의 작가이다. 주요 작품으로 《자밀리아》(1958), 《백년보다 긴 하루》(1980) 등이 있다.

-179p

ㅋ

카를 마이 Karl Friedrich May, 1842~1912
독일의 소설가이다. 주요 작품으로 《서부의 영웅》(1890), 《바그다드에서 이스탄불로》(1892) 등이 있다.

-179p

카린 스트럭 Karin Struck, 1947~2006
독일의 작가이다. 주요 작품으로 《쓰디 쓴 물》(1988), 《잉에보르그 바흐만에게 다가가기》(2003) 등이 있다.

-35p

캐서린 앤 포터 Katherine Anne Porter, 1890~1980
미국의 소설가이다. 주요 작품으로 《꽃피는 유다 나무》(1930), 《우자(愚者)의 배》(1962), 《지나간 나날》(1952) 등이 있다.

-80p

켄 키지 ken Kenneth Elton Kesey, 1935~2001
미국의 작가이다. 주요 작품으로 《뻐꾸기 둥지 위로 날아간 새》(1972)가 있다.

-119p, 188p

콘라트 페르디난트 마이어 Conrad Ferdinand Meyer, 1825~1898
스위스의 시인이자 소설가이다. 주요 작품으로 《유르크 예나치》(1876), 《수도사의 혼례》(1884), 《페스카라의 유혹》(1887) 등이 있다.

-188p

콜린 히긴스 Colin Higgins, 1941~1988
미국의 시나리오 작가이자 영화감독이다. 주요 작품으로 《해롤드와 모드》(1971), 《나인 투 파이브》(1980) 등이 있다.

-186p

크누트 함순 Knut Hamsun, 1859~1952

노르웨이의 소설가이다. 주요 작품으로《굶주림》(1890),《시대의 아이들》(1913),《세계르포스의 거리》(1917),《흙의 혜택》(1917) 등이 있다.

크리스타 볼프 Christa Wolf, 1929~2011
독일의 작가이다. 주요 작품으로《나누어진 하늘》(1963),《크리스타 T.에 대한 회상》(1963),《어디에도, 그 어디에도 없는 곳》(1979),《카산드라》(1983),《메데이아》(1996) 등이 있다.

크리스토프 란스마이어 Christoph Ransmayr, 1954~
오스트리아의 소설가이다. 주요 작품으로《빙하와 어둠의 공포》(1984),《최후의 세계》(1988) 등이 있다.

E

테오도어 플리비어 Theodor Plievier, 1892~1955
독일의 전쟁소설가이자 시인이다. 주요 작품으로《황제의 날품팔이들》(1931),《1918년 11월 10일》(1935),《스탈린그라드》(1945),《모스크바》(1952),《베를린》(1954) 등이 있다.

테오도어 폰타네 Theodor Fontane, 1819~1898
독일의 소설가이자 시인이다. 주요 작품으로《폭풍 앞에서》(1878),《미로》(1888),《에피 브리스트》(1895) 등이 있다.

토마스 만 Thomas Mann, 1875~1955
독일의 소설가이자 평론가이다. 주요 작품으로《부덴브로크가의 사람들》(1901),《베니스에서의 죽음》(1912),《마의 산》(1924),《파우스트 박사》(1947),《사기꾼 펠릭스 크룰의 고백, 회상록의 제1부》(1954) 등이 있다.

토머스 핀천 Thomas Pynchon, 1937~
미국 작가이다. 주요 작품으로《V.》(1963),《제49호 품목의 경매》(1966),《중력의 무지개》(1973) 등이 있다.

토머스 하디 Thomas Hardy, 1840~1928

영국의 소설가이자 시인이다. 주요 작품으로 《귀향》(1878), 《캐스터브리지의 시장》(1886), 《테스》(1891), 《이름 없는 주드》(1895) 등이 있다.

-185p

Ⅱ

파트리크 쥐스킨트 Patrick Süeskind, 1949~
독일의 소설가이다. 주요 작품으로 《콘트라베이스》(1984), 《향수》(1985), 《좀머 씨 이야기》(1991) 등이 있다.

-24p, 94p, 123p, 128p, 241~242p

퍼트리샤 하이스미스 Patricia Highsmit, 1921~1995
미국의 작가이다. 주요 작품으로 《열차 안의 낯선 자들》(1950), 《재능 있는 리플리 씨》(1955년 《태양은 가득히》로 출간), 《소금의 값》(1952년 《캐롤》로 출간) 등이 있다.

-25p, 93p

페터 바이스 Peter Weiss, 1916~1982
독일의 극작가이자 소설가이다. 주요 작품으로 《부모님과의 작별》(1961), 《망명의 트로츠키》(1970), 《저항의 미학》(1975~1981) 등이 있다.

-44p, 248p

페터 한트케 Peter Handke, 1942~
오스트리아의 작가이자 번역가이다. 주요 작품으로 《관객 모독》(1966), 《소망 없는 불행》(1972), 《왼손잡이 여인》(1976), 《주크박스에 관한 시도》(1990) 등이 있다.

-45p, 63p, 83p

페터 헤르틀링 Peter Härtling, 1933~
독일의 작가이다. 주요 작품으로 《할머니》(1975), 《길 위의 소년》(1977), 《욘 할아버지》(1981), 《심장의 벽》(1990) 등이 있다.

-60p

폴 오스터 Paul Auster, 1947~
미국의 소설가이다. 주요 작품으로 《고독의 발명》(1982), 《뉴욕 삼부작》(1987), 《달의 궁전》(1989), 《빵굽는 타자기》(1997) 등이 있다.

-45p

표도르 도스토옙스키 Fyodor Mikhailovich Dostoevskii, 1821~1881
러시아의 소설가·비평가·사상가이다. 주요 작품으로 《지하생활자의 수기》(1864), 《죄와 벌》(1866), 《백치》(1868), 《악령》(1871~1872), 《카라마조프 가의 형제들》(1879~1880) 등이 있다.

-71p, 108p

프란체스코 페트라르카 Francesco Petrarca, 1304~1374

이탈리아의 시인이자 인문주의자이다. 주요 작품으로 《나의 비밀》(1342~1343), 《칸초니에레》(1342~1328) 등이 있다.

-74p

프란츠 카프카 Franz Kafka, 1883~1924

유대계의 독일인 작가이다. 주요 작품으로 《심판》(1912), 《변신》(1916), 《성》(1917) 등이 있다.

-95p, 181p, 188p, 239p, 247p, 360p

프랑수아 라블레 François Rabelais, 1483~1553

프랑스의 작가·의사·인문주의 학자이다. 주요 작품으로 《가르강튀아와 팡타그뤼엘 이야기》(1534), 《팡타그뤼엘 영대점서(永代占筮)》(1542) 등이 있다.

-244p

프랑수아즈 사강 Françoise Sagan, 1935~2004

프랑스의 여류소설가이자 극작가이다. 주요 작품으로 《슬픔이여 안녕》(1954), 《어떤 미소》(1956), 《브람스를 좋아하시나요》(1959) 등이 있다.

-144p, 145p

프리드리히 뒤렌마트 Friedrich Dürrenmatt, 1921~1990

스위스의 극작가이다. 주요 작품으로 《로물루스 대제》(1952), 《판사와 형리》(1952), 《노부인의 방문》(1956), 《고장》(1956) 등이 있다.

-193p

프리드리히 횔덜린 Friedrich Hölderlin, 1770~1843

독일의 시인이다. 주요 작품으로 소설 《히페리온》(1797), 《엠페도클레스의 죽음》(1797~1799) 등이 있고 시 《하이델베르크》, 《라인강》, 《빵과 포도주》 등이 있다.

-57p

피에르 쇼데를로 드 라클로 Pierre Choderlos de Laclos, 1741~1803

프랑스의 군인이자 소설가이다. 주요 작품으로 《위험한 관계》(1782)가 있다.

-245p

피에르 코르네유 Pierre Corneille, 1606~1684

프랑스의 극작가이다. 주요 작품으로 《미망인》(1634), 《루아얄 광장》(1637), 《르 시드》(1636) 등이 있다.

-95p

필립 로스 Philip Milton Roth, 1933~

미국의 작가이다. 주요 작품으로 《안녕 콜럼버스》(1959), 《포트노이씨의 불만》(1969),

《인간으로서의 삶》(1974), 《휴먼스테인》(2000), 《에브리맨》(2006) 등이 있다.
-45p, 209p

ㅎ

하인리히 만 Heinrich Mann, 1871~1950
독일의 소설가이다. 주요 작품으로 《운라트 교수》(1905), 《신하》(1919), 《앙리 4세의 청년기》(1935), 《앙리 4세의 완성기》(1939) 등이 있다.
-69p, 183p, 247p

하인리히 뵐 Heinrich Böll, 1917~1985
독일의 작가이다. 주요 작품으로 《검은 양》(1951), 《그리고 아무 말도 하지 않았다》(1953), 《여인과 군상》(1971), 《사려깊은 포위》(1979) 등이 있다.
-259p

하인리히 폰 클라이스트 Heinrich von Kleis, 1777~1811
독일의 극작가이다. 주요 작품으로 《슈로펜슈타인가》(1803), 《깨어진 항아리》(1804), 《암피트리온》(1807), 《미하엘콜하스》(1810) 등이 있다.
-246p

하인츠 콘잘릭 Heinz Guenther Konsalik 본명 Heinz Günther, 1921~1999
독일의 작가이다. 주요 작품으로 《사랑 때문에 무임승차》(1954), 《많은 어머니들의 이름은 아니타이다》(1956) 등이 있다.
-71p

한스 그리멜스하우젠 Hans von Grimmelshausen, 1625~1676
독일의 바로크문학 작가이다. 주요 작품으로 《짐플리치시무스의 모험》(1669)이 있다.
-178p

허먼 멜빌 Herman Melville, 1819~1891
미국의 소설가이자 시인이다. 주요 작품으로 《타이피족》(1846), 《모비 딕》(1851), 《피에르》(1852) 등이 있다.
-108p, 143p, 187p, 191p, 246p

헤르만 브로흐 Hermann Broch, 1886~1951
오스트리아의 작가이다. 주요 작품으로 《몽유병자들》(1931~1932) 《베르길리우스의 죽음》(1945), 《죄 없는 사람들》(1950) 등이 있다.
-242p

헤르만 케스텐 Hermann Kesten, 1900~1996
독일의 소설가이자 극작가이다. 주요 작품으로 《코페르니쿠스와 그의 세계》(1948), 《바보들의 시대》(1966) 등이 있다.
-75p

헨리 밀러 Henry Valentine Miller, 1891~1980
미국의 소설가이다. 주요 작품으로 《북회귀선》(1934), 《남회귀선》(1939), 《섹서스》
(1949) 등이 있다.
-143p, 217p

헨리 제임스 Henry James, 1843~1916
미국 소설가 겸 비평가이다. 주요 작품으로 《여인의 초상》(1881), 《황금의 잔》(1904)
등이 있다.
-102p, 194p, 328p

헨리크 입센 Henrik Ibsen, 1828~1906
노르웨이의 극작가이다. 주요 작품으로 《사회의 기둥》(1877), 《인형의 집》(1879), 《유
령》(1881) 등이 있다.
-194p

호메로스 Homeros BC 800?~BC 750
그리스의 서사 시인이다. 주요 작품으로 《일리아스》, 《오디세이아》가 있다.
-51p, 150p, 244p, 245p, 309p

Kreativ Schreiben

"글쓰기란 참으로 근사한 일이다. 글을 쓰면서 우리
는 더 이상 자신에게 머물 필요가 없고, 자신이 창조
한 우주에서 움직일 수 있으니 말이다. 예를 들어 오
늘 나는 남자가 되었다가 여자가 되기도 하며, 가을
날 오후에 노란 낙엽을 밟고 말을 타고 숲을 지나가
기도 한다. 나는 또 멋지고 근사한 말똥에, 잎사귀에,
바람에, 주인공이 하는 말 속에 존재할 수도 있고,
심지어 사랑에 빠진 주인공의 눈을 감게 만드는 불
타는 태양 안에 존재할 수도 있다."

– 귀스타브 플로베르